Amy Lendsor

Der Ring des Todes

Ein Wagner-Krimi

Gesamtherstellung:
WAP Waldkirch Produktion GmbH, Mannheim
Satz & Gestaltung: Verena Kessel

ISBN Taschenbuch 978-3-86476-004-4
ISBN E-Book EPUB 978-3-86476-602-2
ISBN E-Book PDF 978-3-86476-603-9

Seit 1542

Verlag Waldkirch KG
Schützenstraße 18
68259 Mannheim
Telefon 0621-79 70 65
Fax 0621-79 50 25
E-Mail: verlag@waldkirch.de
www.verlag-waldkirch.de

AMY LENDSOR

Der Ring des Todes

Ein Wagner-Krimi

Verlag Waldkirch

Meinen kleinen Regenbögen
und
der Sonne meines Lebens

Alles was ist, endet.
Ein düstrer Tag dämmert den Göttern:
Dir rat´ ich, meide den Ring!

Aus Rheingold, vierte Szene, Erda

1

Weint nicht mehr, meine Töchter. Heute Nacht habe ich es auf den Weg gebracht.

Der Drache ist tot.

Der Mann wusch sich aufwendig Hände und Gesicht. Als er sich im Spiegel betrachtete, tropfte das Wasser von seinem Kinn. Die Natur hatte es gut mit ihm gemeint. Das blonde, wellige Haar hatte er mit den nassen Händen in den Nacken gestrichen. Die blaugrauen Augen verliehen seinem Gesicht eine kühle Note, ausgeprägte Wangen- und Kieferknochen unterstrichen seine männlichen Züge. Die Frauen flogen darauf. Als er sich zur Gänze aufrichtete, konnte er seinen athletischen Oberkörper im Spiegel betrachten. ‚Scheiß auf Brad Pitt', dachte er zufrieden.

Er drehte am Regler der Stereoanlage. Die Musik spielte zu leise, sie sollte ihn laut und eindringlich durchfließen. Die Boxen dröhnten, als der Mann begann die Eisen zu stemmen. Bizeps, Trizeps, Latissimus, Schultern, Brust und Bauch. Jeden Abend stählte er seinen Körper. Wer brauchte dazu ein Fitnessstudio? Disziplin - mehr war dazu nicht vonnöten. Der Mann trieb sich selbst unerbittlich durch sein Trainingsprogramm. Disziplin, Disziplin, Disziplin! Mit jedem kräftigen Zug an den Hanteln presste er dieses Wort unter Stöhnen heraus. Im großen Spiegel betrachtete er dabei zufrieden, wie der Schweiß seine glatte Haut *hinabperlte. Disziplin! Sie hat dich hierher gebracht und sie wird dich an dein Ziel führen.*

Letztendlich war alles nur eine Frage der Übung. Talent gehörte gewiss auch dazu, bedeutete aber nichts ohne harte Arbeit. Der Mann hatte viele Jahre trainiert, ehe er sich an sein Werk gemacht hatte. Er hatte seine Methodik verfeinert, bevor er es gewagt hatte, sich an des Meisters Stück zu versuchen.

Der Mann hatte lange schon geahnt, dass er zu Höherem berufen war; allerdings nicht, welch außergewöhnliche Aufgabe auf ihn wartete. Ausgerechnet ein Penner hatte ihm damals vor zehn Jahren den Weg gewießen. Erst in jener Nacht, als dieser Dreckskerl ihn auf offener Straße überfallen hatte, wurde ihm alles klar. Mit Schaudern erinnerte er sich an die Szene. Er wusste noch genau, wie er mit dem Rücken an die Hauswand gepresst dastand und der Ekel ihn überkam. Er spürte wieder dieses Würgen, als der faulige Atem des Penners sein Gesicht streifte und die dreckige Hand mit dem verschrammten Messer vor ihm rumfuchtelte. Dann stieg die Wut in ihm auf. Diese unbändige Wut darüber, dass solch ein unsauberes Subjekt es wagte, ihn zu bedrohen. Das war der Impuls, der die eruptive Reaktion hervorrief.

Mit einem gezielten Tritt in die Körpermitte streckte er seinen Gegner nieder. Im nächsten Moment war er über ihm, und brach dem winselnden Kerl mit einem einzigen Griff das Genick, als hätte er nie etwas anderes getan.

Für die heftigen Tritte, die er seinem Opfer danach noch versetzt hatte, schämte der Mann sich heute zutiefst. Er war außer Kontrolle geraten. Das durfte ihm niemals wieder passieren!

Seither trainierte der Mann konsequent. Töten ohne Zorn und Emotion, einzig mit kühler Disziplin, wurde das Ziel. Wie viele Menschen hatte er während dieser Phase seiner Entwicklung spurlos verschwinden lassen? Er wusste es nicht. Es war auch ohne Belang. Dieser menschliche Abschaum war nur zum Training gut gewesen und konnte dankbar sein, einer so großen Sache dienen zu dürfen.

Heute Nacht endlich hatte er den Grundstein für die Vollendung seiner Verwandlung gelegt. Er konnte sich blind auf seine Fähigkeiten und seine Disziplin verlassen.

Schwer atmend legte der Mann die Langhantel zur Seite.

Auf diesen Tag hatte er die vergangenen zehn Jahre seines Lebens hingearbeitet. Der Erfolg gehörte ihm. Doch er stand erst am Anfang.

2

Hauptkommissar Theobald Wagner lag mit leicht geöffnetem Mund auf dem Rücken und schnorchelte friedlich, als die ersten Takte von „Freude schöner Götterfunken“ an sein Ohr drangen. Zunächst tönten sie melodisch in seinem pelzigen Kopf, dann wurden sie zunehmend schrill und eindringlich. Er öffnete die Augen. Sein Handy vibrierte und musizierte unerbittlich auf dem Nachttisch neben ihm. Er musste diesen beschissenen Klingelton loswerden. Irgendeine Verflossene hatte ihm diese nervige Melodie eingestellt. Im Halbdunkel, in das die geschlitzten Rollläden den Raum tauchten, tastete er nach dem lästigen Gerät. Dabei verfing er sich mit dem Arm in seiner Decke, die wie eine Wurst zusammengerollt neben ihm lag. „Nur nicht den Kopf heben. Das tut nicht gut“, murmelte er. Das Handy würde sowieso weiterklingeln, bis er dran ging. Er wettete darauf, dass es die Dienststelle war. Wer sollte ihn auch sonst anrufen? Mit den Fingerspitzen angelte er das Telefon vom Nachttisch und hob ab. „Wagner?“ „Na endlich. Du hast vielleicht Nerven!“

Sein Chef war schon wieder auf hundertachtzig und gab knapp die Adresse eines Tatortes durch. „Solltest du noch im Bett liegen, hoffe ich für dich, dass dein Zustand es dir bereits erlaubt aufzustehen, du hast es nämlich eilig!“ Lutz Hartmann hatte aufgelegt.

Theobald Wagner war froh, dass er nicht hatte sprechen müssen. Irgendetwas sagte ihm, dass seine Stimme reichlich versoffen geklungen hätte. Einen Moment lag er regungslos mit offenen Augen da. Wie spät es wohl war? Er hatte das Gefühl, auf dem Boden eines Schnapsglases zu liegen und einen Geschmack im Mund, über den er nicht länger nachdenken wollte. ‚Diese Sauftouren müssen ein Ende haben', dachte Theobald Wagner wie jedes Mal nach einer solchen Nacht, wenn er sich langsam erhob, während er darauf achtete, die Augen geradeaus zu halten. Hektische Kopfbewegungen waren in diesem Zustand seiner Erfahrung nach vernichtend.

Irgendwie schaffte er es unter die Dusche. Das half meistens, zumindest einen Teil der Beschwerden loszuwerden. Während das lauwarme Wasser auf seine Schultern prasselte, putzte er sich die Zähne. Mittlerweile war es kurz nach acht.

Seit geraumer Zeit gab es einen Coffeeshop gleich um die Ecke gegenüber der Jesuitenkirche, der bereits um acht geöffnet hatte. Als Stammgast musste er mittlerweile schon nicht mehr bestellen. Er trank jeden Morgen das Gleiche: einen doppelten Espresso mit einem Schuss Milch. Heute war Lara da. Wagner hatte stets das Gefühl, diese Studentin flirte mit ihm. Mit einem Augenzwinkern und ihrem umwerfenden Lächeln schob sie den rettenden Kaffeebecher über die Theke und grinste. „Einmal Espresso Wagner Spezial. Sie sehen schon wieder so übermüdet aus. Nachts bezaubern Sie die Ladies dieser Stadt, und ich muss Sie morgens wieder aufrichten. Das ist nicht fair!" Lachend nahm sie sein Geld und sah ihn mit ihren großen braunen Augen an. „Schöner Tag für Sie, Lara.“ Theobald Wagner drehte sich um und ging. Heute Morgen war er besonders finster drauf. Arme Lara.

Mit dem Pappbecher bewaffnet machte er sich auf zu seinem nächsten Fall. ‚Wieder eine Niederlage, die es einzustecken gilt‘, dachte er bitter, und ließ sich auf den Autositz fallen. Theobald Wagner wusste, dass seine Tage bei der Mordkommission gezählt waren, wenn er seine Probleme nicht bald in den Griff bekam. Lutz Hartmann hatte sich diesbezüglich nach der letzten vergeigten Ermittlung deutlich ausgedrückt. Eigentlich mochte er seinen Chef. Sie waren ab und an zusammen zum Eishockey gegangen und hatten eine Menge Spaß gehabt. Er liebte seinen Job, das stand außer Frage. Hauptkommissar Wagner war der erfolgreichste Ermittler seiner Abteilung gewesen, bis ihn seine Intuition verlassen hatte. Seither schaute er immer häufiger entschieden zu tief ins Glas und machte so alles nur noch schlimmer. ‚Damit ist jetzt Schluss‘, ermahnte er sich und schlug mit der Faust auf das Lenkrad. ‚Dies ist wahrscheinlich deine letzte Chance. Also, carpe diem, pflücke den Tag!‘ Wagner musste grinsen, als er sich ausmalte, was passieren würde, wenn er sich in seinem momentanen Zustand vornüber bücken würde, um irgendetwas zu pflücken. Vermutlich würde er sich auf die neuen Schuhe kotzen.

Sein abruptes Bremsmanöver holte ihn unsanft in die Realität zurück. Beinahe wäre er an dem Haus am oberen Luisenpark 5 vorbeigeschossen. Die Kollegen waren schon da. In der weitläufigen Auffahrt hinter dem schmiedeeisernen Zaun waren kreuz und quer die Dienstfahrzeuge abgestellt. Hauptkommissar Wagner parkte seinen Wagen auf der Straße. Sein schäbiger 3er Golf passte nicht so recht in die Kulisse dieses vornehmen Palastes. Anerkennend stieß er einen Pfiff aus, als er an dem uniformierten Kollegen im Eingang der Villa vorbeiging. Dies war definitiv eines der luxuriösesten Häuser der Stadt. „Auch schon da?“, murmelte der Polizist leise. Theobald Wagner blieb stehen und drehte sich zu dem Beamten um. „Wie bitte?“ Er bemühte sich, mit beherrschter Stimme zu sprechen, denn der Junge war bereits knallrot angelaufen. Dieser Satz war nicht für Wagners scharfes Gehör bestimmt gewesen. Trotz pelzigem Kopf war seine Fähigkeit, leiseste Worte wahrzunehmen, nicht im Mindesten eingeschränkt. „Gu... Guten Morgen.“ „Sie sollten sich angewöhnen, deutlich zu sprechen, damit man Sie gleich beim ersten Mal versteht!“ Der junge Beamte schwieg und studierte offenbar gründlich die Beschaffenheit seiner Schuhe. „Wo ist die Leiche?“ „Oben, im Schlafzimmer.“ Gespräch beendet!

Den Respekt seiner Kollegen musste er sich erst wieder verdienen. Das ließen sie ihn alle mehr oder weniger deutlich spüren.

Trotz seines Zustandes erklomm er erstaunlich schnell eine der beiden gewaltigen Holztreppen. Auf der Galerie angekommen, begutachtete er den Raum, der nun unter ihm lag, genauer. Der Eingangsbereich dieses Domizils war atemberaubend. Holzvertäfelte Wände, die ein hübsches Loch in den Mahagonibestand des brasilianischen Regenwaldes geschlagen haben dürften, daran eine Sammlung uralter Porträts in Öl. Von allen Seiten her beäugten Wagner streng dreinblickende Herrschaften. An den Frisuren, der Art wie die Bärte getrimmt waren, und natürlich an der Kleidung, konnte man leicht die Epochenzugehörigkeit jedes einzelnen dieser Ölschinken erraten. Was für eine imposante Ahnengalerie. Flüchtig kam Wagner sein eigenes Domizil in den Sinn, er hatte nicht einmal Fotos seiner engeren Familie in der Wohnung. Überhaupt gab es dort nur wenige Bilder, von Gemälden ganz zu schweigen. Nicht, dass seine Einrichtung ihm gleichgültig wäre, es war schlicht der Mangel an Zeit, der seine Wohnung recht karg erscheinen ließ.

Als Theobald Wagner sich über das Holzgeländer beugte, blickte er auf den polierten schwarzen Granit in der Eingangshalle. In diesem Bodenbelag spiegelte man sich so deutlich wie in einem Spiegel. Genau im Zentrum des Entrees stand ein antiker Tisch mit einem riesigen Blumenbouquet. Weiße Vorhänge an den großen Fenstern über und neben der Eingangstür sorgten für einen sanften Lichteinfall. Würde Scarlett O´ Hara an ihm vorbei die Treppe hinunterrauschen, es würde Wagner nicht im Mindesten erstaunen. Und das lag nicht an seinem erbärmlichen Zustand. Diese Villa hatte das mondäne Flair jener Herrschaftshäuser, wie man sie aus dem Film „Vom Winde verweht“ kennt. Er interessierte sich nicht wirklich dafür, aber Heerscharen von Frauen - Mütter, Schwestern, Freundinnen - hatten ihn im Laufe seiner Entwicklung immer wieder gezwungen, dieses Epos mit anzusehen.

Theobald Wagner folgte dem Klang bekannter Stimmen, bis er am Ende eines langen Ganges schließlich das Schlafzimmer fand. Dort war es vorbei mit der Filmromantik. Die Kollegen hoben ihre Köpfe, die Konversation stockte. Manche nickten beinahe unmerklich zum Gruß, andere starrten ihn unverhohlen an. Wahrscheinlich fragten sie sich, ob er in seinem Zustand tatsächlich Auto gefahren war. Theobald Wagner versuchte, seine Schamesröte in Grenzen zu halten und bemühte sich, die abfälligen Blicke einfach zu ignorieren.

Er wandte sich dem toten Körper zu, der vor dem schweren Holzbett auf dem cremefarbenen Teppich lag. Ein Dolch ragte aus seiner Brust, die Augen des Mannes waren weit aufgerissen. Olaf Westhofen, der Erbe eines Kaufhauses für luxuriöse Textilien, war zu Lebzeiten ein attraktiver Mann gewesen. Von seiner Würde war nun jedoch nicht mehr viel übrig. Er war nackt, durchbohrt und... dilettantisch tätowiert? Hauptkommissar Wagner kniete sich neben das Opfer und zog sich die Gummihandschuhe über. Bei näherer Betrachtung fiel ihm auf, dass es sich nicht um eine Tätowierung handelte, sondern um das Bildnis eines Drachen, das mit Filzstift sorgfältig auf die linke Schulter und die Brust des Opfers aufgemalt war. Das musste Stunden gedauert haben. Wagner war beeindruckt von der Plastizität dieses detailgetreuen Gemäldes, doch irgendetwas störte das Bild. Trotz seiner pochenden Schläfen beugte er sich tiefer über die Brust des Toten.

„Was sind das für merkwürdige... Erdklumpen und... Schleimspuren?“ Wagner sah nicht auf. Eine Stimme aus der Menge antwortete knapp: „Hier war alles voller Regenwürmer. Teils schon ziemlich eingetrocknet. Wir vermuten, dass der Mörder sie über Herrn Westhofen ausgeleert hat. Es waren ziemlich viele. Ein paar haben wir im Zimmer verstreut gefunden, aber die meisten waren auf und um die

Leiche verteilt. Wir haben sie alle eingesammelt. Nehme ich zumindest an.“ „Regenwürmer?“

Es war vollkommen irrelevant, wie lange man schon bei der Mordkommission arbeitete, niemals würde man sagen können, man habe schon alles gesehen.

„Wir haben Fotos gemacht. Sie können sich später alles ansehen.“ Hörte er da Sarkasmus mitschwingen? Und wenn schon. Hauptkommissar Wagner reagierte nicht darauf. „Wer hat ihn gefunden?“ „Eine Angestellte. Wir haben sie zum Arzt bringen lassen. Die arme alte Dame ist völlig fertig. Sie steht schon sehr lange im Dienst der Familie. Sie war Olaf Westhofens Kindermädchen. Die beiden standen sich offenbar sehr nahe.“ „Sonst noch irgendetwas?“ Theobald Wagner sah nun endlich von dem toten Körper auf. Niemand antwortete. „Gut, dann brauche ich alle Informationen und Fotos so schnell es geht auf meinem Schreibtisch.“ Nachdenklich zog Hauptkommissar Wagner die Latexhandschuhe aus.

„Dr. Kremer soll mich anrufen, wenn er einen Termin zur Obduktion frei hat.“ „Natürlich.“

Wagner verließ die Villa mit einem mulmigen Gefühl in der Magengegend. Er musste sich irgendwo eine Brezel besorgen. Sein Körper rebellierte, allerdings nicht nur wegen des leeren Magens. Es war vielmehr die Tatsache, dass hier ein prominenter Bürger der Stadt ermordet worden war. Der Druck war deshalb ungleich viel höher. Früher hätte ihn das angespornt. Heute ängstigte es ihn. Er war nicht mehr derselbe seit… Theobald Wagner saß hinter dem Steuer seines Wagens und verbot sich diesen Gedanken, ohne Erfolg. Er war nicht mehr derselbe, seit ihm in einem wichtigen Ermittlungsverfahren gravierende Fehler passiert waren. Zu großkotzig sei er geworden, hatte ihm sein Chef damals vorgeworfen. Wagner würde seinen Job nach all den Erfolgen zu locker nehmen. Lutz Hartmann wusste nicht das Geringste über ihn. Das Gegenteil war der Fall: Theobald Wagner hatte sich seine Schlampigkeit damals so sehr zu Herzen genommen, dass er bis heute nicht mehr fähig war, seiner inneren Stimme zu lauschen. Sie war verstummt. Ohne sie war er offenbar nichts wert, denn seither vergeigte er einen Fall nach dem anderen. Auf der Suche nach seiner Intuition hatte Wagner begonnen, sich ab und an mit Alkohol zu betäuben. Er war kein Idiot! Natürlich war ihm klar, dass dies ein Fehler war. Aber mit pelzigem Kopf schämte er sich nicht so sehr, wenn er in Selbstmitleid zerfloss. Obgleich der nächste Tag dann umso bitterer war.

Heute war genau so ein Tag. Er fuhr mit entschieden zuviel Restalkohol durch die Stadt. Und das als Polizist. Theobald Wagner ekelte sich vor sich selbst. Er war an einem weiteren Tiefpunkt angelangt.

Auf dem Parkplatz des Polizeipräsidiums blieb er noch einen kurzen Moment in seinem Wagen sitzen. Er musste sich sammeln. Erst mal eine Brezel kaufen, dann mit klarem Verstand an die Arbeit gehen. Ha! Er lachte laut auf. Das war schließlich das Problem. Wann hatte er das letzte Mal einen klaren Kopf gehabt?

Die Brezel zeigte wenigstens die erhoffte Wirkung. Zusammen mit der Cola, die das trockene Gebäck in den Magen geleitete. Ohne ihre Hilfe wäre das Ding vermutlich niemals dort unten angekommen, um das rebellierende Organ zu besänftigen.

Die Familienchronik der Westhofens las sich beeindruckend. Eine uralte Dynastie einer Kaufmannsfamilie, die das renommierte Unternehmen scheinbar aus dem Nichts aufgebaut hatte. Der Vater Olaf Westhofens hatte es schließlich zu dem Einkaufsparadies für Modejunkies gemacht, das es heute noch war. Dior und Co. hielten schon in den Fünfzigern Einzug. Westhofen, natürlich in bester Lage der Stadt, verkaufte nur teuerste Designermode oder Maßkonfektion aus der hauseigenen Schneiderei.

Wagner selbst hatte diesen Modetempel niemals betreten. Er war an Mode nicht besonders interessiert. Außerdem fehlten ihm schlicht die finanziellen Mittel für einen Einkaufsbummel bei Westhofen.

Interessant war vor allem der Bruder des Opfers. Kai Westhofen hatte sich offenbar nach dem Tod des Vaters seinen Erbteil am Familienunternehmen ausbezahlen lassen und somit die Alleinherrschaft dem jüngeren Bruder überlassen. War dies die logische Konsequenz, die aus einem Streit unter den Brüdern resultierte? Könnte sich hieraus ein Mordmotiv ergeben haben? Möglichkeiten gab es da viele. Kai Westhofen könnte seinen Bruder Olaf aus Habgier oder Eifersucht getötet haben. In Frage käme auch blanker Hass unter Geschwistern oder schlicht Rachegefühle. Jedes dieser Motive war Hauptkommissar Wagner schon vielfach während seiner Dienstzeit begegnet.

Die Nachforschungen hatten ergeben, dass Kai Westhofen Künstler war, mit Schwerpunkt auf Skulpturen aus ungewöhnlichen Materialien und seit Jahren schon in New York lebte… Scheiße! Damit dürfte Kai Westhofen ein wasserdichtes Alibi haben, wenn er zum Zeitpunkt des

Mordes nicht zufällig in Mannheim gewesen war. Offenbar eine Sackgasse!

Das Klingeln des Telefons ließ Wagner zusammenzucken. „Kremer hier. Ich könnte Ihren Fall jetzt obduzieren. Ließe sich das einrichten?“ Die tiefe Stimme des Gerichtsmediziners hatte stets eine beruhigende Wirkung auf ihn. „Bin gleich da, Doktor.“ Theobald Wagner hoffte inständig, dass sein Magen das Sezieren der Leiche überstehen würde, ohne sich peinlicherweise an Ort und Stelle zu entleeren. Er musste dabei sein. Es war sein Fall. Basta!

Der Weg zum Klinikum war kurz, Wagner hätte ihn auch blind fahren können. Wie oft war er schon hier gewesen, um der Autopsie eines Opfers beizuwohnen? Er wusste es nicht. Es war eine Zahl, mehr nicht. Auch das Schicksal der Toten musste nebensächlich bleiben. Anders war objektives Arbeiten und klares Denken nicht möglich. Theobald Wagner stand im Fahrstuhl und erinnerte sich daran, wie nahe ihm anfänglich diese Termine beim Gerichtsmediziner gegangen waren. Mittlerweile war er vergleichsweise abgestumpft. War das Selbstschutz oder brachte das der Job zwangsläufig mit sich? Noch bevor seine Gedanken dieser Frage weiter nachhängen konnten, stand Dr. Kremer vor ihm.

„Ich habe bereits mit den Röntgenbildern begonnen. Sie werden gerade entwickelt. Sind sie soweit?“ Kremer sah ihn mitleidig an. „Klar. Warum nicht?“, entgegnete Wagner, ohne den Gerichtsmediziner anzusehen.

Dr. Kremers Statur entsprach eher der eines kanadischen Holzfällers, doch seine groben Hände hatten dem einen oder anderen toten Körper schon manches Geheimnis entlockt. Dieser bärtige Mann mit der Nickelbrille auf seiner charakteristischen Hakennase war Wagner von Anfang an sympathisch gewesen.

„Ich hoffe sehr, dass meine Sorge um Sie unbegründet ist!“ Der Arzt machte eine kurze Pause, bevor er sich der Leiche auf dem Edelstahltisch zuwandte. „Olaf Westhofen, zweiundvierzig Jahre alt. Eine Stichwunde. Würde mich nicht wundern, wenn der Täter das Herz erwischt hätte.“

Während der Brustkorb sich unter der Säge öffnete, schwiegen die Männer. Immer dieselben Schnitte. Wie ein Ypsilon. „Der Täter könnte Routine im Töten haben. Nur eine Stichwunde, das spricht sehr dafür.“ Hauptkommissar Wagners Stimme hallte in dem kalten Raum. „Möglich. Jedenfalls hat das Opfer nicht lange gelitten. Das Herz ist schwer verletzt. Was soll das mit dem Drachen und den Regenwürmern?“ Dr. Kremer legte seine Stirn nachdenklich in Falten. „Keine Ahnung. Es könnte eine Botschaft des Mörders sein. Aber was soll sie bedeuten?“, antwortete Hauptkommissar Wagner ratlos.

„Die Röntgenbilder, Doktor. Da ist etwas Merkwürdiges… Aber sehen Sie selbst.“ Ein weiterer Gerichtsmediziner eilte herein, klemmte die Bilder an die Lampe. Zu dritt starrten sie nun auf die Röntgenaufnahmen.

Theobald Wagner schluckte. „Was ist das für ein Gegenstand da im, äh…?“

„Enddarm? Ich würde sagen, das ist ein Ring.“ Hauptkommissar Wagner verzog das Gesicht, während Dr. Kremer die Leiche fachmännisch umdrehte. „Zum Zeitpunkt unseres Eintreffens am Tatort war die Leichenstarre anscheinend noch auf die Kiefergelenke beschränkt. Und unter Beachtung der Intensität der Totenflecken stimme ich mit meinem Kollegen vor Ort überein, dass Herr Westhofen gegen drei Uhr früh heute Morgen verstorben ist, " keuchte der Arzt unter der Anstrengung, die inzwischen vollkommen erstarrte Leiche zu bewegen. Wagner stand stocksteif daneben und kämpfte gegen die Brezel an, die nur zu gerne wieder aus seinem Magen wollte. „Aber Sie wissen ja, das ist keine allzu exakte Wissenschaft. Der Zustand einiger Regenwürmer unterstützt diese Annahme allerdings zusätzlich", dozierte Kremer weiter, als er sich außerhalb von Wagners Sichtfeld auf die Suche nach dem Objekt im Enddarm von Olaf Westhofen machte. Wieder rebellierte die Brezel, Wagner suchte nach Ablenkung: „Waren nicht alle Würmer im selben Zustand?" Dr. Kremer sah kurz auf.

„Natürlich nicht. Es ist wie bei den Menschen, manche halten einfach länger durch als andere." Der Gerichtsmediziner lachte laut auf. Dann hielt er den Gegenstand aus dem Enddarm des Opfers in der Hand. Er schwenkte ihn wie eine Trophäe, als er zum Waschbecken ging. „Ein Siegelring nach dem Vorbild amerikanischer College-Jahrgangsringe. Billiges Imitat, würde ich sagen. Aus Blech vielleicht, mit einem bernsteinfarbenen, geschliffenen Glasstein. Wir lassen das prüfen." Dr. Kremer hielt Theobald Wagner das Stück unter die Nase, bevor er es in einer Tüte verschwinden ließ.

„Wenn wir herausfinden, wo der Ring herkommt, finden wir vielleicht auch den Mörder." Ein zarter Hoffnungsschimmer schwang in Wagners Stimme mit. „Das glaube ich kaum", antwortete der Arzt nachdenklich und drehte die Tüte vor seinen Augen hin und her, „die gibt es bei jedem

Souvenirverkäufer der Stadt im Dutzend billiger. Meine pubertierende Nichte liebt solchen Tinnef. Fakt ist, dass der Ring an dieser Stelle postmortem platziert wurde, genauer gesagt, kurz nach dem Tod des Opfers. Zu diesem Zeitpunkt sind sämtliche Muskeln erschlafft und…“ Mit einer entschiedenen Handbewegung stoppte Wagner den ausführlichen Vortrag des Gerichtsmediziners. „Postmortem! Danke, das ist alles, was ich wissen muss, Doktor.“

Wagner hatte unzähligen Obduktionen beigewohnt und schon weitaus grausamer verstümmelte Leichen als diese hier gesehen, aber da war immer noch die Brezel, die auf einer Colawelle ans Tageslicht reiten wollte. Seine Magenschleimhaut war für solcherlei Vorträge heute einfach zu gereizt.

„Freude schöner Götterfunken“ ertönte. Verdammt! Das war sicher sein Chef, der Details zum Fall hören wollte. „Na Theo, wie sieht's aus?“ Lutz Hartmanns Stimme klang überraschend freundlich, „Du weißt, wer Olaf Westhofen ist? Gut! Es ist sehr wichtig, dass wir den Fall schnell lösen. Da ich trotz allem immer noch von deinen Fähigkeiten überzeugt bin, bleib dran. Versau es bloß nicht wieder! Mir und dir zuliebe, klar?“ Der Kloß im Hals machte es Hauptkommissar Wagner schwer zu antworten. Umständlich räusperte er sich und berichtete von der Autopsie. Hartmann schwieg. Unbehagen kroch in Theobald Wagner empor, weshalb er schnell von seinem Vorhaben berichtete, morgen früh mit seinem Team die Mitarbeiter in Olaf Westhofens Firma zu befragen. Hartmann fiel ihm ins Wort: „Die Sache mit dem Ring muss unter allen Umständen geheim bleiben. Kein Wort darüber zu irgendjemandem. Die

Presse habe ich bereits selbst informiert. Vielleicht meldet sich ein Zeuge. Geh nach Hause und schlaf dich aus. Denk daran, das hier ist deine Chance. Du verstehst mich?“ Hartmann hatte aufgelegt. Das war genau das, was Wagner jetzt noch fehlte. Er stand auch ohne diesen Vortrag schon genug unter Druck. Eine weitere Blockade in seinem Kopf konnte er jetzt nicht brauchen.

Zum Abschied reichte Dr. Kremer ihm die inzwischen gewaschene und desinfizierte Hand.

Am Abend fuhr er mit den Unterlagen, die das Team auf seinem Schreibtisch gestapelt hatte, nach Hause. Ein Glas Scotch, mehr war heute nicht drin. Auf dem Esstisch breitete er die Unterlagen aus. Zunächst sah er sich die Tatortfotos an. Westhofen lag nackt auf dem Teppich. Auf ihm und um ihn herum ein riesiges Knäuel aus Regenwürmern. Es mussten Hunderte sein, oder Tausende? Aber das war nicht wichtig. Hauptkommissar Wagner nahm einen Schluck Scotch. Wichtig war die Botschaft dahinter. Wer machte sich schon die Mühe, so viele Würmer aufzusammeln, ohne einen bestimmten Grund dafür zu haben? Der aufgemalte Drache und diese Würmer sollten eine Botschaft sein. Diesbezüglich war Wagner sich sicher. Für diese Schlussfolgerung benötigte er nicht einmal seine momentan abwesende Intuition. Ach ja, da war ja auch noch dieser Ring im Enddarm von Westhofen. Das war schon verdammt krank. Was wollte der Mörder hiermit sagen? Wagner legte den Kopf in den Nacken und sah zur Decke. Da war wieder diese Blockade in seinem Kopf. Er konnte sie einfach nicht überwinden. Indizien verknüpfen und sich in die Gedanken des Täters versetzen, das war normalerweise eine seiner

Spezialitäten. Theobald Wagner fuhr sich mit beiden Händen übers Gesicht und blieb im dichten braunen Haaransatz über der Stirn stecken. Andere Männer Ende dreißig hatten bereits mit Haarverlust und grauen Strähnen zu kämpfen. Wenigstens dieses eine Problem hatte er nicht. Er schlug die Mappe mit den Fotos zu, nahm einen Schluck aus dem Glas und widmete sich den getippten Berichten. Die Waffe war ein antiker Dolch, schätzungsweise aus dem neunzehnten Jahrhundert. Genauere Untersuchungen standen noch aus. Was gab es noch? Der Bruder des Opfers war informiert und wollte so bald als möglich kommen. Die Mutter war gestorben, als die Jungs mitten in der Pubertät steckten. Der Vater war vor zwei Jahren verstorben. Der Rest der kläglichen Verwandtschaft lebte im Ausland. Paris, London und Buenos Aires. Die Aussage des ehemaligen Kindermädchens brachte ebenfalls keine interessanten Neuigkeiten. Sie hatte Olaf Westhofen wie einen Sohn geliebt und seinen Haushalt und scheinbar auch einen Großteil seines Lebens gemanagt. Die Überprüfung der drei weiteren Hausangestellten, ein Koch und zwei Haushaltshilfen, brachte nichts. Jeder hatte sein bereits überprüftes Alibi.

Nun war der Moment der Wahrheit gekommen. Das Glas war leer. Noch ein weiterer Scotch und er würde sich morgen wieder elend fühlen, denn er wusste, es würde nicht bei diesem einen weiteren bleiben. Theobald Wagner entschied sich für Fußball auf dem Pay-TV-Kanal als Schlafmittel. Gute Entscheidung.

3

Pünktlich um acht Uhr und mit wohltuend klarem Kopf betrat Hauptkommissar Theobald Wagner Westhofens Modetempel durch den Personaleingang. Trotz mangelnder Ermittlungserfolge befand er sich heute in bester Stimmung.

Es war ihm sogar gelungen, Lara aus dem Coffeeshop wieder milde zu stimmen, nachdem er sich ihr gegenüber am Vortag so mies benommen hatte. Als Entschuldigung verlangte sie eine Einladung zu „was auch immer“. Auf seine Frage, welche Bedeutung „was auch immer“ in ihren Augen habe, antwortete sie lachend: „Haben Sie tatsächlich so wenig Phantasie?“ Als Wagner den Laden schließlich verließ, fühlte er sich merkwürdig beschwingt. In der Tür drehte er sich noch einmal nach Lara um. Die Studentin hatte ihm nachgesehen. Doch anstatt rot zu werden, warf sie ihm eine Kusshand zu, bevor sie den nächsten Kunden bediente. Wagner musste grinsen. Die Kleine war ganz schön frech, und der Kaffee schmeckte aus unerfindlichen Gründen heute besonders gut.

„Kleinmann, guten Tag. Sie sind Herr Hauptkommissar Wagner?“ Eine dünne, eisig klingende Stimme riss ihn aus seinen Gedanken. Am Eingang zu den Büroräumlichkeiten der Firma Westhofen stand ein dünnes Männlein und streckte Theobald Wagner seine feingliedrige Hand entgegen. „So ist es. Und Sie sind der Personalchef?“ „Jawohl.“ Der Mann im perfekt sitzenden Anzug rückte seine schmale, dunkel gerahmte Brille im hageren Gesicht zurecht und deutete eine steife Verbeugung an. „Ich bin seit nunmehr sechsunddreißig Jahren in diesem Haus beschäftigt. Ich habe alle möglichen Höhen und Tiefen miterlebt. Aber so ein schrecklicher Tag wie dieser heute war gewiss noch nicht da.“ „Sie meinen den Tod von Herrn Westhofen?“ „Das ist eine Tragödie, fürwahr. Allerdings beziehe ich mich vielmehr auf die Tatsache, dass die Polizei den Mörder unter uns Mitarbeitern vermutet. Unser hoch geschätzter Herr Westhofen senior, Gott hab´ ihn selig, hätte diese, uns noch bevorstehende, Prozedur mehr als missbilligt.“ Personalchef Kleinmann zog die rechte Augenbraue ein wenig hoch. Sie lag nun wie ein Dreieck ohne Sockel auf der hohen glänzenden Stirn. Das Gesicht des Personalchefs erinnerte Wagner an das eines Vogels. Es wollte ihm nur nicht einfallen, an welchen speziell er dabei dachte. Kleinmanns arrogante Haltung und seine geschwollene Ausdrucksweise gingen Wagner mächtig auf die Nerven, trotzdem gelang es ihm, mit beherrschter Stimme zu sprechen. „Sie sind offenbar falsch informiert worden, Herr Kleinmann. Wir verdächtigen zu diesem Zeitpunkt noch überhaupt niemanden. Von den engsten Mitarbeitern Olaf Westhofens erhoffen wir uns vielmehr Informationen, die zur Ergreifung des Mörders führen. Es werden bei derartigen Ermittlungen grundsätzlich zuerst die Menschen in der nächsten Umgebung befragt, da sie das Opfer am besten kannten.“

Theobald Wagner machte eine kurze Pause und ein verbindliches Gesicht.

Dann platzte er mit einer Frage heraus, die ihm schon die ganze Zeit auf der Zunge lag: „Sie hielten nicht allzu viel vom Juniorchef, Herr Kleinmann?“ Das Vogelgesicht des Personalchefs wurde bleich. „Das möchte ich nicht gerade sagen, aber ihm fehlte durchaus das Format seines Herrn Vaters.“ Kleinmann sah sich um, als wolle er sich vergewissern, dass niemand zuhörte, und fügte dann leise hinzu: „Wir hoffen nun, dass der werte Herr Kai Westhofen die Geschicke der Firma übernimmt. Die meisten hier hielten ihn ohnehin für den einzig rechtmäßigen Erben dieses Traditionshauses.“ „Offenbar dachte Kai Westhofen selbst da anders. Sonst wäre er sicher nicht nach New York verschwunden, meinen Sie nicht?“ Wagner beobachtete Kleinmanns spitzes Vogelgesicht genau. Dieser kniff die Augen zusammen. „Er war nur klug genug zu erkennen, dass er und sein Bruder als Partner niemals harmonieren würden. Das hat sich schon zu Lebzeiten des Seniors herausgestellt. Die beiden waren schlichtweg zu verschieden.“ „Inwiefern verschieden?“, hakte Wagner interessiert nach. „Nun, Kai war seinem Vater in vielerlei Hinsicht sehr ähnlich. Traditionsbewusst und sich seiner Verantwortung gegenüber dem Haus und den Mitarbeitern im Klaren. Olaf hingegen hat nie verstanden, wie großartig dieses Unternehmen wirklich ist. Herr Westhofen senior hat es stets verstanden, Innovationen mit Tradition zu verbinden. Unser Haus ist weltweit dafür bekannt! Die Räumlichkeiten, beispielsweise, wurden niemals vollständig modernisiert, sondern stets liebevoll restauriert. Dieses Ambiente finden Sie in keinem anderen Modehaus mehr. Überall sehen Sie Aluminium, Plastik oder gar Gitterroste auf den Böden. Wo bleibt da das Flair?“ Herr Kleinmann war ein glühender Fan dieses Modetempels, das stand außer Frage, denn es folgte ein langer Vortrag über die Schande, die Olaf Westhofen mit seinem Regime über das Haus gebracht hatte. Kleinmann bezeichnete seinen toten Chef als desinteressiert und geldgierig. Er nannte ihn einen Lebemann und wiederholte mehrfach, dass er niemals begriffen hätte, welch großartiges Unternehmen im förmlich geschenkt wurde. Blabla.

Hauptkommissar Wagner hörte während des inbrünstig vorgetragenen Monologs allerdings wenigstens ein paar brauchbare Fakten heraus. Olaf Westhofen hatte nach verschiedenen Fehlentscheidungen Personal kürzen müssen, um der finanziellen Schieflage der Firma ein wenig entgegen zu wirken. Das Haus hatte unter seiner Führung stark an Prestige eingebüßt, und der neueste Plan des Opfers, die hauseigene Schneiderei für Maßkonfektion zu schließen, regte den Personalchef derart auf, dass er im Gesicht rote Flecken bekam. Nun war der Mann noch unansehnlicher als zuvor. Bravo!

„Herr Kleinmann, wo waren Sie eigentlich am frühen Montagmorgen?“ Diese Frage an sein Gegenüber fiel absichtlich beiläufig aus. Kleimann sah Wagner zunächst verständnislos an. „Wo soll ich um diese Uhrzeit schon gewesen sein? Im Bett nat...“, die roten Flecken in seinem Gesicht nahmen tatsächlich noch an Farbe zu. Nun waren sie beinahe lila.

Der Personalchef holte theatralisch Luft: „Wie können Sie es wagen? Niemals würde ich einem Menschen etwas antun. Sie dürfen gerne meine Gattin befragen. Sie wird Ihnen alles bestätigen.“ Herr Kleinmann bebte vor Zorn.

Theobald Wagner hingegen hatte nun endgültig Mühe, seine Antipathie gegen diesen Mann im Zaum zu halten. Dennoch bemühte er sich die Wogen zu glätten, indem er erklärte, dass es seine Pflicht sei, alle Möglichkeiten auszuloten, auch wenn sie noch so absurd waren. Herr Kleinmann rang sichtlich um Fassung. Nachdem er umständlich ein streng riechendes Kräuterbonbon aus der Verpackung befreit und in der linken Backentasche verstaut hatte, straffte er seine Haltung, und antwortete bemüht verbindlich: „Natürlich müssen Sie fragen. Das ist Ihr Beruf. Ich bitte höflichst um Verzeihung. Sie können jederzeit mit meiner Gattin Kontakt aufnehmen. Wenn Sie mir nun bitte folgen wollen? Wir haben Ihnen die Konferenzräume für die Befragungen zur Verfügung gestellt. Ihr Kollege hat bereits begonnen." Herr Kleinmann verbeugte sich knapp und wies Hauptkommissar Wagner den Weg.

„Guten Morgen allerseits." Wagner nickte seinem Kollegen Menzel und den anwesenden Mitarbeitern Westhofens zu, bevor er sich dem Personalchef ein letztes Mal zuwandte.

„Herr Kleinmann, Sie können nun wieder zu Ihrer Arbeit zurückkehren. Wir haben schon alles Wesentliche besprochen. Danke für Ihre Offenheit." Der Personalchef rang seinem Vogelgesicht ein schmallippiges Lächeln ab und verschwand wortlos.

Theobald Wagner besprach sich kurz mit Menzel, der ihm mitteilte, dass die bisherigen Gespräche nichts Interessantes ergeben hatten. Offenbar teilten alle bisher angehörten Angestellten mehr oder weniger die Auffassung von Personalchef Kleinmann. Halbherzige Betroffenheit über den Mord an Olaf Westhofen und die Hoffnung, dass dessen Bruder nun die alte Ordnung wieder herstellen würde. Die folgenden Befragungen brachten diesbezüglich auch nichts Neues. Hauptkommissar Wagner wurde langsam ungeduldig. Irgendwer musste doch etwas wissen. Er brauchte eine Spur. Leise fluchte er in sich hinein, als Menzel auf ihn zukam.

„Ich spreche gerade mit der Assistentin unseres Opfers. Das solltest du dir anhören.“ Eilig folgte Wagner Menzel in den kleineren der Konferenzräume.

„Das ist Susan Bergner. Bitte, Frau Bergner wiederholen Sie doch noch einmal, was Sie mir gerade erzählt haben.“, bat Menzel eine umwerfend schöne Frau, die mit übereinander geschlagenen Beinen in einem Sessel saß.

Sie war schätzungsweise Anfang dreißig. Lange blonde Haare säumten ihr Gesicht. Eigentlich sah sie viel mehr nach einer Laufstegschönheit als nach einer Assistentin aus. Ihre leicht arrogant wirkenden Gesichtszüge verstärkten diesen Eindruck. Susan Bergner erhob sich kurz von ihrem Stuhl und reichte Theobald Wagner die perfekt manikürte Hand. Beim Hinsetzen bot sie ihm eine überwältigende Aussicht in den Ausschnitt ihrer Bluse.

„Zunächst wiederhole ich noch einmal, dass ich für die Nacht zum Montag gleich mehrere Alibis habe, bevor Sie auf falsche Gedanken kommen. Sie dürfen das gerne überprüfen.“

Mit diesen Worten schlug Susan Bergner ihre langen Beine wieder übereinander.

„Ich hätte diesen Laden ohnehin bald verlassen. Für mich gibt es hier keine Zukunft. Sie müssen wissen, dass ich nicht nur Olafs Assistenz war, sondern vor allem seine Freundin, Geliebte, Ungeliebte... nennen Sie es, wie Sie wollen. Er wusste ja selbst nicht, wie er unsere Beziehung nennen sollte." Susan Bergner klang mächtig verbittert. „Die da draußen zerreißen sich jetzt das Maul über mich, vermutlich noch mehr als zuvor." Mit einer abfälligen Kopfbewegung deutete sie in Richtung Tür. „Er hat Sie verlassen?" Wagner bemühte sich um einen sensiblen Ton. „Nein. Das kann ich nicht gerade sagen. Vielmehr habe ich ihn verlassen, weil seine Vorstellung von unserem Arrangement sich nicht mit meinen Zukunftsplänen deckte. Das hat unsere Zusammenarbeit mehr als belastet. Er wollte mich offenbar nicht verlieren, seine anderen Neigungen aber auch nicht aufgeben." Die Frau sah Wagner forsch an. Gerade wollte er nach diesen anderen Neigungen fragen, als sie ihm plötzlich zuvorkam.

„Halten Sie mich für attraktiv?" Menzel und Wagner nickten unisono wie hypnotisiert.

„ Das tue ich selbst auch. Außerdem bin ich klug, gebildet und manche finden mich sogar witzig. Das alles reichte Monsieur Westhofen aber nicht." Sie machte eine kurze Pause und sah auf die geballten Fäuste in ihrem Schoß. Die Spannung im Raum war mit Händen zu greifen. „Lass' raus, Mädchen", dachte Wagner ungeduldig. Susan Bergner wirkte mit einem Mal traurig, als sie ihren Kopf wieder hob. „Im Grunde genommen konnte er nichts dafür. Er ist... war bisexuell. Da ist nichts zu machen. Als ich dahinter gekommen bin, habe ich unsere Beziehung beendet." Sie kniff ihre Augen zusammen. „Fragen Sie doch mal die Stricher am Bahnhof. Einer von denen wird es wohl gewesen sein.“ Wagner fuhr sich mit der Hand durch sein dichtes, dunkles Haar. „Danke, Frau Bergner. Das war erstmal alles.“

Menzel und er selbst verabschiedeten sich von der sichtlich erleichterten Belegschaft. Die beiden Männer strebten schweigend dem Ausgang aus Westhofens Modetempel entgegen. Auf den Planken angekommen, kramten sie immer noch schweigend in ihren Jackentaschen nach ihren Zigaretten. Mit dieser Nummer hätten sie locker an einem „Zigarettensynchronanzündewettbewerb“ teilnehmen können, wenn es einen solchen denn gäbe.

Menzel brach schließlich das Schweigen. „Der helle Wahnsinn, Westhofen stand auf kleine Stricher. Wenn die Presse Wind davon kriegt…“ „Jetzt mach´ mal halblang. Die Presse? Ich glaub´ du spinnst. Das ist vertraulich, klar?“ „Seit wann richtest denn ausgerechnet du dich nach den Dienstvorschriften? Das ist ja was ganz Neues!“ Es war klar, worauf Menzel anspielte. Theobald Wagner war momentan wahrlich nicht in der Position, den Heiligen zu mimen. War er es jemals gewesen? „Schon gut. Hast ja recht. Lust auf ´ne Razzia am Bahnhof morgen Nacht?“ Er boxte Menzel freundschaftlich auf den Oberarm. „Aber immer doch. Hab´ s nicht so gemeint. Du kriegst deine Probleme in den Griff, oder?“ Wagner nickte kurz. Er musste sie in den Griff kriegen. Gestern Abend hatte er doch schließlich den ersten Schritt in die richtige Richtung getan, oder war seine Standhaftigkeit etwa nur eine Ausnahmeerscheinung gewesen? Es war jedenfalls nichts, was er mit seinem jungen Kollegen diskutieren wollte. Vielleicht gab es für Fälle wie ihn einen Ratgeber? „Wie durchbreche ich meinen persönlichen Teufelskreis." Die Buchhandlungen quollen förmlich über von solcher Literatur.

Auf dem Revier wartete der Papierkram. Alibis überprüfen und viel schlimmer, den Chef über die neuesten Entwicklungen informieren. Halbherzig verkaufte er Lutz Hartmann die Razzia am Bahnhof als die heißeste Spur in diesem Fall. Obwohl dies tatsächlich der Wahrheit entsprach, glaubte Wagner nicht so recht an die Möglichkeit, dass ein Stricher nach dem Sex in der Villa einen Mord an Olaf Westhofen begangen haben sollte.

Wagner war bislang kein Fall aus dieser Szene bekannt, bei dem zuvor ein paar hundert Regenwürmer eingesammelt worden waren, um sie nach begangener Tat über dem Opfer auszuleeren. Das war Blödsinn. Der Erfahrung nach töten Stricher höchstens im Affekt, weil sie beispielsweise beim Stehlen erwischt wurden. Dasselbe galt auch für den perfekt gemalten Drachen auf dem Körper des Opfers. Die Filzstifte für dieses Kunstwerk führt der Stricher von Welt grundsätzlich bei sich? Das Ganze war absurd. Dieser Mord an Olaf Westhofen war vorsätzlich und, so schien es zumindest, von langer Hand und äußerst sorgfältig geplant.

Wenn er doch bloß hinter die Bedeutung der Würmer und des aufgemalten Drachens kommen könnte. Ganz zu schweigen von dem Ring im Enddarm des Opfers.

Theobald Wagner wusste, dass hier der Schlüssel zur Lösung des Falls lag. Zumindest soviel war von seiner Intuition noch übrig geblieben.

4

Der Mann warf die druckfrische Tageszeitung auf den Tisch. Von der Presse war nicht viel zu halten. Er drehte die Musik lauter. Nun dröhnte sie aus jedem Winkel des Raums. Er hatte es selbst so eingerichtet. Es war nicht nötig gewesen, jemanden um Rat zu fragen. Das hatte der Mann nie nötig gehabt. Einen Moment lang genoss er dieses Gefühl der absoluten Unabhängigkeit. Der Mann hätte sehr wohl jemanden beauftragen können, diese lästige Arbeit an der Elektrik zu verrichten. Dieser Jemand hätte seine heiligsten Räume allerdings niemals lebendig verlassen dürfen. Ein Grinsen huschte ihm über das Gesicht. Hätte ein anderer es besser machen können als er selbst? Gewiss nicht. Kaum jemand konnte an seine Perfektion heranreichen.

Die Presse - was wusste die schon? Der Mann nahm den Mannheimer Morgen wieder zur Hand. „Ein Drache mit farbigen Filzstiften aufgemalt - wie eine dilettantische Tätowierung.“ Dilettantisch. Was wussten diese Schreiberlinge schon über Unfähigkeit? Er trat an die Arbeitsplatte unter der Pinnwand. Dort war alles sauber dokumentiert. Dieser Westhofen hatte seinen Tod selbst provoziert, auch wenn es diesem Narren zu Lebzeiten nie bewusst war.

Deshalb hatte der Mann Zeichen hinterlassen, quasi für die Nachwelt. Sie sollte eines Tages die Bedeutung seines

Werkes begreifen können. Wann dieser Zeitpunkt gekommen war, würde er allein bestimmen.

In der Zeitung stand nichts über den Ring. War es Taktik der Polizei, dieses Detail zu verschweigen? Soweit die zu taktischem Denken überhaupt fähig war!

Oder erschien der Presse dieses Detail als zu geschmacklos?

Der Mann hoffte, nicht an einen kompletten Vollidioten geraten zu sein. Er brauchte einen würdigen Gegner in diesem Spiel. Keinen hirnlosen Uniformierten, der unfähig war, selbstständig zu denken. Wo bliebe denn sonst der Reiz?

Der Mann hatte lang abgewogen, ob und wie er den Ring an seinen vorbestimmten Platz positionieren sollte. Es war ihm zunächst zuwider gewesen, den Ring im Enddarm Westhofens zu platzieren. Aber genau dort gehörte er nun einmal hin. Es hatte ihn eine Menge Disziplin gekostet, sich dazu zu überwinden. Doch die Vollkommenheit seines Werkes verlangte es. Also gab es keine andere Möglichkeit.

Der Mann stützte seine athletischen Unterarme auf die Arbeitsplatte und betrachtete die Tuscheskizzen des Drachen. Dilettantisch! Die hatten keine Ahnung! Er hatte sehr wohl im Vorfeld darüber nachgedacht, sich das Handwerk des Tätowierens anzueignen, um dem Drachen mehr Gewicht und mehr Tiefe zu verleihen. Es hätte die Umsetzung seines Plans allerdings unnötig hinausgezögert. Nicht, dass er nicht fähig gewesen wäre, diese Kunst zu erlernen! Er konnte alles lernen! Es hatte schlicht die Zeit gedrängt!

Dilettantisch!

Er nahm die Tuschefeder auf und trat vor den Spiegel. Dann legte er den Kopf zur Seite und sah zu, wie die Feder eine gerade Linie oberhalb seiner linken Brustwarze zog. Augenblicklich floss Blut. Er ließ die Feder ins Waschbecken gleiten und versorgte die Wunde. Das musste reichen. Mehr Strafe war nicht nötig. Wie immer kam es auch hierbei auf die richtige Dosierung an.

Er sah sich im Spiegel in die Augen. Das nächste Mal machst du es besser, perfekter!

Das nächste Mal stand kurz bevor.

Er musste zurück zur Pinwand, denn dort wartete seine nächste Prüfung, und diese galt es sorgfältig vorzubereiten. Der Mann musste sicher gehen, dass ihm niemand mehr dilettantisches Vorgehen nachsagen konnte.

5

Nachdem Hauptkommissar Theobald Wagner den gesamten Mittwoch im Büro verbracht und die Unmengen privater und geschäftlicher Papiere von Olaf Westhofen ohne erhellendes Ergebnis durchgesehen hatte, hoffte er, bei der bevorstehenden Razzia am Bahnhof auf einen brauchbaren Hinweis zu stoßen. Er hatte zwar immer noch größte Zweifel. Nach der Überprüfung aller Details dieses Falls hielt er es für unwahrscheinlicher denn je, dass irgendein Stricher den Mord begangen haben könnte. Nach Angaben der Hausangestellten der Villa Westhofen fehlte kein einziger Wertgegenstand. Alles war dort schon seit Generationen katalogisiert worden: Schmuck, Uhren, Antiquitäten, Kunst, Teppiche, Silber, Meissner Porzellan und so weiter. Die Liste las sich wie eine Auktionsliste bei Sotheby's.

Es gab keinerlei undurchsichtige Transaktionen auf den Privatkonten des Toten.

Im Schlafzimmer hatte eine Geldklammer mit 2800 Euro gelegen, und sämtliche Kreditkarten waren fein säuberlich im eleganten Aigner-Portemonnaie des Toten verstaut.

Das Bett war unberührt gewesen. Keinerlei Anzeichen, die auf sexuelle Aktivitäten hätten schließen lassen.

Stattdessen hoffte Theobald Wagner vielmehr auf einen Zeugen unter den Strichern, der mehr Details aus dem gut gehüteten Privatleben des Opfers kannte. Oder bestenfalls auf einen verstörten Stricher, der aus einem Versteck beobachtet hatte, wie …

‚Blödsinn. Hör´ auf zu träumen, Wagner', ermahnte er sich und schlug sich diese absurde Idee aus dem Kopf.

Seine Kollegen hatten jedenfalls Witterung aufgenommen, das spürte Wagner deutlich. Für sie war klar, dass Olaf Westhofen seinen Mörder selbst ins Haus gelassen hatte, da es keinerlei Einbruchspuren gab. Und so ein Stricher kam ihnen jetzt gerade recht. Das Team war davon überzeugt, heute Nacht am Bahnhof mindestens einen Tatverdächtigen zu finden, und dementsprechend hoch motiviert. Menzel war, abgesehen von Wagner selbst, der Einzige, der daran zu zweifeln schien.

Hauptkommissar Wagner beschloss, noch schnell einen Happen zu essen, ausgiebig zu duschen und etwas auszuruhen, bevor er mit seinen Kollegen das Bahnhofsviertel durcheinander brachte. Wer wusste schon, wann das nächste Mal Gelegenheit dazu sein würde. Außerdem brauchte er heute Nacht sämtliche Sinne. Um halb eins sollte es losgehen. Zu dieser Zeit war Hochkonjunktur rund um den Bahnhof.

Mit einer reichhaltigen Portion Börek und sechs gefüllten Weinblättern in einer dünnen, orangefarbenen Plastiktüte schlenderte er wie zufällig am Coffeeshop vorbei nach Hause. Lara war nicht da. Theobald Wagner ertappte sich dabei, wie er vor dem Schaufenster einen Moment stehen blieb und nach ihr Ausschau hielt. Was hatte es nur mit dieser Studentin auf sich? Sie war doch viel zu jung für ihn. Wie alt ist man denn gemeinhin, wenn man zur Uni geht? In welchem Semester sie wohl studierte? Er gab sich selbst einen Schubs und ging weiter. Es war egal, in welchem Studienjahr sie steckte. Sie war definitiv zu jung, und außerdem hatte Wagner sowieso keine Zeit für Frauen. Seine letzte ernsthaftere Beziehung lag wie viele Jahre genau zurück? Er konnte sich nicht daran erinnern. Dennoch dachte Theobald Wagner immer häufiger an Lara, und das gefiel ihm. Obwohl es ihm auch wieder nicht gefiel! Er fühlte sich innerlich hin und her gerissen, was wunderbar zu der anderen Zerrissenheit passte, die sein Seelenleben dieser Tage ohnehin schwer beutelte. Bravo!

Essen, schlafen, duschen. Auf diese Grundbedürfnisse kam es jetzt an. Es waren schließlich nur noch ein paar wenige Stunden, bis die wahrscheinlich sinnloseste Razzia Wagners gesamter Polizeilaufbahn beginnen sollte.

Punkt halb eins startete das Team Richtung Bahnhof. Dies war die zweite aufeinander folgende Nacht ohne Alkoholexzess seinerseits. ‚Bravo Wagner, geht doch!‘

Die stundenlange Befragung der vorwiegend jungen Stricher zermürbte Theobald Wagner. Immer wieder Personalien aufnehmen und überprüfen, zig Mal dieselben Fragen stellen. Obendrein waren die Jungs extrem bockig. In gewisser Weise hatte er Verständnis. Die Polizei hatte sie eine ganze Nacht um ihre Einkünfte gebracht. Außerdem sorgten Razzien am Bahnhof nachhaltig für schlechte Verdienste bei den Strichern. Es würde seine Zeit brauchen, bis die lukrativen Freier sich wieder hierher wagten.

Mit jedem weiteren verzickten Stricher wurde Hauptkommissar Wagners Sehnsucht nach einem Drink größer. So kam er nicht voran, aber genau das hatte er ja bereits geahnt.

Zwei der Jungs, auffällig hübsche Erscheinungen, gaben als Einzige zu, den toten Olaf Westhofen gekannt zu haben, bestritten aber entschieden, etwas mit seinem Tod zu tun zu haben. Immerhin erklärten sie sich bereit, mit aufs Revier zu kommen, um eine Aussage zu machen. „Dank Euch ist hier die nächste Zeit eh tote Hose“, hauchte Jean, der größere der beiden, mit halb geschlossenen Augen.

In seinem Büro ließ Theobald Wagner den beiden filigranen Männern einen Kaffee bringen. Jean und Chérie, wie sich die beiden nannten, berichteten in aller Ausführlichkeit über die sexuellen Vorlieben von Olaf Westhofen. Sie hatten sich stets zu dritt getroffen. Niemals in seiner Villa. Der nächtliche Treffpunkt war vielmehr eine luxuriöse Wohnung am Rande der Oststadt, nur zehn Minuten Fußweg von Westhofens Modetempel entfernt. Jean und Chérie erzählten, dass sie meist bis zum frühen Mittag des nächsten Tages dort blieben, wohingegen Westhofen im Morgengrauen verschwand. „Er war eben ein Workaholic. Wie Richard Gere in Pretty Woman!“, schwärmte Chérie.

Angesichts dieses Vergleichs fiel es Wagner furchtbar schwer, sein Amüsement zu verbergen. Doch die beiden Stricher waren viel zu sehr mit ihrer Geschichte beschäftigt, um Hauptkommissar Wagners zuckende Mundwinkel zu bemerken. Laut Jeans Ausführungen schlossen die beiden stets die Wohnungstür ab und warfen den Schlüssel anschließend im Foyer in den Briefkasten, wenn sie das Haus wieder verließen. Wehmütig erinnerten sie sich an Champagner und Austern oder Entenleberpastete. Olaf Westhofen hatte stets das Doppelte des verlangten Preises bezahlt. Klar, dachte Wagner, nur zufriedene Stricher sind schweigsame Stricher. Jean und Chérie verdrückten die eine oder andere Träne während des Gesprächs. Die beiden hatten den Toten offensichtlich zu sehr geschätzt, um ihn zu ermorden. Obendrein stellte sich die Frage, warum sie sich selbst diesen großzügigen Geldhahn hätten zudrehen sollen. Hauptkommissar Wagner ahnte, dass in dieser *ménage à trois* eine verschwiegene Loyalität geherrscht hatte, die vermutlich über bezahlten Sex hinausreichte. Hier war auf eine merkwürdige Art aufrichtige Sympathie im Spiel.

Menzel streckte den Kopf zur Tür rein: „Theo, kommst du mal?“ Er ließ die beiden jungen Männer allein. „Also, die Wohnung, von der die Jungs berichten, gehört der Firma Westhofen und wird Geschäftspartnern bei längeren Aufenthalten zur Verfügung gestellt. Das Alibi der beiden zur Tatzeit könnte zudem kaum besser sein. Sie waren tatsächlich auf einer Party eingeladen und heizten die Stimmung als Go-Go-Tänzer bis kurz vor sechs Uhr früh mächtig an.“ Menzel machte ein betretenes Gesicht. „Selbst, wenn sie kein Alibi gehabt hätten“, konterte Wagner müde, „sie waren es nicht. Es gibt kein greifbares Motiv. Lass‘ sie gehen. Wieder eine Nacht für den Arsch. Geh nach Hause. Wir sehen uns dann später.“

Es war bereits halb sechs, als Theobald Wagner müde auf sein Bett fiel. Er hatte nicht einmal mehr Lust auf einen Scotch.

Um halb neun ertönte ohne Erbarmen der Radiowecker. „Sieh mir noch einmal in die Augen Baby, bevor du gehst…“ Xavier Naidoos Stimme weckte Wagner unsanft aus einem unruhigen Schlaf. Er rieb sich die Augen und versuchte, die Bilder seines Schlafes loszuwerden. Im Traum hatten sein

Chef und Olaf Westhofen Bruderschaft getrunken. Lachend stießen sie in der Eingangshalle der Villa Westhofen mit überdimensionalen Cognacschwenkern auf das Ende von Wagners Karriere bei der Mordkommission an. Jean und Chérie tanzten auf dem blanken schwarzen Granitboden nackt in Federboas gehüllt zu Technobeats. Wagner sah sich untätig in dieser Szene stehen - wie ein Statist. Er hatte nicht viel übrig für Traumdeutung, aber dieser hier war schon sehr bizarr gewesen. Während er sich duschte und umzog konnte Wagner nicht aufhören, an diese Szene zu denken. Sie war bunt und lebendig in seinem Kopf. Die Untätigkeit verstörte ihn am meisten. Das war überhaupt nicht seine Art. Er war ein Mann der Tat und hasste es, irgendwelchen Geschehen passiv beiwohnen zu müssen.

Erst als er die Treppen zu seinem Büro erklomm, bemerkte er, dass ihn nicht wie üblich sein doppelter Espresso begleitete. Wagner Speziale, wie Lara zu sagen pflegte. Shit.

Jetzt musste er diese erbärmliche Revierplörre trinken. Einen flüchtigen Moment lang dachte er an Laras bezauberndes Lächeln.

Theobald Wagner schob diesen Gedanken beiseite, als er sich hinter seinen Schreibtisch setzte. Was sollte er jetzt tun? Die Untersuchung im Mordfall Westhofen war am Laufen. Bisher zwar ohne Ergebnis, aber es gab nichts weiter zu tun. Das Telefon riss ihn aus den düsteren Gedanken.

„Kremer hier. Ich habe gerade eine Leiche auf dem Tisch, die eigentlich Ihnen gehört.“ Theobald Wagner wusste nicht recht, was er antworten sollte. „Sind Sie noch da?“, hakte Kremer ungeduldig nach. „Ja, bin ich. Aber ich verstehe nicht, wie Sie das meinen, Doktor."

„Nennen sie mich doch nicht Doktor. Sie wissen, ich hasse das!" Natürlich wusste Wagner das. „Sie sind noch nicht ganz da. Soll ich später wieder anrufen?" Dr. Kremer klang wieder einmal besorgt. „Falls Sie auf meine üblichen morgendlichen Verschleißerscheinungen anspielen, kann ich Sie heute enttäuschen. Drei Stunden Schlaf in der Nacht sind einfach ein bisschen wenig. Außerdem sprechen Sie in Rätseln. Ich habe keine Leiche bestellt. Ein Kaffee wäre mir offen gestanden lieber." Theobald Wagner klang etwas zerknautscht. „Schön, dass Sie mich diesbezüglich enttäuschen. Trotzdem ist hier vor einer Stunde eine taufrische Leiche eingegangen. Ein gewisser Wilhelm Gornheim. Ihr spezieller Freund Weller ist mit dem Fall betraut. Er will später zur Obduktion kommen. Die Röntgenbilder habe ich bereits machen lassen. Es ist ja ansonsten wenig los bei uns. Ich dachte, es wäre gut, schon einmal drauf zu schauen. Ihr Kollege Weller ist bekanntermaßen ‚von der ganz schnellen Truppe'."

Theobald Wagner grinste.

Der Kollege Weller und er selbst hätten unterschiedlicher kaum sein können. Null Gefühl und Spontaneität, geschweige denn Geist, steckte in diesem Paragraphenreiter. Er war lahmer als eine Schnecke. Aber auf seine Weise hatte er großen Erfolg. Das musste Wagner trotz aller Antipathie anerkennen.

Doktor Kremer unterbrach jäh seine Gedanken: „Ich habe jedenfalls was gefunden, das diesen toten Körper zu Ihrer Leiche macht. Wollen Sie raten?" Hauptkommissar Theobald Wagner wurde es mit einem Mal heiß und im nächsten Moment eiskalt. ‚Bitte nicht. Keine Serie. Oder doch?'

Noch bevor er seine Gedanken aussprechen konnte, klang Dr. Kremers Stimme an sein Ohr:

„Da ist ein Ring. Ziemlich genau an derselben Stelle, wie bei unserem letzten Opfer. Es ist also wahrscheinlich, dass…" „ … die beiden Morde zusammenhängen! Wir haben eine Serie! Scheiße!" Wagners Stimme klang heiser. „Ich rede mit Lutz Hartmann. Wahrscheinlich sehen wir uns heute Mittag zur Autopsie. Bis dann, Doc."

Auf dem Weg zum Büro seines Chefs spielte er zig verschiedene Verlaufsmöglichkeiten des bevorstehenden Gesprächs durch. Sicher war nur, dass es nicht angenehm werden würde.

Lutz Hartmann blickte neugierig über seinen übervollen Schreibtisch hinweg, als Wagner eintrat. „Theo, setz dich. Gibt's was Neues?" ‚In gewisser Weise schon', dachte Wagner bitter, und berichtete vom Anruf aus der Gerichtsmedizin. Bei dieser Gelegenheit klärte er seinen Chef gleich über die ergebnislose Razzia am Schwulenstrich auf. „So traurig es ist, die Leiche auf dem Tisch bei Dr. Kremer ist der erste Lichtblick. Wir wissen jetzt, dass es sich um eine Mordserie handelt, deshalb haben unsere Bemühungen auch keine Ergebnisse gebracht. Wir haben bisher nur im Umfeld des Opfers ermittelt." „Willst du mir diese Entwicklung etwa als Glücksfall verkaufen, Theo?" Lutz Hartmann blieb verdächtig ruhig.

„Was bleibt uns anderes übrig? Jetzt wissen wir, dass wir die Suche nach dem Mörder erheblich ausweiten müssen. Bei Olaf Westhofen waren merkwürdige Dinge am Tatort verteilt worden. Der aufgemalte Drache auf seiner Brust, die Würmer und der Ring. Das neue Opfer hat ebenfalls einen Ring im … äh… Enddarm. Wenn man die Fotos von beiden Tatorten vergleicht, ergeben sich noch mehr auffällige Ähnlichkeiten, da wette ich, und…“

„Ja, dann leg halt mal los. Dieser Glücksfall von Leiche gehört dir. Zeig uns allen, dass du noch was drauf hast.“ Hartmann klang entsetzlich sarkastisch. Das war kein allzu gutes Zeichen.

„Die Leiche gehört Weller. Du weißt, dass er sich den Fall nicht so einfach entziehen lässt“, gab Wagner schlicht zu bedenken, und bemühte sich möglichst emotionslos zu klingen.

„Wer in dieser Abteilung welchen Fall bearbeitet, entscheide immer noch ich. Weller hat weniger Probleme, sich Weisungen zu fügen, als du. Dank Olaf Westhofen ist es dein ‚Glücksfall‘.“ Lutz Hartmann zeichnete mit beiden Zeigefingern Gänsefüßchen in die Luft und grinste. Großkotz! Wagner hasste diese Seite an seinem Chef. „Bring mir Ergebnisse. Versetze dich in den Täter hinein. Darin warst du immer einsame Spitze. Aber warte damit nicht, bis die halbe Stadt ermordet wurde. Du hast ein Zeitlimit, das ist dir hoffentlich klar. Es täte mir wirklich leid, dich in dieser Abteilung zu verlieren, aber ich kann nicht ewig meine Hand über dich halten. Wenigstens scheinst du die Sauferei jetzt im Griff zu haben. Die Arbeit an diesem Fall scheint dir offenbar gut zu tun.“

Wieder so ein beschissener Vortrag. Niemand verstand es so brillant wie Lutz Hartmann, zwischen Sarkasmus und Ernsthaftigkeit zu wechseln. Er hielt sein Gegenüber dadurch immer in Habachtstellung. Hauptkommissar Wagner war, so lange sie sich kannten, nie dahinter gekommen, ob dies pure Absicht war oder nur tölpelhaftes Verhalten, resultierend aus absoluter Gefühlstaubheit.

„Ich muss in die Gerichtsmedizin. Bis dann“, quetschte Wagner knapp hervor. Seine Stimme krächzte ein wenig. Urplötzlich hatte er einen trockenen Hals.

Draußen auf dem Gang fuhr er sich durchs Haar, als könnte er so den neuen Druck, den dieses Gespräch in ihm aufgebaut hatte, loswerden. „Arschloch!“ Wagner wusste nicht, ob er damit seinen Chef oder sich selbst meinte. Lutz Hartmann war neun Jahre älter als er selbst und hatte eine bemerkenswerte Karriere hingelegt. Vermutlich rührte seine Selbstgefälligkeit daher, dass sein Leben stets auf der Überholspur stattgefunden hatte. Bevor Wagner seinen Erfolgseinbruch erlebt hatte, war ihm diese Art, mit den Leuten umzugehen, nicht weiter unangenehm aufgefallen. Er hatte sogar Spaß daran gehabt, sich in dieser Disziplin mit seinem Chef zu messen. Er war selbst gnadenlos sarkastisch und selbstsicher - nein, arrogant gewesen.

Vom Erfolg verwöhnt, hatte Theobald Wagner schon immer auf der Sonnenseite des Lebens gestanden. Genau das brach ihm bei den ersten Misserfolgen das Genick. Damals vermischten sich privates und berufliches Dilemma, und er…

Genug davon. Das war nun vorbei. Jetzt würde er wieder voll durchstarten.

Im Handschuhfach seines Wagens wühlte er nach passender Musik zu seiner Stimmung. Mister Cash war jetzt genau der Richtige. Auf dem Weg zur Gerichtsmedizin trommelte er im Takt auf dem abgegriffenen Lenkrad seines Wagens herum. Als Hauptkommissar Wagner die Gerichtsmedizin betrat, klingelte sein Handy. Menzel rief an. „Hey Theo. Eben war der Weller bei uns im Büro. Hat mir einen Berg Papierkram auf den Tisch geknallt und gesagt, wir sollten uns das Zeug selbst sortieren. Bin gar nicht dazugekommen zu fragen, was los ist. Weißt du, was der wollte?“ Theobald Wagner schwieg einen Moment. Merkwürdigerweise konnte er nicht einmal schadenfroh grinsen. Weller tat ihm leid. Er hatte sich mit seinem ungeheueren Gehorsam wahrscheinlich nicht einen Moment gegen Lutz Hartmann zur Wehr gesetzt, obwohl es ihm vermutlich mächtig stank, den Fall ausgerechnet an das Team seines Erzfeindes abgeben zu müssen. Wagner selbst wäre es genauso ergangen. Allerdings hätte er das Feld gewiss nicht kampflos geräumt. „Sortiert das Zeug. Dieser Fall passt zum Mord an Olaf Westhofen. Ich bin unterwegs zur Obduktion. Wenn ich zurück komme, reden wir über alles. Hat Weller sonst noch was gesagt?“ „Ähm… Nicht der Rede wert. Bis später dann.“

Die Autopsie verlief unspektakulär. Dr. Kremer entfernte den Ring aus dem Enddarm. Wagner war diesmal weniger zum Kotzen zumute und der Gerichtsmediziner schien sich sehr darüber zu freuen. Der Ring war identisch mit dem College-Ring aus Westhofens Enddarm. Kaugummiautomaten-Qualität, aber der Stein war diesmal grün. Wagner betrachtete die männliche Leiche genauer. Wilhelm Gornheim war hager und sein Kopf mit schlohweißem, feinem Haar bedeckt. Der vierundsechzig Jahre alte Mann hatte eine krumme, lange Nase im ausgezehrt wirkenden Gesicht. Dr. Kremer hob eines der Augenlider an und brachte kurz ein wasserblaues Auge zum Vorschein, das von wenigen dünnen Wimpern umrahmt war. Hauptkommissar Wagner dachte an Olaf Westhofen und seine durchtrainierte Figur. Bei früheren Fällen waren ihm bei Serienmorden Ähnlichkeiten im Erscheinungsbild der Opfer aufgefallen. Er hatte immer zu sagen gepflegt, dass auch ein Serienkiller seine Favoriten habe. Das traf hier jedoch nicht zu. Unterschiedlicher hätten diese beiden Opfer nicht sein können. Sie schienen beinahe willkürlich ausgewählt worden zu sein. Dr. Kremer untersuchte die Stichwunde. Er tippte auf ein Schwert mit breiter Klinge. Später wollte er noch einen Abdruck von der Wunde machen, um die Waffe genauer identifizieren zu können. Auch das war anders als beim ersten Opfer.

Diesmal hatte der Täter sein Mordinstrument offenbar wieder mitgenommen. Aber warum?

„Vielleicht ein Familienerbstück?“, scherzte Dr. Kremer. Hauptkommissar Wagner grinste. Im weiteren Verlauf der Autopsie fanden sich Tonsplitter im Haar und auf der Haut des alten Mannes. „Sie sind bemalt“, die Stimme von Dr. Kremer durchschnitt die Stille.

„Wie bei Tonschüsseln, die vor dem Glasurbrand bemalt wurden.“

Wagner war indes schon am Telefon und löcherte Menzel mit Fragen zum möglichen Ursprung der Tonsplitter. „Mhm, ja verstehe. Dank dir. Bis später.“

Der Gerichtsmediziner sah ihn neugierig an. „Ein Gartenzwerg aus Ton. Die Scherben wurden neben der Leiche gefunden.“ „Dank der Tonsplitter wissen wir immerhin, dass der Zwerg nach dem Tod in unmittelbarer Nähe des Opfers zerschlagen wurde.“ In Dr. Kremers Stimme schwang Triumph mit. „Schön. Der Täter hinterlässt keine Spuren, also DNA oder Ähnliches, richtig?“ Der Gerichtsmediziner nickte: „Bisher haben weder wir noch die Spurensicherung etwas Brauchbares gefunden. Der Typ muss sehr gewissenhaft vorgehen. Er trägt Handschuhe, Mundschutz und eventuell einen Ganzkörperanzug, so etwas wie einen Neopren-Tauchanzug. Oder vielleicht rasiert er sich vor jedem Mord sämtliche Körperhaare.“ Dr. Kremer freute sich über seinen Witz. Wagner war nicht in der passenden Stimmung.

„Das, was wir tatsächlich finden, hinterlässt er mit voller Absicht. Bei Westhofen waren es Regenwürmer, ein aufgemalter Drache auf der Brust des Opfers und dieser Ring. Bei Herrn Gornheim finden wir denselben Ring. Warum hat der Mörder den Gartenzwerg zerschlagen? Wir müssen davon ausgehen, dass er ihn selbst mitgebracht hat, so wie die Würmer, die Farbstifte - und die Ringe. Ich glaube, wir sollen anhand dieser Symbole sein Motiv erkennen. Wahrscheinlich hat es auch einen guten Grund, warum er beim ersten Opfer die Tatwaffe zurückließ, und beim zweiten nicht.“ „Er fordert Sie zu einem Ratespiel heraus. Wenn Sie seine Symbolik verstehen, können Sie ihn schnappen, Wagner.“ „Bisher verstehe ich leider gar nichts. Sie etwa?“ Dr. Kremer schüttelte den Kopf. „Wir sind hier soweit fertig. Gehen Sie was essen, Wagner. Wir bleiben in Kontakt.“ Theobald Wagner wusch sich die Hände und verabschiedete sich.

In seinem Kopf sausten einmal mehr Gedankenfetzen und Fragen durcheinander. Wählte der Mörder seine Opfer zufällig aus oder kannte er sie? Zweiteres wäre für die Polizei weitaus günstiger, denn so würde es genügen, die Bekanntenkreise beider Opfer abzugleichen. Aber würde das wirklich ausreichen? Der Bursche wirkte nicht so, als würde er Anfängerfehler machen. Oder doch? Irgendwann macht jeder Serienmörder einen Fehler, das sagte ihm seine Erfahrung. Wagner beschloss, sich am Nachmittag den Tatortfotos zu widmen und die Listen der näheren und weiteren Bekannten beider Opfer zu Hause bei einer Riesenpizza zu vergleichen. Außerdem musste er sich unbedingt das Protokoll zur Tatortbegehung durchlesen und soviel als möglich über Wilhelm Gornheim in Erfahrung bringen.

Als Hauptkommissar Wagner sein Büro betrat, stellte er wieder einmal begeistert fest, dass sein Team ganze Arbeit geleistet hatte. Obgleich sie in der jüngsten Zeit keine hohe Meinung von ihm hatten, arbeiteten sie mit unverändertem Engagement. Menzel brachte ihm den zusammengeflickten Gartenzwerg. Es war ein Schmied mit schwerer Schürze, der pausbackig und grinsend den Hammer über einem Eisen schwang, das zum Schmieden auf einem Amboss lag. Was sollte das nun wieder? „Welchen Beruf übte das Opfer vor seinem Ableben aus?" Menzel blättere in den Akten. „Er war Musiklehrer. Pensioniert. Aber er unterrichtete immer noch den Kinderchor irgendeiner Kirchengemeinde. Man wollte ungern auf seine Fähigkeiten verzichten. Obwohl es wiederholt Probleme gab." „Also kein Schmied. Ich dachte, er wäre vielleicht Goldschmied gewesen. Das hätte zumindest die Wahl des Gartenzwergs erklärt. Mit Musik hat das allerdings rein gar nichts zu tun." Theobald Wagner massierte sich die Stirn. Er hatte Kopfschmerzen und der Leistungsdruck, unter dem er stand, steckte ihm wie ein kantiger Felsbrocken im Hals. „Na gut. Was gab es denn für Probleme mit Wilhelm Gornheim?“ Er sah Menzel aufmunternd an. „Einige Eltern haben ihre Kinder aus dem Chor genommen, weil Herr Gornheim ihrer Meinung nach zu streng mit ihren Sprösslingen war.“ „Zu streng? Geht das vielleicht etwas genauer? Hat er sie verdroschen, wenn sie den Ton nicht trafen?“ Wagner grinste, obwohl ihm gar nicht danach zu Mute war.

„Es war wohl eher eine Art Psycho-Terror. Er habe die Kinder zu sehr unter Druck gesetzt. Ihnen gedroht, er würde dafür sorgen, dass sie niemals wieder in einem Chor sängen, wenn sie nicht gehorchten. Es gibt Berichte von fanatischen Chorproben, bei denen die Kinder immer wieder dasselbe Stück singen mussten, bis die ersten nicht mehr stehen konnten. Manche Eltern haben diese Methodik begrüßt, andere nicht. Deren Kinder singen jetzt nicht mehr im Chor. Die Kirchenältesten und der Pfarrer haben mehrfach mit Herrn Gornheim über seine Methoden gesprochen, aber wegen der großen Erfolge des Kinderchores hatten alle immer wieder klein beigegeben.“ „Haben wir irgendeinen Zusammenhang mit Olaf Westhofen gefunden? Kannten sich die beiden Opfer? Ist Gornheim schwul oder bisexuell veranlagt?“ Wagner nahm an, dass der Mord an Gornheim kaum von einem wütenden Elternpaar begangen worden war, weil der Filius seit dessen Sonderbehandlung Angst hatte zu singen. Dies war zweifellos der Beginn einer Mordserie. Es musste irgendwo eine Verbindung zwischen Westhofen und Gornheim geben. Diese Verbindung musste für irgendeinen Menschen Grund genug sein, so sehr in

Rage zu geraten, dass er nun wie entfesselt mordete und sich obendrein die Mühe machte, den Toten mysteriöse Gegenstände beizufügen. Nie zuvor hatte Theobald Wagner solch merkwürdige Dinge am Tatort gefunden. Einmal hatte er einen Prostituiertenmörder geschnappt, der bei jeder Frau ein ungeöffnetes Kondombriefchen hinterließ. Seine Intuition führte Wagner nach der vierten Frau innerhalb von zehn Tagen zu einem HIV- positiven Mann, der sicher war, die Krankheit von einer Prostituierten zu haben. „Wenn man mehr bezahlt, geht's auch ohne Gummi", hatten die Frauen ihm damals erzählt. Das war vergleichsweise leicht gewesen. Sie hatten damals mit Zuhältern, Gesundheitsamt und Ärzten gesprochen. Dieser Täter war ihnen schnell in die Falle gegangen. Aber diesmal würde es ohne Zweifel schwieriger werden. „Uns sind keinerlei Überschneidungen der beiden Opfer bekannt. In keinem Bereich ihres Lebens", antwortete Menzel kleinlaut. Er war mindestens so niedergeschlagen wie Wagner selbst.

„Trotzdem bleibt nur diese eine Möglichkeit. Etwas an den beiden Opfern, einmal abgesehen davon, dass sie Männer waren, hat unseren Täter gereizt, aber was?" Menzel zuckte mit den Schultern. „Gehen wir nach Hause. Ich nehme das hier mit und arbeite es noch mal durch. Vielleicht stolpere ich über irgendwas." Hauptkommissar Wagner stand auf. „Ich hoffe es. Es wäre sch…äh… schlimm, wenn… äh…, du weißt schon", stotterte Menzel mit einem merkwürdigen Gesichtsausdruck. Wagner atmete tief durch: „Willst du mir irgendwas sagen?" Menzel beugte sich über den Schreibtisch. „Verdammt, Theo. Ich lande in Wellers Mannschaft, wenn du das hier vergeigst. Du magst zwar zu einem versoffenen Arschloch mutiert sein, aber wir arbeiten immer noch lieber mit dir als mit Weller oder den anderen Schnarchnasen. Tu es fürs Team, okay?“ Die beiden Männer sahen sich einen Moment lang in die Augen. Theobald Wagner las im Gesicht seines Mitarbeiters wie in einem offenen Buch. Menzel selbst war dermaßen überrascht von seinem Ausbruch, dass er nicht fähig war, noch etwas zu sagen, geschweige denn, sich zu rühren. Mit aufgerissenen Augen und leicht geöffnetem Mund stand er nun regungslos da. „Mach dir keine Sorgen. Alles okay. Geh nach Hause, ja?“ Wagner spürte, wie peinlich seinem Kollegen dieser Gefühlausbruch war. Ohne noch ein weiters Wort zu verlieren, verließ Menzel das Büro.

Zuhause vertilgte Theobald Wagner im Zeitraffertempo die mitgebrachte Pizza, Schafskäse und Peperoni. Die ideale Grundlage für einen ordentlichen Schluck Whiskey. Dr. Kremer hatte ihn angerufen, als er gerade die Pizza zu seiner Wohnung hinaufschleppte. Seine Vermutung hatte sich bestätigt. Der Abdruck aus der Wunde zeigte die breite Klinge eines Schwertes. „Er tötet mit antiken Waffen. Erst ein Dolch, dann das Schwert. Vielleicht liegt hier ein Zusammenhang“, hatte der Gerichtsmediziner angemerkt. Händler für antike Waffen. Das hatte Wagner noch schnell auf einen Zettel gekritzelt, bevor er sich der Pizza widmete. Anschließend arbeitete er halbherzig die Akten durch. Zudem war er wieder den ganzen Abend nicht fähig gewesen, einen klaren Gedanken zu fassen. Lutz Hartmann verschwendete keine Zeit. Wagners Leute wurden bereits vorsorglich auf diverse Teams der Abteilung verteilt. Wie viel Zeit würde sein Chef ihm noch geben? Der vierte Whiskey on the Rocks brachte zwar keine Klarheit, aber dafür einen ruhigen Schlaf.

6

Der Mann stieg in sein Reich hinab. Hier unten war sein Zuhause! Seine Zuflucht!

Das war schon immer so gewesen. Auch damals, als er noch Kind war, und oft stundenlang hier ausharrte. Damals hatte er meist in die Ecke gedrückt neben dem Wäscheschrank gehockt, die geschwollenen Hände in seinem Schoß versteckt. Der Schmerz war unerträglich gewesen und jetzt, beim Gedanken daran, wieder gegenwärtig.

Der Mann rieb sich unwillkürlich die Handrücken. Der Großvater war so unerbittlich gewesen. Letztendlich war ihm das allerdings zugute gekommen.

Heute, als erwachsener Mann, sah er die Dinge klarer.
„Disziplin, Albert. Disziplin."

Diese Worte des Großvaters hallten in seinem Ohr, während der schwere Holzdeckel des Klaviers auf seine Kinderfinger sauste.

Der Mann griff nach seiner Krawatte und lockerte den Knoten. Er hockte sich einen Moment lang in seine kalte Ecke und lauschte der Stille. Damals war es hier unten nicht so still gewesen. Der kleine Albert hatte oft der Stimme seines wütenden Großvaters gelauscht.

Damals, als Kind, hatte der Mann die Bedeutung der Worte, die sein Großvater unaufhörlich brüllte, während er immer wieder die gleiche Strecke abschritt, nicht begriffen.

Der Junge hatte alles deutlich gehört. Die Schritte, die Worte. Diese schweren Schritte - Wohnzimmer, Flur, Küche. Hin und her! Diese Worte - Bastard. Hure. Immer wieder!

Zwischendurch war das laute Aufwimmern seiner Großmutter zu hören. Vermutlich hatte sie damals in der Küche gesessen, an ihrem Platz neben der Tür. Den Rücken an die Wand gelehnt, weil der Schemel keine Lehne hatte. Die Augen vom Weinen gerötet. Die rauen Hände im Schoss ihrer Kittelschürze ineinander verkeilt. Die Knöchel ganz weiß. Welchen Grund zu weinen hatte sie gehabt? Scheinbar war sie an allem schuld gewesen. Der Großvater hatte es immer wieder gebrüllt. „Du hattest nur diese eine Aufgabe und du hast es nicht fertig gebracht. Du bist zu nichts nutze! Ich hätte es wissen müssen, schon damals, als ich den Fehler beging, dich zu heiraten!" Die Großmutter hatte wieder gewimmert und geweint. Sie war ein schwacher Mensch gewesen.

Das hatte den jungen Albert stets abgestoßen. Gleichzeitig hatte er die Art geliebt, wie sie ihm Geschichten erzählte und ihn zudeckte, wenn er zu Bett ging. Später dann, als Heranwachsender, begriff er die Worte seines Großvaters. Hure! Bastard! Es war schmerzhaft gewesen festzustellen, dass er selbst dieser Bastard war. Aber auch dieser Schmerz war nicht von langer Dauer, denn er wurde von Mal zu Mal besser kontrollierbar.

Für Albert wurde es mit der Zeit immer unwichtiger, was andere Menschen von ihm hielten.

Er war über sie alle hinausgewachsen, auch über seinen Großvater. Inzwischen war er sogar über sich selbst hinausgewachsen. Das verdankte er vor allem seiner Dis-

ziplin. Zwar musste er einräumen, dass er noch heute von der harten Schule seines Großvaters profitierte, allerdings hatte er die Technik seiner eigenen Disziplinierung selbst weiter verfeinert. Dieser Disziplin hatte er auch seine Zuflucht zu verdanken. Der Mann sah sich zufrieden um. Alles war so, wie er es wollte. Automatisch schaltete seine Hand die Stereoanlage an.

Es zog ihn vor den Spiegel, wo er sein ebenmäßiges Gesicht betrachtete. Die Hure hatte ihm ein attraktives Äußeres geschenkt, das musste er anerkennen, auch wenn sie sonst zu nichts anderem gut gewesen war.

Nach und nach begann die Musik Besitz von seiner Seele zu ergreifen. Zum Klang der Hörner übte der Mann sein Mienenspiel. Auch darin war er seinem Großvater inzwischen überlegen.

Der Mann war seit geraumer Zeit alleiniger, unerbittlicher Herrscher über seine Emotionen. Nichts tat oder sagte er unüberlegt. Man nannte ihn souverän. Man wusste nichts über ihn. Und so sollte es bleiben, bis zu dem Tag, an dem er seine Identität preisgeben wollte. Der Mann hatte sich nun umgezogen, die lächerliche Maskerade abgestreift. Sie war jedoch notwendig, um sein Ziel zu erreichen. Obgleich er es hasste so zu tun, als gehöre er dieser lächerlichen Gesellschaft an, rief seine Disziplin ihn immer wieder zur Ordnung.

Hier unten dagegen konnte er sich selbst treu sein. Ähnlich wie bei den Hinrichtungen. Hierbei war er seiner neuen Identität am nächsten. Der Alte vom Vortag hatte nicht einmal gewinselt. Schweigend war er gestorben. Der Mann reinigte das Schwert gründlich vom Blut und den verbliebenen Gewebsfetzen.

„Ihr fragt euch sicher, wo es geblieben ist? Keine Sorge, ihr werdet es in Kürze finden.“

Sein Lachen übertönte kurzzeitig den Chor, während er das Schwert in den Schraubstock einspannte. Noch einmal drückte er den Griff des Schwertes mit aller Kraft nach unten.

Mit einem klirrenden Geräusch brach die alte, geschmiedete Klinge am Schraubstock ab.

Jetzt musste er sie nur noch ein weiteres Mal reinigen und verpacken.

Der Mann drehte die Musik noch etwas lauter. Sie war so vollkommen wie er selbst es bald sein würde. Er nahm am Klavier Platz und seine Finger folgten auf der Tastatur der Woge der Musik, die aus den Lautsprecherboxen dröhnte. „Halte das Tempo, Albert. Verflucht noch mal. Du wirst es nie lernen. Ich verschwende meine Zeit mit dir! Disziplin!“

Der Mann lehnte sich im Spiel zurück und lachte schallend. Dieser alte Narr. Als junger Mann hätte er bequem Konzertpianist werden können. Dieser alte Hurenbock hatte zeitlebens nie soviel Talent und Disziplin gehabt wie er selbst.

Er war jedoch zu Höherem berufen. Seit er dies zum ersten Mal bewusst wahrgenommen hatte, arbeitete er akribisch an seiner Verwandlung und seiner Aufgabe.

Er würde nun die Klinge des Speeres schärfen. Es war an der Zeit.

7

Hauptkommissar Theobald Wagner erwachte an diesem Freitagmorgen leicht zerknittert. Nicht, dass vier Gläser Whiskey ihn ernsthaft aus der Bahn werfen konnten, die Blockade in seinem Kopf war allerdings selbst im Schlaf unerträglich. Mit oder ohne Alkohol.

Bis dato war er niemals derart ratlos gewesen. Natürlich war Theobald Wagner während seiner Laufbahn schon häufiger als einmal auf der falschen Fährte gewesen, das war jedoch bisher immer ein kurzfristiger Zustand gewesen. Früher oder später konnte er sich stets auf zwei Dinge felsenfest verlassen:

Zum einen war dies seine Fähigkeit, sich in andere, vornehmlich kriminelle Menschen hineinzuversetzen. Es war ihm nie sonderlich schwer gefallen, sich in die Gedankenwelt seiner Tatverdächtigen einzufühlen, deren Beweggrund und Antrieb zu durchschauen. Auch wenn die Person noch so widerwärtige Verbrechen begangen hatte, war es ihm stets gelungen, der Psyche dieses Menschen gefährlich nahe zukommen. Nannte man so etwas nicht Borderline-Syndrom? Jedenfalls war es gleichermaßen ein Segen wie ein Fluch. Zum anderen hatte er seine untrügliche Intuition, die sich beim Puzzlen an einem kniffligen Fall als mindestens genauso hilfreich erwies. Von all diesen Gaben, denen Wagner es zu verdanken hatte, dass seine Karriere immer nur nach oben orientiert verlaufen war, schien nichts geblieben zu sein. Eben diese Leere in seinem Kopf brachte Hauptkommissar Wagner nun an den Rand der Verzweiflung.

Während er noch unter der Dusche stand, waberte ihm ein unverzeihlicher Gedanke durch den Kopf: ‚Aller guten Dinge sind drei.' Natürlich war es absurd, einen solchen Impuls überhaupt zuzulassen. Dennoch ließ er sich nicht aus seinem Gehirn verbannen, schlimmer noch, er pochte renitent und rhythmisch gegen die Innenseite seiner Schläfen. Dieser Gedanke begleitete ihn weiter beim Abtrocknen und folgte ihm bis vor das Waschbecken. Wagner schlug mit der Faust gegen den Türrahmen neben sich, während er sein unrasiertes Gesicht im Spiegel betrachtete. Ein drittes Opfer sollte seine berufliche Unfähigkeit ausbaden müssen? Ein weiterer Mensch sollte leiden müssen, auf die vage Hoffnung hin, dass der Mörder endlich einen Fehler machte? Und er - der Herr Hauptkommissar - brauchte nur dazusitzen und darauf zu warten, dass er den Bösewicht verhaften konnte?

Klang irgendwie nach einer schlechten amerikanischen Krimiserie. „Hey Horatio, sieh mal was ich hier habe. Ein Haar. Sieht nicht so aus, als stammte es vom Opfer. Ich schicke es ins Labor, die sollen die DNS durch die Datenbank jagen." Noch ein bisschen Luminol am Tatort versprühen - fertig. Es folgt ein lockerer Spruch von Horatio, der währenddessen unangestrengt die Sonnenbrille vom Gesicht nimmt. Alles ganz easy.

Beim Zähneputzen dachte Wagner darüber nach, dass er nach der Herkunft der Waffen forschen sollte. Der Dolch, der in Olaf Westhofens Leiche steckte, hatte bereits alle Tests durchlaufen. Es gab weder Fingerabdrücke noch DNA-Spuren des Mörders darauf. Im Labor wurde nur das Blut des Opfers analysiert. Offenbar war der Dolch wertvoll und ziemlich alt, vermutlich Anfang des letzten Jahrhunderts. Das war immerhin etwas. Vom Schwert, mit dem Herr Gornheim getötet wurde, fehlte allerdings weiterhin jede Spur. Wagner blieb nur zu hoffen, dass der Abdruck aus der tödlichen Wunde Gornheims hilfreich sein würde. Der Silikonabdruck sollte im Laufe des Tages mit Gips oder Kunststoff ausgegossen werden und so wenigstens über die Form der Klinge Auskunft geben.

Außerdem wollte er mit dem Team die beiden Fallakten noch einmal gemeinsam durchgehen.

Es waren noch so viele Dinge unklar. Wie hatte sich der Täter jeweils Zutritt zum Haus verschafft? Woher bezog er diese College-Ring-Imitate? Welche Bedeutung hatten diese Ringe und deren Platzierung, ausgerechnet im Enddarm der Toten? Dies war die grundlegende Frage in dieser Mordserie, die es zu lösen galt, bevor ein weiterer Ring gefunden werden musste. Und vor allem anderen… wer, zum Teufel, war dieser Kerl? Der musste doch irgendeine Vorgeschichte haben! Manche trainieren an Tieren. Andere suchen sich für den Anfang leichte Opfer wie schlafende Obdachlose, Junkies auf Turkey, Prostituierte mit ähnlichen Problemen, alte Menschen oder Kinder. Wie und warum hatte dieser Täter sein Morden begonnen?

Während Theobald Wagner sich anzog, dachte er an Lara. Nein, er dachte an Kaffee. Oder doch Lara? Arbeitete sie freitags überhaupt? Er wusste es nicht. Während der letzten Wochen hatte ihm sein Zustand zu dieser Uhrzeit noch keine Mutmaßungen über den Wochentag erlaubt. Eigentlich fühlte sich dieses nüchterne Erwachen richtig gut an. Er hatte beinahe schon vergessen, dass das erste Sonnenlicht des Tages nicht unweigerlich in den Augen schmerzen musste, und dass die erste Zigarette nicht unbedingt abrupte Übelkeit verursachen musste. Wagner wunderte sich darüber, wie schnell der Mensch unangenehme Begleiterscheinungen als selbstverständlich hinnehmen konnte, obgleich er selbst in diesem Fall durchaus die Wahl hatte, darauf zu verzichten.

Heute war ein guter Tag.

Wenn jetzt noch Lara... So ein Quatsch. Kaffee. Es ging hier um spitzenmäßigen Espresso Latte, und sonst gar nichts. Als Lara dann aber den üblichen Pappbecher auf die Theke stellte, nahm er den verheißungsvollen Duft, der ihm entströmte, kaum wahr. Es war ihr Lächeln, das Theobald Wagner zunehmend verwirrte und zugleich bezauberte. „Sie sehen heute irgendwie so...vital aus. Sind Ihnen die Damen ausgegangen?", scherzte Lara auf ihre ureigene provozierende Art. „Wie kommen Sie eigentlich zu der Annahme, dass ich in meiner Freizeit wie Don Juan durch die ganze Stadt vögele?", antwortete Wagner schlagfertig und grinste.

„Heute so schlagfertig? Wie aufregend." Sie machte eine kurze Pause, und verschränkte ihre Arme vor der Brust. „Was sollte ich denn sonst annehmen? Ich kenne diesen Zustand, in dem Sie normalerweise morgens hier aufschlagen, auch. Ist schon eine Weile her, aber ich habe es nicht vergessen. Partys, Männer und reichlich Alkohol. Das hinterlässt unweigerlich Spuren."

Wieder machte Lara eine kurze Pause und neigte den Kopf leicht zur Seite. „Na, wie nah bin ich dran, Herr Kommissar?" Theobald Wagner überlegte kurz. „Lassen Sie die Männer und die Partys weg, und sie sind verdammt nah dran." Lara sah ihn mit einem undefinierbaren Gesichtsausdruck an. Sie lehnte sich über die Theke und kam ihm so nahe, dass ihr herbes Parfum in seine Nase stieg. „Sie stehen nicht auf Männer? Das ist gut. Sie trinken alleine? Das ist schlecht. Versprechen Sie mir, das in Zukunft auch weiterhin zu lassen? Es bekommt Ihnen gut! Und wenn sich in dieser Stadt keine passende Gesellschaft findet, um eine gute Flasche Rotwein mit Ihnen zu leeren…, Sie wissen ja, wo Sie mich finden." Lächelnd nahm Lara wieder Abstand von seinem Ohr und wandte sich einem wartenden Kunden zu, der sie vom Schalter nebenan mit offen stehendem Mund beobachtet hatte.

„Service des Hauses?", fragte der Kerl jetzt frech.

„Nur für ganz spezielle Kunden", antwortete Lara kurzangebunden und zwinkerte Wagner zu, dem gerade bewusst wurde, dass er immer noch wie ein Idiot den Tresen blockierte. Er nickte zum Abschied und verschwand so schnell er konnte aus dem Coffeeshop. Lara hatte ihm nun endgültig den Kopf verdreht. Er hatte sowieso schon häufig an sie denken müssen, aber bisher waren es keine konkrete Gedanken, eher allgemeine Dinge, Alter, Interessen, Studienfachgebiet und Ähnliches. Auf der Fahrt ins Revier malte er sich nun aus, wie ein Rendezvous mit ihr ablaufen könnte und wie sie sich anfühlen würde, nackt auf seinem

Körper. Er überlegte sich verschiedene Varianten ihres Zusammentreffens und jede endete mit erotischen Fantasien.

Er wurde diese Hirngespinste erst los, als er mit seinem Team am Tisch saß. Die Problematik der beiden ungeklärten Fälle holte ihn unsanft auf den Boden der Tatsachen zurück. Vorher hatte er jedoch beschlossen, unauffällig Laras Alter in Erfahrung zu bringen. Was hatte sie damit gemeint, als sie sagte, dass ihre Partyzeit schon eine Weile zurücklag? War sie vielleicht älter als er angenommen hatte? War dies eventuell ein Aufbaustudium? Sein Herz schlug beim Gedanken daran, dass sie bereits an die dreißig heranreichte, unwillkürlich schneller.

Mit diesen jungen Dingern um die Zwanzig herum hatte er immer nur Schwierigkeiten gehabt. Zu Beginn war es stets aufregend und unkompliziert mit ihnen gewesen. Spätestens aber, wenn es um tiefschürfendere Gesprächsthemen oder um die unvereinbar unterschiedlichen Freundeskreise ging, taten sich Abgründe auf. Es blieben nur zwei Möglichkeiten. Entweder war Lara sehr reif für ihr Alter, oder genau die richtige Generation für seinen Geschmack. Sollte sie nicht mindestens neunundzwanzig Jahre alt sein, würde er es bei seinen erotischen Fantasien belassen. Andernfalls würde er sie eines Tages tatsächlich um eine Verabredung bitten, sobald er den Mut dazu fand.

„Wie geht's weiter, Chef?" Menzel riss ihn aus den Gedanken. Hauptkommissar Wagner sah in die Runde. In jedem Gesicht derselbe Ausdruck. Ratlosigkeit gepaart mit einem hauchzarten Funken Hoffnung. „Tja, was soll ich sagen? Dieser Schweinehund ist verdammt gerissen. Er hinterlässt keine unbeabsichtigten Spuren am Tatort. Er verrät sich nicht durch abgedrehte Bekennerschreiben. Er tötet offenbar lautlos und schnell. Er nimmt sich anschließend allerdings viel Zeit, um den Tatort auszuschmücken. Das könnte ein Zeichen dafür sein, dass dieses Ritual wichtiger für ihn ist, als der Mord selbst. Der Täter fordert uns auf, sein Rätsel zu lösen, so kommt es mir zumindest vor. Als würde er sich diese Mühe vor allem für uns machen. Es ist für ihn vielleicht wie eine Art Spiel. Katz und Maus, oder so was Ähnliches. Es geht ihm offenbar nicht um Geld. Wahrscheinlich hat er eine Art höheres Ziel. Und wenn wir in der Lage wären, seine Zeichen zu deuten, wüssten wir auch, worum es sich dabei handelt." Wagner lehnte sich zurück und blickte in die Runde. „Du denkst also, dass er psychopatisch veranlagt ist?" Ben war noch nicht lange bei der Mordkommission. „Wer sagt eigentlich, dass es ein Kerl ist? Glaubt ihr, dass Frauen hierzu nicht fähig sind?" Das war Rosalie, ganz die Feministin, die alle kannten und schätzten. Energisch pochte sie mit dem rechten Zeigefinger auf den Tatortfotos herum, als wollte sie ein Plädoyer für Gleichberechtigung auch bei Massenmorden führen. „Es werden weitere Morde folgen, stimmt´s, Theo? Und Hartmann reißt uns jedes Mal wieder mit Vergnügen die Köpfe ab. Wir müssen irgendwas tun!" Jetzt redeten alle durcheinander.

Theobald Wagner schwieg und beobachtete sie.

Sie brannten alle darauf, etwas zu unternehmen und waren frustriert, dass sie nicht weiterkamen, weil die minimalen Fakten keine brauchbaren Ergebnisse erlaubten.

„Wir müssen auf den nächsten Mord warten. So blöd das klingen mag. Wobei wir hoffen müssen, dass er dabei einen

Fehler macht. Wir können allerdings von einem Handlungsschema ausgehen. Der Mörder hat seine Opfer lange observiert und studiert. Er hat jedes Mal ein ideales Zeitfenster abgepasst. Er kennt seine Opfer, deren Gewohnheiten und Tagesabläufe. Außerdem vermute ich, dass die Liste seiner Opfer bereits feststand, bevor er den ersten Mord dieser Serie beging." Wagner holte kurz Luft, bevor er fortfuhr: „Vermutlich hat er früher schon gemordet. Unauffällig oder nicht. Hier könnt ihr was tun. Sucht in den Archiven nach alten Fällen, die Parallelen mit diesen beiden Morden aufweisen. Vielleicht ist unser Täter schon einmal strafrechtlich verfolgt worden. Sucht nicht nach ähnlicher Symbolik, sondern konzentriert euch eher auf die Tötungsweise und wie er sich Zutritt zu den Häusern verschafft. Entweder öffnet er die Wohnungen ohne Spuren zu hinterlassen, oder die Opfer lassen ihn freiwillig herein. Los geht´s." Langsam leerte sich der Raum. Sie würden ihr Bestes geben, aber wahrscheinlich trotzdem nichts finden. Und doch war es besser als die Alternative, herumzusitzen und zu warten.

„Du glaubst ernsthaft, das bringt uns weiter?" Menzel stand vor ihm und sah Wagner ungläubig an. Der Hauptkommissar schüttelte kaum merklich den Kopf.

„Wir müssen warten. Aber auf diese Weise fällt es uns vielleicht etwas leichter. Es wird sicher nicht mehr lange dauern. Der Kerl hat irgendein Ziel. Was es auch sein mag, durch sein Morden glaubt er, es zu erreichen. Da wir aber keine Ahnung haben, nach welchen Motiven er vorgeht, kann augenblicklich jeder verdammte Bürger dieser Stadt das nächste Opfer sein. Das kotzt mich ungemein an. Und wir drehen uns im Kreis. Er hätte seine helle Freude daran, uns zu beobachten. Er hält uns mit Sicherheit für einen Haufen Idioten.“ Theobald Wagner sah seinen jungen Kollegen müde an und fügte hinzu: „Und damit hat er wohl nicht ganz Unrecht.“

8

So habe ich dich gelehrt, was ein Meineid, was ein Vertragsbruch dir einbringt.

Du Tor! Manch anderer hätte wohl versucht, es dir sanfter beizubringen, doch mit welchem Sinn? Du hättest keine Einsicht gehabt. Vertragsbrecher haben keine Einsicht. Niemals!

Das ist ihr Schicksal. Meines hingegen ist es, eurem Treiben ein Ende zu bereiten.

Einem nach dem anderen bringe ich Klarheit über seine verbrecherischen Schandtaten.

Zu spät begreift ihr, mit geheuchelter Reue sterbt ihr. Das ist allerdings besser als gar nichts. Manch anderer Heuchler starb zufrieden und satt. Damit ist es nun vorbei. Ich bin euer Gericht, und stelle mit dem Tod jedes Einzelnen von euch die Weltordnung wieder her.

Wie jedes Mal, wenn er in sein Reich zurückkehrte, wusch der Mann sich aufwendig, als fürchtete er, der Kontakt mit diesen unwürdigen Kreaturen könnte ihn verunreinigen.

Doch es war eine Notwendigkeit, die Ausgewählten zu berühren. Es ging nicht anders.

Es war seine Bestimmung.

Ohne sich abzutrocknen ging er nackt hinüber zur Stereoanlage. Mit geschulter Präzision fand er die gewünschte Stelle auf der CD. Das Orchester füllte sogleich jeden Winkel des Raumes mit gewaltig tosender Musik. Nackt saß der Mann am Klavier und folgte den Noten ohne jede Mühe. Im Gegenteil, es war ihm ein Leichtes. Wie oft hatte er gerade diese Passage geübt?

„Errätst du auch dieser Raben Geraun? Rache rieten sie mir!“[2]

Disziplin!

Wütend schlug er die Tasten an. Sein Spiel war disharmonisch. Er wollte es so. Die Welt um ihn herum war disharmonisch. Mit seinem Gehämmere auf der Tastatur und den heftigen Tritten in die Pedale versuchte er, die Orchestermusik und den Gesang zu übertönen, bis er schließlich lachend innehielt. Sein Haar hing ihm jetzt zottelig ins Gesicht.

Der Mann atmete schnell und schloss die Augen, bevor er den Klavierdeckel auf seine linke Hand sausen ließ. Er gab keinen Ton von sich, obwohl der Schmerz ihm Tränen in die Augen trieb.

Als Kind schon hatte der Mann gelernt, seinen Schmerz für sich zu behalten.

Das kam ihm jetzt zugute. Der Großvater hatte ihn lange darauf trainiert.

Der Mann hob den Klavierdeckel an und besah sich die pochende Hand.

---

[2] *aus Götterdämmerung , dritter Aufzug, zweite Szene*

Das war genug. Er brauchte seine Hände. Er hatte noch Großes vor.

Der Mann lehnte sich zurück und dachte an seinen Großvater.

Der alte Hurenbock würde nicht schlecht staunen, könnte er nur sehen, wie weit sein Enkel inzwischen über ihn hinausgewachsen war.

„Albert, du bist nichts und aus dir wird nichts.“ Ha! Wäre der Großvater nicht schon vor Jahrzehnten in den Armen irgendeiner x-beliebigen Hure verreckt, würde der Mann ihm heute schon beibringen, was aus ihm geworden war. Der alte Nazisack hatte Glück gehabt, ihm so leicht entkommen zu sein. Im Grunde war dieser alte Mann selbst nichts weiter als einer dieser Vertragsbrecher gewesen. Mehr noch, er war der Schlimmste von allen! Allzu gerne hätte er den Großvater unter seiner Macht winseln sehen und Reue heucheln hören. Der Mann wollte weder den Tod der Mutter noch den der Großmutter rächen. Sie beide waren so schwach gewesen. Erbärmlich!

Er verabscheute Schwäche zutiefst. Der Großvater hatte damals beide mit seiner falschen Moral und seiner Überheblichkeit in den Wahnsinn getrieben. Das wusste der Mann heute.

Die Mutter hatte sich einfach mit Alkohol betäubt und sich eines Nachts vor einen Zug geworfen, um dem Vater zu entrinnen. Die Großmutter hatte sich irgendwann auf dem Dachboden aufgehängt, weil sie den Ehemann nicht mehr ertragen konnte.

Er selbst, Albert, war übrig geblieben. Der Bastard. Gerne wäre er zu seinem Vater geflohen. Wie lächerlich. Wenn der Mann heute daran dachte, wie kindisch er damals gefühlt hatte, hatte er das Bedürfnis, sich nachträglich noch dafür zu bestrafen. In seiner Geburtsurkunde stand unübersehbar: Vater unbekannt.

Der Vater wollte ihn offensichtlich nicht. Der Mann kannte nicht einmal seinen Namen.

Nur spärliche Details hatte er mit der Zeit aus den Gesprächen der Großeltern und vor allem aus den tobenden Wutanfällen seines Großvaters herausgehört. Sein Vater war ein reicher Mann gewesen. Seine Mutter hatte als Haushälterin für ihn und seine Familie gearbeitet. Eines Tages hatte sie sich einfach so von einem verheirateten Mann und Vater zweier Mädchen schwängern lassen. Sie musste unglaublich dumm gewesen sein, sich auf einen Vertragsbrecher einzulassen. Diesbezüglich hatte der Großvater schon Recht gehabt. Die Hure! Und er selbst war dank ihr der Bastard! Sie hatte es wohl irgendwann nicht mehr ertragen.

Auch sie war nur eine Vertragsbrecherin, die sich allerdings selbst gerichtet hatte.

Wie feige! Die Hure hatte es sich leicht gemacht und ihn, den Bastard, einfach zurückgelassen.

Abrupt stand der Mann vom Klavier auf.

Diesbezüglich konnte er nichts mehr tun. Aber es gab schließlich genügend andere Vertragsbrecher. Einen davon hatte er heute Nacht mit einem Speer durchbohrt.

Es war nicht ganz ohne Risiko gewesen, dieses sperrige Ding zu seinem Bestimmungsort zu bringen. Allein die Länge eines Speeres war schon ein Problem. Deshalb hatte der Mann den Speer in drei Teile zerlegt und mit Schraub-

gewinden versehen. Auf diese Weise konnte er ihn bequem transportieren und vor Ort zusammenbauen.

Aus Bequemlichkeit auf eine andere Waffe auszuweichen, wäre nicht in Frage gekommen.

Alles musste möglichst authentisch sein, darauf legte der Mann größten Wert.

Auch der Meister selbst hatte zu Lebzeiten nichts anderes geduldet. Er wusste aus der umfangreichen Literatur, dass sie dies gemeinsam hatten: Sie verabscheuten von Herzen die Unvollkommenheit und liebten die Perfektion. Dies ging weit über die Musik hinaus.

Das zerbrochene Schwert, durch das der alte Kinderschänder gestorben war, hatte er ebenfalls mitgebracht. Ein kleiner Hinweis für die tumbe Polizei. Offenkundig musste er Hilfestellung leisten. Hatten diese Stümper überhaupt eine Ahnung von den Zusammenhängen der Morde? Wenn er nur wüsste, ob die Ringe gefunden worden waren. Es hatte nichts darüber in der Zeitung gestanden.

Diesmal waren die arrangierten Hinweise eindeutiger. Und wenn nötig, würde er beim nächsten Mal noch deutlicher werden. Dieser Hauptkommissar war ein Idiot.

Der Mann hatte es beinahe geahnt, als sie sich dies eine Mal begegnet waren.

Es war ihm wirklich zu leicht gefallen, diesen so genannten Ermittler aufs Kreuz zu legen.

Er würde bessere Hilfestellung geben müssen, um den Nervenkitzel zu spüren, den er ebenso sehr brauchte wie seine Musik.

Der Mann löschte das Licht. Morgen früh würde er eine Runde durch den Wald drehen.

Niemand kannte den Wald hier besser als er.

Es war noch genug Zeit, um sich auf die nächste Aufgabe vorzubereiten.

Der Mann war seiner Verwandlung wieder ein Stück näher gekommen.

Das spürte er deutlich.

9

Hauptkommissar Theobald Wagner saß mit geschlossenen Augen in seinem Wagen.

Der Regen prasselte auf das Dach seines alten 3er Golfs. Das Wetter passte ebenso fantastisch zu seiner deprimierten Stimmung wie das, was sein altes Kassettenradio von sich gab. „Hurt“, dröhnte ein wenig scheppernd aus den überstrapazierten Boxen in den Türverkleidungen des Wagens. Zu Hause auf CD klang das Stück natürlich besser, und dennoch war es immer dasselbe, mit der Stimme von Johnny Cash. Diese Melancholie traf Theobald Wagner dort, wo es weh tat. Mitten ins Herz.

Das Wochenende war ruhig gewesen, so dachte Wagner zumindest bis vor zwanzig Minuten. Zu diesem Zeitpunkt war ein Notruf eingegangen. Eine ziemlich hysterische Frau hatte den Tod ihres Lebensgefährten gemeldet. Nun saß er in seinem Auto hier am Industriehafen, dessen alte Gemäuer inzwischen das eine oder andere luxuriöse Loft beherbergten, und hoffte inständig, dass der Tote kein weiteres Opfer seines Serienkillers war. Oder sollte er insgeheim vielleicht doch darauf hoffen? Es könnte ja immerhin sein, dass sich an diesem Tatort eine brauchbare Spur finden ließe. Den vorläufigen Informationen nach steckte in der Brust des Opfers ein langer Speer, der darauf schließen ließ, dass es sich hier um Opfer Nummer drei handeln könnte.

Wagner beugte sich vor und berührte mit der Stirn die Handrücken, die Hände hielten das Lenkrad immer noch fest umklammert. Cash war am Ende. Wie lange wollte er noch hier sitzen, besser wurde es dadurch auch nicht.

Also zog er den Schlüssel aus dem Zündschloss und spurtete durch den strömenden Regen auf das sanierte Fabrikgebäude zu. Der erste Stock war hell erleuchtet. Es war das Loft von Ronny Pfingst, einem Serienschauspieler, der es durch die wachsende Beliebtheit deutscher Soap-Operas zu Ruhm und vor allem zu haufenweise Geld gebracht hatte. Wagner hasste diese miesen deutschen Serien im Vorabendprogramm und empfand die miserable Leistung der Darsteller als Beleidigung für das Schauspielwesen. Nicht, dass er ein großer Kenner hoher Schauspielkunst war. Die gequälten Dialoge brachten ihn jedoch maximal zum Lachen, auch wenn dies angesichts der hochdramatischen Szene wohl nicht so gedacht war. Dagegen wirkten Blake Carrington und Dex Dexter vom Denver-Clan wie mitten aus dem Leben gegriffen.

Wieder einer weniger, dachte Wagner bitter, als er die Treppen in den ersten Stock hinaufstieg. Theobald Wagner kannte den Typen vom Sehen. Ronny Pfingst verkehrte in derselben Bar wie er und seine Kumpels. Der Typ war der Inbegriff eines Sunnyboys. Groß, dunkler Teint, braune Locken, athletisch gebaut. Frauen aller Altersklassen flogen auf ihn und Pfingst schien diesbezüglich nichts anbrennen zu lassen. „Tja, mein Alter, was nicht bei drei auf den Bäumen ist, nimmt der mit nach Hause,“ hatte sein Freund

Tim einmal gesagt, als sie teils neidisch, teils anerkennend beobachtetet hatten, wie jener selbsternannte Schauspieler, wieder einmal flankiert von zwei Frauen, die Bar mit offensichtlichen Absichten verließ.

Völlig in Gedanken, wäre Hauptkommissar Wagner beinahe über den Putzeimer gefallen, der im Gang des Lofts mitten im Weg stand. Daneben fanden sich Reste von Erbrochenem auf dem Granitboden. Menzel kam ihm grinsend entgegen. „Wir hatten noch keine Zeit, das wegzuräumen." Auf Wagners fragenden Blick fuhr er fort: „Die Kleine hat gekotzt, nachdem sie uns angerufen hat. Die Jungs haben sie hier beim Aufwischen gefunden. Sie ist die Verlobte von dem Schmierenkomödianten da drin." Er deutete mit dem Daumen über seine Schulter. Menzel verabscheute diese TV-Soaps allem Anschein nach ebenso.

„Reiß´ dich zusammen, okay?", zischte Wagner leise. „Was denn? Hast du dir den Schrott schon mal angesehen, der im Vorabendprogramm läuft?" Jetzt musste Theobald Wagner grinsen. „Ja! Und du hast recht. Aber bleib trotzdem sachlich! Also, wo ist die Verlobte?"

„Im Schlafzimmer. Rosalie ist bei ihr. Die Frau war übers Wochenende bei ihrer Schwester. Das macht sie regelmäßig, jedes zweite Wochenende. Da hatte Herr Pfingst dann... sturmfreie Bude. Sachlich genug?" ‚Dass Mister Soap kein Kostverächter war, ist offensichtlich hinlänglich bekannt', dachte Wagner, aber offen gestanden interessierte ihn das momentan kein bisschen.

„Dieser Scheißkerl! Unser Mörder weiß bei jedem seiner Opfer ganz genau, wann er ungestört zuschlagen kann. Bei Pfingst muss sich die Recherche ja besonders schwierig gestaltet haben, weil der ja zum Drehen ständig die Stadt verlässt. Ich sag dir, den kriegen wir nicht so leicht. Der hatte wahrscheinlich schon alles gründlich recherchiert, noch bevor er sein erstes Opfer ermordet hat. Shit!" Hauptkommissar Wagner fuhr sich mit jener fahrigen Bewegung durchs Haar, die verriet, dass er verzweifelt war.

„Ist alles in Ordnung, Theo?" Menzel sah betreten drein. „Keine Ahnung. Ich glaube eher nicht. Wir werden wieder nichts finden. Da wette ich zehn zu eins. Unser Serienkiller ist offenbar ein Perfektionist. Der macht so schnell keine Fehler." Wagner ließ die Schultern müde hängen.

„Willst du dir den Toten nicht wenigstens mal ansehen, bevor du aufgibst?" In Menzels Stimme schwang Ungeduld mit. Wagner setzte sich wie ferngesteuert in Bewegung. Der Flur, in dem sie eben noch gestanden hatten, mündete in einen riesigen, hellen Raum, der zur linken Seite eine Küche aufwies. Boden und Arbeitsfläche waren mit demselben dunklen Granit vertäfelt wie der Gang. Selbstverständlich war dies eine Designerküche der Extraklasse mit angeschlossener Bar. Zur Rechten öffnete sich ein gigantischer Wohnraum mit Holzdielenboden und nackten, allerdings restaurierten Klinkersteinen an der Wand. Hier und da ein modernes Gemälde, wie zufällig an den alten Industriemauern verteilt, die perfekte Umgebung für eine ausladende cremefarbene Sofalandschaft und andere teure Designermöbel.

Unwillkürlich fragte sich Theobald Wagner, wie ein derart schlechter Schauspieler einen solch exquisiten Geschmack entwickeln konnte. „Tja, mein Lieber. Wer einen

Innenarchitekten bezahlen kann, braucht keinen guten Geschmack zu haben."

Konnte dieser Menzel Gedanken lesen?

„Woher…?" „Du solltest mal dein Gesicht sehen. Und außerdem kenne ich dich auch schon ein paar Jahre, oder?" Menzel machte eine kurze Pause. „Marie schaut sich immer dieses Exklusiv-Weekend an, und da haben sie mal so eine Homestory über die Wohnung von Pfingst gebracht." „Soso, du schaust dir also Frauke Ludowich an?" Wagner zog das "wich" im Namen Ludowig genauso lang, wie sie es selbst immer tat. Auch er hatte sich diesen Schwachsinn mit der einen oder anderen Freundin schon ansehen müssen. Verlegen sah Menzel zu Boden.

„Wo ist er?", wollte Wagner wissen. „Ach so. Äh ja! Im Wintergarten."

Sie durchquerten das Wohnzimmer und traten auf die Terrasse hinaus, die einen atemberaubenden Blick über den Fluss bot. Ein Teil der Teakholzfläche war mit einem Wintergarten, oder viel mehr einem Glaspalast, überbaut, natürlich ebenso perfekt eingerichtet wie der Hauptraum. Störend war hier allein die Leiche am Fuß der breiten Glasfront. Die Spurensicherung wuselte geschäftig durch die Gegend, und Dr. Kremer machte höchstselbst Fotos von der Leiche. Als er Wagner hereinkommen sah, blickte er auf.

„Ich dachte, diesmal schaue ich mir das Spektakel live und in Farbe an." Der Gerichtsmediziner richtete seinen gewaltigen Körper auf und ergänzte: „Das Opfer ist offenbar gegen die Glasscheibe des Wintergartens gedrückt worden, bevor er hier durchbohrt wurde." Dr. Kremer deutete auf die mit schwarzem Pulver sichtbar gemachten Spuren an dem sonst piccobello geputzten Glas, und fügte zuversichtlich hinzu: „Vielleicht hat unser Freund hierbei seine persönliche Visitenkarte hinterlassen."

„Glauben Sie das wirklich, Doc?", fragte Wagner beiläufig, als er seine Augen auf den toten Körper am Boden heftete. Ronny Pfingst lag nackt auf dem Bauch. Aus seinem Rücken ragte ein langer Holzstiel, an dessen unterem Ende ein kunstvoller Metallbeschlag aufgebracht war.

„Die beiden vorherigen Opfer lagen auf dem Rücken. War das von Bedeutung?" Wagner schob den Gedanken beiseite. „Die Verlobte hat gleich erkannt, dass das hier ein Speer ist? Merkwürdig, nicht wahr? Von der Klinge ist nichts zu sehen! ", wandte sich Wagner fragend an Dr. Kremer. „Na ja. Was würden Sie zunächst vermuten? Ein Speer liegt wohl näher, als ein Besenstiel. Gerade, wenn man sich diesen wunderbaren Beschlag hier ansieht, das findet man an einem Besen eher selten, meinen Sie nicht? Im Übrigen fällt bei genauerer Betrachtung auf, dass dieses Tötungsinstrument aus drei zusammengeschraubten Teilen zu bestehen scheint." Der Gerichtsmediziner deutete auf zwei Metallringe am Holzstiel.

„Auf diese Weise lässt sich so ein langes Ding sicherlich unauffälliger transportieren. Sie haben recht. Der Gedanke liegt nah, dass es sich hierbei um einen Speer handelt."

Wagner starrte frustriert auf den nackten Rücken des toten Schauspielers.

Auf dem Teakholz war eine getrocknete Blutlache zu sehen. „Wie lange liegt er schon so da?" „Grob geschätzt?

Etwa fünfzehn Stunden, flüstern mir die Totenflecken. Er wurde nach seiner Ermordung nicht mehr bewegt."

Dr. Kremer ging in die Knie. „Sehen Sie die Flecken hier? Das ist eindeutig." Mit seinem Zeigefinger fuhr er an der Taille entlang zu den Beinen und dann zurück bis zu den Schultern hinauf. Die Hautverfärbungen bildeten eine horizontale Grenze am Körper von Ronny Pfingst. „Haben Sie bereits versucht, die Leiche zu bewegen?"

„Nein", antwortete der Gerichtsmediziner. „Wir wollten auf Sie warten. Und außerdem war ich noch hiermit beschäftigt." Dr. Kremer erhob sich und zeigte auf den Arm des Opfers zu seinen Füßen. „Was glauben Sie, was das ist?" Hauptkommissar Wagner rang um Fassung.

Auf dieses wichtige Detail hatte er bislang nicht geachtet.

Die Hand des Toten hielt ein langes Schwert. Die Klinge war etwa im oberen Drittel zerbrochen. Die Spitze war am Ende des Schwertes so akkurat in einem kleinen Abstand platziert, dass es schien, als wäre die Waffe soeben in der Hand von Ronny Pfingst ohne großes Zutun zerbrochen. „Das ist…", Wagner räusperte sich, „das könnte die Mordwaffe sein, durch die Wilhelm Gornheim starb. Was soll der Scheiß?" Warum war ihm dieses Detail nicht sofort aufgefallen? Früher wäre es ihm sicher nicht entgangen. „Ich werde das noch überprüfen lassen. Wir vergleichen die Klinge mit dem Abdruck, den ich aus Gornheims Wunde genommen…" „Tun Sie das. Aber vermutlich können Sie sich die Mühe sparen, Doc. Was will dieser Kerl uns jetzt wieder sagen?" „Finden Sie es heraus, Wagner. Und zwar flott. Ihr Chef wird nicht sehr erfreut sein, von einem weiteren Opfer zu hören." „Was ist mit …? Haben Sie…? Also, ich meine, konnten Sie schon feststellen, ob das Opfer auch einen Ring…? Sie wissen schon!“ „Wollen Sie eine kleine Wette wagen?“ Dr. Kremer sah Wagner amüsiert an. „Morgen früh gebe ich Ihnen Bescheid.“ Der Gerichtsmediziner winkte die Beamten mit dem Leichensack heran. „Können wir?“ Er sah Wagner fragend an.

Der nickte bloß stumm. Dr. Kremer machte sich daran, Ronny Pfingst auf die Seite zu drehen. Der Körper rührte sich kaum.

„Oh! Ihr Serienkiller hat ohne Zweifel immense Kraft. Er hat unseren Schauspieler durchbohrt und an der Holzdiele befestigt. Respekt!“ Der Gerichtsmediziner packte mit seinen mächtigen Händen den Speer und zog ihn mit einem heftigen Ruck aus dem Boden und dem toten Körper.

„Das macht mir weniger Sorgen als seine Wut. Der Kerl muss eine Mordswut haben“, murmelte Theobald Wagner.

10

Der Montagmorgen begann erwartungsgemäß mies. Nach dem Leichenfund am Vorabend hatte Hauptkommissar Wagner zu Hause keine Ruhe finden können. Daraufhin hatte er sich mit Tim im Onyx getroffen. Nur auf ein kleines Bier. Wie üblich faselte Tim unentwegt über sein vermasseltes Leben. Seit ihn seine Frau vor einem Jahr mitsamt Kind und Hund verlassen hatte, schwelgte er in Selbstmitleid. Da hatten sie etwas gemeinsam. Beide standen sie den einschneidenden Veränderungen in ihrem Leben ohnmächtig gegenüber. Tim hatte die Probleme mit seiner Frau genauso aussitzen wollen, wie Wagner selbst es bezüglich seines Berufslebens getan hatte. Während er scheinbar anteilslos zusah, wie seine Karriere den Bach runter ging, badete er in regelmäßigen Abständen gerne in seinem Selbstmitleid.

Zu vorgerückter Stunde und sich potenzierendem Alkoholkonsum philosophierten sie gegen die immer lauter werdende Geräuschkulisse an. Je später der Abend wurde, desto leichter fiel es, sich einzugestehen, dass sie beide Waschlappen waren.

Sie kannten sich seit der Schulzeit und waren eigentlich stets vom Glück verwöhnt worden.

Das Leben lief fröhlich plätschernd vor sich hin, und niemand schien sich an ihrer Oberflächlichkeit zu stören, bis Tims Frau ihre Koffer packte, und Wagner schließlich über seine Überheblichkeit stolperte. Interessant fanden sie beide, dass ihr Dasein etwa im selben Zeitraum eine gravierende Änderung erfahren hatte. Beim letzten, beim wirklich allerletzten Drink, schworen sie sich gegenseitig gleich morgen die Dinge anzupacken.

Wagner wollte sein berufliches Leben wieder auf die Reihe bringen, indem er den Serienkiller zügig zur Strecke brachte, während Tim sich schwor, seine Frau zu überreden, ihm häufigeres Besuchsrecht bei seinem Sohn zu gewähren.

Als Wagner schließlich viel zu spät und viel zu betrunken ins Bett fiel, dachte er einen kurzen Augenblick an Lara, bevor er schließlich in einen komatösen Schlaf sank.

Der nächste Morgen kam viel zu schnell, zu laut und zu hell, wie üblich nach diesen speziellen Nächten. Als Theobald Wagner sich dem Licht und dem Wecker ergeben hatte und endlich unter der Dusche stand, wurde er überraschend schnell klar im Kopf, wenn er einmal davon absah, dass sich die weißen Fliesen im Inneren der Dusche bei längerer Fixierung aus den Augenwinkeln langsam und dreidimensional von den grauen Fugen abzuheben schienen. Dieses Phänomen kannte Wagner bereits. Es begegnete ihm beim Duschen immer dann, wenn er zuvor in seinen Klamotten aufgewacht war. Zu Tim hatte er einmal scherzhaft gesagt, dass er annehme, die optische Täuschung hinge nicht mit seinem verheerenden Zustand zusammen, sondern mit der Übernachtung in seinen Kleidern. Tim hatte sich königlich amüsiert. Jedenfalls waren die Fliesen in der Dusche seither Wagners zuverlässiger Indikator für seinen Zustand am

Morgen nach einer durchzechten Nacht. Traten sie nicht zwischen den grauen Fugen hervor, war alles paletti. Kamen sie ihm aber derart aufdringlich entgegen wie heute, war das letzte Glas am Vorabend definitiv schlecht gewesen. Als Wagner sein Gesicht beim Rasieren im Spiegel betrachtete, stieg blanker Zorn gegen sich selbst in ihm auf. „Jetzt ist Schluss. Wenn du schon alles vermasseln musst, dann wenigstens in nüchternem Zustand und bei vollem Bewusstsein."

Entschlossen, wenn auch zittrig, zog er sich an und packte vor dem Verlassen der Wohnung eilig seinen heiß geliebten Singlemalt sowie alle anderen harten Alkoholika in eine Tüte und pfefferte sie im Vorbeigehen in den nächstliegenden Glascontainer. Damit war jetzt endgültig Schluss.

Einzig seine Sammlung schöner, schwerer Rotweine aus der Pfalz hatte er verschont.

Im Coffeeshop holte er sich seinen doppelten Espresso Latte. Lara arbeitete an diesem Morgen offenbar nicht. Einerseits war er froh darüber, denn er wollte ihr in einem solch entwürdigenden Zustand nie wieder unter die Augen treten, andererseits hätte ihr Anblick ihm heute sicher gut getan.

Bis zur Ankunft im Revier hatte Theobald Wagner den Kaffeebecher geleert und einen Bagel mit Parmaschinken verdrückt, dem ein Donut mit Schokoglasur auf dem Fuße folgte.

Auf dem Weg in sein Büro fühlte er sich merkwürdig beschwingt und trotz Kneipentour am Vorabend relativ fit. Gerade als er Dr. Kremer anrufen wollte, kam Menzel in sein Büro.

Er war erschreckend blass und sah um Jahre gealtert aus. Wagner grinste: „Na, warste auch noch auf Tour gestern Nacht?“ „Hartmann will dich sprechen, und zwar sofort. Ich soll mich bei Wellers Team melden. Der Fall wird uns entzogen, und…“ Wagner war mittlerweile langsam aufgestanden. „Nichts dergleichen wirst du tun. Der Fall wird uns nicht entzogen, so wahr ich hier stehe. Du setzt dich jetzt hierhin und trinkst einen Kaffee. Ich bin gleich zurück.“ Niemals zuvor war Theobald Wagner derart wütend auf seinen Chef gewesen.

Wenn Lutz Hartmann ohnehin vorhatte, ihm sein Team und den Fall wegzunehmen, hatte er spätestens jetzt nichts mehr zu verlieren. Dann konnte er ebenso gut noch eins drauf setzen und dafür sorgen, dass Hartmann die Gelegenheit bekam, ihn endlich zu suspendieren.

Deshalb beschloss Wagner auf jedwede Umgangsformen zu verzichten, während er mit geballten Fäusten das Büro seines Chefs ansteuerte.

Ohne anzuklopfen riss er die Tür auf. Lutz Hartmann zuckte angesichts der zuknallenden Tür kurz zusammen, fing sich aber gewohnt schnell wieder.

„Theo. Schön, dass du vorbeischaust. Komm doch rein. Ist doch nicht nötig, dass du anklopfst.“ Wagner stützte sich mit beiden Händen auf den Schreibtisch von Hartmann.

„Du findest das alles witzig, Lutz? Schön für dich. Entschuldige, dass ich nicht darüber lachen kann, wenn du mein Team auflöst und mir den Fall entziehst, ohne mich vorher zu informieren.“ Hartmann grinste: „Ich wusste immer, dass du keinen Humor hast, Theo. Dass dir dein kläglicher Rest guter Manieren abhanden gekommen ist, überrascht mich hingegen ein klein wenig." Lutz Hartmann war nun ebenfalls aufgestanden und sah Hauptkommissar Wagner provozierend in die Augen. „Dein Ton mir gegenüber ist mehr als unangemessen. Zudem wusstest du, dass ich zum Handeln gezwungen bin, wenn du nicht an dir arbeitest. Es sind drei Menschen tot, und du hat nichts, rein gar nichts, an Ermittlungserfolgen zu vermelden. Ich muss heute die Presse über das dritte Opfer innerhalb einer Woche informieren, und habe nicht einmal den Funken einer positiven Nachricht zu bieten. Dank deiner hervorragenden Arbeit! Wellers Team übernimmt ab sofort. Das war alles für heute! Und nun sieh zu, dass du mein Büro verlässt, bevor ich mich vergesse und noch härtere Maßnahmen gegen dich ergreife! Ich hoffe wir verstehen uns!" Mit diesen Worten setzte sich Lutz Hartmann wieder in seinen Sessel und fuhr fort in der Tageszeitung zu blättern, als ob nichts weiter geschehen sei. Einen Moment lang stand Theobald Wagner regungslos und unentschlossen da. Dann schlug seine Hand mit einem Knall auf der Tischplatte auf und ließ Hartmann zum zweiten Mal zusammenzucken. „So läuft das nicht, Lutz! Du kannst hier nicht deinen Vortrag ablassen und glauben, ich kusche brav! Diesmal nicht! Gut, nimm mir den Fall weg. Gib ihn Wellers Team. Aber glaubst du wirklich, dass die Spurensicherung dann plötzlich erfolgreicher ist? Glaubst du wirklich, dass Dr. Kremer dann die nächste Leiche erfolgreicher obduziert? Glaubst du wirklich, diese Gurke versteht die Symbole, die der Täter hinterlässt, besser?" „Weller ist ein guter Ermittler, und…" „Da hast du vielleicht recht. Aber nicht, wenn es um derart komplexe Fälle geht. Komm, sei ehrlich! Das kann hier keiner besser als ich! Ich habe meine Lektion gelernt, da kannst du sicher sein! Du weißt, dass ich diese Chance verdiene. Und mein Team im Übrigen auch! Ich finde diesen Saukerl, und zwar zusammen mit meinen Leuten!“

Theobald Wagner machte eine kurze Pause. Er war von sich selbst überrascht.

Lutz Hartmanns Schweigen verriet, dass es ihm wohl ähnlich ging. Eine Querfalte bildete sich auf seiner sonst so glatten Stirn. Bevor er etwas sagen konnte, legte Wagner wieder los. Alles oder nichts!

„Wenn du mir mein Team und den Fall wegnimmst, kannst du mich auch gleich suspendieren.“ Jetzt war es ausgesprochen. Alles hatte er in die Waagschale geworfen. Ohne seinen Job wäre sein Leben noch sinnloser, als es ohnehin schon war.

Das wusste Wagner, aber er wollte keinesfalls kampflos das Feld räumen.

Entschlossen setzte sich Hauptkommissar Wagner in den Sessel vor dem schweren Schreibtisch. „Für mich gibt es genau zwei Möglichkeiten. Entweder gehe ich mit deinem Versprechen hier raus, dass ich mein Team behalte und eine reelle Chance bekomme, den Fall zu lösen, oder…“, Wagner holte tief Luft, „ … oder ich verlasse dieses Büro als suspendierter Polizeibeamter. Aber ich garantiere dir, Weller bringt dir diesen Scheißkerl von Serienkiller niemals!“ Lutz Hartmann richtete sich hinter seinem Schreibtisch auf und legte die Zeitung aus der Hand. Seine Mimik verriet zu diesem Zeitpunkt nicht das Geringste.

Diesen leeren Gesichtsausdruck hatte Wagner nie zuvor an seinem Chef gesehen.

„Okay. Angenommen, ich gebe dir, was du willst. Was habe ich davon?“ „Ich bringe dir den Serienkiller. So wahr ich hier sitze. Und du machst mal wieder positive Presse. Und… du bekommst deinen stärksten Ermittler zurück!“ Wagner war sich nicht ganz sicher, ob er sich mit diesem letzten Satz nicht etwas zu weit aus dem Fenster lehnte. „Was sag ich der Presse?“ „Meine Güte Lutz, das weißt du doch besser als ich. Denk dir was aus! Das ist schließlich deine Spezialität!“ Hartmann grinste kurz, bevor sein Gesicht wieder ernst wurde.

„Du hast diesen einen Fall, um mir zu beweisen, dass du es ernst meinst mit … mit deinem Comeback! In diesem Fall behältst du dein Team! Ich decke dir ein letztes Mal den Rücken, so gut ich kann, und halte die Presse in Schach! Allerdings rate ich dir, diesen Enthusiasmus beizubehalten und den Serienkiller zu fassen! Du hast eben alles auf eine Karte gesetzt! Das verdient meinen Respekt! Entweder verlierst du alles, oder du gewinnst! Viel Glück!“ Hartmann lehnte sich entspannt in seinem Sessel zurück, während Theobald Wagner wie auf Wolken Richtung Tür ging. Er konnte es nicht glauben! Woher kam plötzlich all diese Energie, die ihn mit einem Mal durchströmte? „Theo!“ Wagner blieb stehen, aber ohne sich umzudrehen. „Schön, dass du wieder da bist!“ Hauptkommissar Wagner nickte knapp und zog die Tür hinter sich zu.

Wie wenig Lutz Hartmann begriffen hatte. Wäre er tatsächlich wieder der Alte, wäre es ihm unmöglich gewesen, sich so für seine Belange und die seines Teams einzusetzen. Er hatte im Leben noch nie um etwas kämpfen müssen, geschweige denn wollen. Soeben hatte er sich diesbezüglich selbst entjungfert!

Es war ein gutes Gefühl, obgleich ihm immer noch nicht klar war, woher diese Energie rührte.

11

Leise öffnete Wagner die Tür zu seinem Büro. Menzel hing wie der buchstäbliche Schluck Wasser in der Kurve auf einem Stuhl. Die Kaffeetasse baumelte schlaff in seiner Hand. Unwillkürlich musste Wagner grinsen. Sebastian Menzel war Ende zwanzig, und schon eine ganze Weile in seinem Team. Alle nannten ihn Sebbi. Nur er als Teamleiter verzichtete darauf. Aus für ihn unerfindlichen Gründen war ausgerechnet Menzel ihm gegenüber stets loyal geblieben. Die anderen im Team ließen Wagner ihre Unzufriedenheit um Längen deutlicher spüren, obwohl auch sie in ihrem Arbeitseifer nicht nachgelassen hatten, während er in seiner Sinnkrise steckte.

„Was sitzt du hier rum? Wir haben haufenweise Arbeit vor uns! Unser obskurer Serienmörder fängt sich schließlich nicht von selbst!“ Der überschwappende Kaffee platschte auf den uralten Linoleumboden, als Sebastian Menzel sich im Stuhl aufrichtete. „Wie? Soll das heißen, du hast...?“ „Es ist vollbracht. Ich hab unseren Boss noch mal rumgekriegt! Aber wir müssen das Ding hier jetzt erfolgreich abschließen, sonst heißt es für mich bye-bye Mordkommission.“ „Das nenn ich mal eine Ansage, Chef. Bin schon unterwegs!“

Eilig wischte er den Kaffee vom Boden auf und verschwand durch die offene Tür.

„Theo?“ Wagner hatte sich gerade an den Schreibtisch gesetzt, als Menzel wieder in der Tür stand. „Was ist?“ „Danke! Ich weiß zwar nicht, ob du dich für uns so reingehängt hast oder nur für dich. Aber wie auch immer, danke!“ Wagner sah seinen Kollegen ernsthaft an.

„Für uns alle! Außerdem habe ich euch zu danken. Wir sind ein gutes Team! Und das soll auch so bleiben! Jetzt verschwind schon, Sebbi, ich muss Dr. Kremer anrufen.“

„Ich muss jetzt erst mal eine rauchen“, stammelte Menzel und war weg.

Hauptkommissar Wagner rauchte ebenfalls, am offenen Fenster.

Es war längst an der Zeit, die Gedanken zu ordnen und alte Fähigkeiten wieder zu mobilisieren. Dr. Kremer hatte die Autopsie an Ronny Pfingst für dreizehn Uhr festgesetzt.

Er hatte bis dahin noch genügend Zeit, um sich nach den Ermittlungserfolgen bezüglich antiquarischer Waffenhändler zu erkundigen.

Rosalie hatte hierfür eine Liste aller Antiquariate der Stadt und der Umgebung aufgestellt.

Sie ließ ihn unverhohlen wissen, dass es ihr keinen Spaß machen würde, die Läden abzuklappern. „Nimm den Sebbi mit. Der ist so was von energiegeladen. Er hilft dir sicher gern. Achtet auf alle Details. Vielleicht ist unser Mörder selbst einer dieser Antikwaffenhändler. Passt also auf euch auf!“, hatte Wagner ihr geraten.

Rosalie brummelte am anderen Ende der Leitung etwas Unverständliches und fügte noch hinzu: „Seit wann nennst du den Kleinen eigentlich Sebbi?“ Wagner selbst war es gar nicht aufgefallen.

Fünf nach eins stand er neben Dr. Kremer am OP-Tisch.

„Unser Schauspieler hat auch einen Ring geschenkt bekommen. Ich habe ihn schon mal geröntgt und das Ding entfernt. Sie mögen diese Prozedur ja nicht so sehr“, flachste Dr. Kremer amüsiert. Wagner grinste gequält. „Wieder post mortem eingeführt und diesmal mit einem hübschen gelben Glasstein verziert.“ Der Gerichtsmediziner schwenkte wieder einmal hocherfreut die Tüte samt Inhalt. „Die Klinge vom zerbrochenen Schwert am Tatort stimmt, wie wir bereits annahmen, mit dem Abdruck der Wunde unseres zweiten Opfers überein. Also haben Sie bei Kandidat Nummer drei den Grund für das Ableben von Kandidat Nummer zwei gefunden.“ Dr. Kremer war merkwürdigerweise allerbester Stimmung.

„Sie hatten ein schönes Wochenende?“ „Ja, wie kommen Sie darauf?“ Der Gerichtsmediziner stemmte seine kräftigen Pranken in die fülligen Hüften. „War nur geraten.“ Wagner fühlte sich ein wenig von der ausgelassenen Stimmung angesteckt. Der restlichen Untersuchung von Ronny Pfingst folgte er dann nur noch mit reduzierter Aufmerksamkeit. Der Mörder hatte auch diesmal keinerlei Spuren an der Leiche hinterlassen. Auch am Tatort war wieder nichts gefunden worden. War der Kerl Mary Poppins oder startete er nach jedem Mord eine leidenschaftliche Putzorgie? Theobald Wagner musste schlicht anerkennen, dass der Killer perfekt vorbereitet war. Selbst für den unauffälligen Transport des Speers hatte er eine effektive Lösung gefunden. An dem antiken Schaft waren kürzlich drei Gewinde angebracht worden. Hatte der Mörder den Speer selbst modifiziert? Dann war er vielleicht wirklich unter den Antiquaren für Waffen zu finden. Während Dr. Kremer fachkundig die Leiche schloss, hoffte Theobald Wagner, dass Rosalie und Menzel bei ihren Nachforschungen endlich auf einen Hinweis stießen. Und wenn er auch noch so klein war.

12

Am Dienstagmorgen war es eigentümlich still und leer in den Büros der Mordkommission. Der Großteil des Teams um Hauptkommissar Wagner hetzte von einem Antiquariat zum nächsten, auf der Jagd nach einem Hinweis bezüglich der verwendeten Mordwaffen.

Die Hoffnung, der gesuchte Serienkiller könnte aus dem Dunstkreis der Antiquariate stammen, spornte sie alle an.

Außerdem waren an diesem Morgen einige Meldungen eingegangen, die es zu verfolgen galt, und so waren die meisten Mitarbeiter außer Haus beschäftigt. Nur selten hörte Wagner jemanden hektischen Schrittes an seinem Büro vorbeieilen, während er zum wiederholten Mal die Akten der Mordopfer durchging. Er begann mit Ronny Pfingst. Den Inhalt dieser Akte kannte er wenigstens noch nicht auswendig.

Ein kräftiges Klopfen an der Bürotür schreckte ihn irgendwann aus seiner Lektüre.

„Guten Morgen. Entschuldigen Sie die Störung. Unten bei der Anmeldung ist jemand, der Sie bezüglich Ihres Falles sprechen möchte. Sie sagt, sie könnte eventuell hilfreich sein…“ Hauptkommissar Wagner unterbrach den jungen Beamten forscher, als er es beabsichtigt hatte: „Sie? Was heißt da „sie“? Hat die Dame Ihnen keinen Namen genannt?“ Der junge Kollege sah zu Boden. „Nee. Aber sie ist tatsächlich eine richtige Dame, so wie man sich das eben vorstellt. Und sie besteht darauf, nur mit Ihnen zu sprechen. Soll ich sie heraufbringen?"

Hauptkommissar Wagner nickte. „Kann ja nicht schaden", dachte er, als sein Kollege abzog.

Kurz darauf stand eine zierliche Frau, schätzungsweise Ende fünfzig, in der Türfüllung.

„Auf Wiedersehen", raunte der junge Beamte kurz und zog die Tür zu. Die Dame hatte zum Abschied schweigend und freundlich lächelnd genickt.

Dann wandte sie ihre Aufmerksamkeit Hauptkommissar Wagner zu, der mittlerweile hinter seinem Schreibtisch aufgestanden war. Beim Anblick dieser Frau wurde ihm schlagartig klar, warum sein junger, sächselnder Kollege so verunsichert war. Diese zarte Person mit dem exakt geschnittenen Pagenkopf strahlte eine Würde aus, die Wagner selbst ein wenig einschüchterte. Es war nicht etwa das elegante Kostüm, oder die Handtasche, die perfekt zu den hohen Schuhen passte. Auch nicht ihr schönes Gesicht, in dem die Jahre zwar durchaus ihre Spuren hinterlassen hatten, dass aber zugleich eine anmutige Zartheit bewahrt hatte.

Es war vielmehr ihre Körperhaltung, die dafür sorgte, dass Wagner sich in ihrer Gegenwart wie ein Schuljunge fühlte.

„Sie sind Herr Hauptkommissar Wagner?" Er hatte gemäß ihrer Statur eine zartere Stimme erwartet. Überrascht von dem samtig-rauchigen Ton stolperte Theobald Wagner ungeschickt über die Ordner auf dem Boden, als er den Schreibtisch umrunden wollte.

„Scheiße!“, murmelte er, während die Akten polternd durcheinander flogen.

„Entschuldigung. Normalerweise drücke ich mich nicht so…“

Er hielt inne. Was tat er da? Seit wann entschuldigte er sich für seine Ausdrucksweise?

Noch einmal von vorne.

„Theobald Wagner. Der, den Sie offenbar suchen. Und Sie sind…?“ Die Dame hatte ihm amüsiert zugesehen und streckte ihm nun ihre gepflegte Hand entgegen. Wieder eine Überraschung. Sie hatte einen ziemlich festen Händedruck. „Elsbeth Winkler. Ich möchte keineswegs Ihre Zeit vergeuden, deshalb fasse ich mich kurz.“ Sie sah auf den Stuhl vor Wagners Schreibtisch. Erst jetzt fiel ihm auf, dass die Dame namens Winkler immer noch mitten im Raum stand. „Oh bitte, nehmen Sie doch Platz. Möchten Sie einen Kaffee, oder vielleicht etwas anderes?“ „Nein, danke. Ihre Zeit ist sicher knapp bemessen. Normalerweise tue ich so etwas nicht. Aber es ließ mir keine Ruhe, und deshalb bin ich hier.“

Hauptkommissar Theobald Wagner setzte sich hinter seinen Schreibtisch, nachdem er das Chaos von umgestoßenen Leitz Ordnern umständlich durchquert hatte. „Was tun Sie normalerweise nicht? Und weshalb genau sind Sie gekommen, Frau Winkler?“

Er hoffte sehr, dass sie seine Zeit nicht verschwendete, machte sich aber bezüglich handfester Hinweise wenig Hoffnung. Was sollte diese Dame mit einem Serienkiller zu tun haben?

Elsbeth Winkler öffnete ihre große Handtasche und legte mehrere Zeitungsseiten auf den Tisch. „Normalerweise mische ich mich nicht in das Leben und die Arbeit anderer Menschen ein.“ Sie machte eine kurze Pause und tippte mit dem rechten Zeigefinger auf den Zeitungsstapel. „Hierdrin steht, dass Sie für die Ermittlungen bezüglich dieser drei Morde zuständig sind. Deshalb bin ich direkt zu Ihnen gekommen.“ Wagner blickte teilnahmslos auf die Buchstaben. Es waren die Artikel, die spärliche Informationen über die Opfer, die Tatorte und die Ermittlungsarbeit seines Teams enthielten. Lutz Hartmann war ein Fuchs, was Pressearbeit anging. Die Informationen flossen nur wohl dosiert. Was sollte diese Dame daraus schon lesen können?

„Sie fragen sich nun wahrscheinlich, was ich aus den Artikeln herausgelesen haben könnte, das Ihnen hilfreich sein würde?“ Theobald Wagner schluckte. Konnte sie Gedanken lesen? Wahrscheinlich hatte ihn seine gelangweilte Miene verraten. Wie peinlich!

Er räusperte sich: „Nun ja, damit haben Sie durchaus Recht. Was haben Sie entdeckt? Kennen Sie den Mörder etwa?“ Elsbeth Winkler lächelte amüsiert.

„Das wohl kaum, aber diese Artikel verraten einem interessierten Leser, dass die Polizei bezüglich der Ermittlungen …, wie sagt man? … im Dunklen tappt. Ich hatte, bitte verzeihen Sie meine Offenheit, mit jedem veröffentlichten Bericht stärker das Gefühl, dass die Polizei mit diesen… eigentümlichen Accessoires am Tatort nichts anfangen kann.“

Nun räusperte Frau Winkler sich, und zum ersten Mal hatte Wagner das Gefühl, einen Hauch von Unsicherheit an ihr zu spüren. „Sprechen Sie weiter, Frau Winkler. Ich bin wirklich sehr gespannt.“ Sein Tonfall hatte etwas Zynisches. Er war sich nicht sicher, ob das beabsichtigt war. Offenbar verstand Elsbeth Winkler seine Worte als Angriff auf Ihre Person.

Sie straffte den Rücken und fuhr sich mit einer sanften Handbewegung durchs graue Haar.

„Herr Hauptkommissar, ich bin keine durchgeknallte Rentnerin. Und während meiner bisherigen siebenundsechzig Lebensjahre bin ich nicht als Profilneurotikerin aufgefallen. Mein Leben ist durchaus erfüllt, das können Sie mir glauben.“

Wie alt war diese Frau Winkler? Siebenundsechzig? Wagner hatte die Frau auf Ende fünfzig geschätzt. Da er verdattert schwieg, fuhr Elsbeth Winkler fort.

„Es ist mit diesen Artikeln nur so, dass sie mich aufs Tiefste beunruhigen. Deshalb habe ich sie mir mehrfach durchgelesen. Und ich glaube diese… Beigaben am Tatort zu verstehen. Ganz im Gegensatz zu Ihnen, wie mir scheint.“ Zack! Das hatte gesessen. Sie hatte ihre Haltung zurück. Jegliches Anzeichen einer Unsicherheit war verschwunden.

Vielmehr war Frau Winkler nun in ihrer Wortwahl äußerst forsch, aber immer noch damenhaft, wie Theobald Wagner fand. „Verzeihen Sie, Frau Winkler. Wir sind wegen des Falls ziemlich dünnhäutig. Bitte, erklären Sie mir genau, was Ihnen aufgefallen ist.“

Hauptkommissar Wagner war mit einem Mal zutiefst beschämt. Normalerweise ging er mit naseweisen Zivilisten noch härter ins Gericht. Kaum etwas hasste Wagner mehr, als irgendwelche Klugscheißer, die sich dazu berufen fühlen, sich in seine Ermittlungen einzumischen. Meistens gaben sie ohnehin nur sinnloses Gewäsch von sich. Bei Elsbeth Winkler war das allerdings etwas anders. Zunächst fühlte er sich auf merkwürdige Weise von ihrer Würde bezaubert und obendrein sagte ihm sein Gefühl, dass er jetzt, verdammt noch mal, zuhören sollte.

Elsbeth Winkler lächelte kaum merklich und fuhr fort: „Zunächst ist es mir nicht aufgefallen. Erst nachdem ich alle drei Artikel direkt verglichen habe. Sie müssen wissen, ich hebe meine Zeitungen immer eine Weile auf. Ich lese über mehrere Tage oder auch Wochen quer. Fragen Sie mich nicht warum. Ich weiß es selbst nicht." Elsbeth Winkler unterbrach sich kurz und faltete ihre Hände im Schoß. „Jedenfalls habe ich den letzten dieser drei Artikel gelesen und hatte das Gefühl, die anderen beiden Artikel wieder heraussuchen zu müssen. Ich habe mir eine Liste der Dinge gemacht, die an den verschiedenen Tatorten gefunden wurden. Und da habe ich es gesehen. Es ist eigentlich nur eine Vermutung, und dennoch hat es mir keine Ruhe gelassen. Deshalb bin ich hier." Wieder pausierte Frau Winkler, als müsste sie neuen Mut fassen, um weiter zusprechen. „Sie haben sicher noch weitere Dinge an den Tatorten gefunden, die Sie der Presse aus vermutlich gutem Grund verschwiegen haben."

Elsbeth Winkler kramte in ihrer Tasche und förderte eine versilberte Dose zu Tage, aus der sie ein winziges Pfefferminzbonbon nahm. Wagner lehnte ihre angebotene Erfrischung ab und fragte sich, wie sie zu der durchaus korrekten Annahme kam, dass nicht alle Informationen offengelegt worden waren. Kein Mensch macht sich darüber Gedanken, wenn er die Zeitung las. Oder doch?

Frau Winkler war nun bereit fortzufahren: „Ich dachte mir, wenn ich Ihnen meine Vermutungen bezüglich Ihrer spärlichen Angaben gegenüber der Presse erkläre, können Sie anhand Ihrer Kenntnis des Ganzen den Mörder schneller zur Strecke bringen.“

Wagner war sprachlos und nickte bloß stoisch. „Ich befasse mich seit Jahren intensiv mit der Musik Ihres großartigen Namensvetters. Richard Wagner ist Ihnen ein Begriff, nehme ich an?“ Elsbeth Winkler wartete seine Antwort nicht ab. Sie war nun ganz in ihrem Element.

„Der Ring des Nibelungen ist sein wohl bekanntestes und ebenso aufwendigstes Werk. Wer sich näher damit befasst, erkennt in der Geschichte dieses Opernzyklus und in der vielfältigen Symbolik das Spiegelbild der menschlichen Gesellschaft. Dies ist übrigens unabhängig von irgendwelchen Epochen oder Gesellschaftsstrukturen.“ Elsbeth Winkler sah kichernd in Hauptkommissar Wagners überfordertes Gesicht. „Entschuldigen Sie. Ich habe mich hinreißen lassen. Jedenfalls glaube ich anhand der Hinterlassenschaften am Tatort einen Zusammenhang mit eben diesem Zyklus ‚Der Ring des Nibelungen‘ entdeckt zu haben.“

Ein ungläubiges „Wie bitte?“ war alles, was Wagner hervorbrachte.

„Sie müssen wissen, dass jede Figur mit bestimmten Attributen, oder treffender, Symbolen ausgestattet ist. Außerdem ist dieser Opernzyklus ziemlich blutig. Aus einem mir unverständlichen Grund mordet sich ihre gesuchte Person durch den Ring des Nibelungen. Und je nach Motivation

Direkter Link zu **Wikipedia „Der Ring des Nibelungen“**
http://de.wikipedia.org/wiki/Der_Ring_des_Nibelungen

hat er noch einiges vor sich!“ Elsbeth Winkler atmete tief durch.

Wagner war fassungslos.

Diese Frau war völlig durchgeknallt. Zeitverschwendung. Er hatte eine Fernsehproduktion der Nibelungensage in drei Teilen bei irgendeinem privaten Fernsehsender gesehen. Da ging es um lauter mystisches Zeugs. Zugegeben, die Produzenten des Werkes hatten die Geschichte gewiss stark vereinfacht. Eben dies teilte er auch Elsbeth Winkler mit.

Die lächelte bloß und antwortete knapp: „Die Nibelungensage hat nur äußerst entfernt mit Wagners Ring zu tun. Deshalb ist die Symbolik auch eine andere. Das ist vielleicht von Interesse für Sie.“ Sie strich sich mit gesenktem Blick den Rock glatt.

„Frau Winkler, könnten Sie etwas deutlicher werden? Meine Zeit ist, wie Sie richtig bemerkt haben, knapp und...“ „Na schön. Sie wollen ein Beispiel? Olaf Westhofen wurde mit einem Dolch erstochen, richtig soweit? Auf seiner Brust wurde ein Drachen aufgemalt, und auf seinem Körper fanden Sie Regenwürmer?“ Elsbeth Winkler wartete das stumme Nicken Wagners ab, um dann fortzufahren: „Ich werde mich kurz und stark vereinfacht halten, um Ihre kostbare Zeit nicht unnötig zu strapazieren. Westhofen stellt den Riesen Fafner aus dem Ring des Nibelungen dar, der im Streit um den Nibelungenhort seinen Bruder Fasolt erschlägt. Später verwandelt er sich in einen Drachen und bewacht das Nibelungengold. Im Verlauf der Geschichte wird er von dem jungen Siegfried getötet. Das dürfte Ihnen vielleicht bekannt vorkommen. Nicht jeder weiß allerdings, dass dieser Drache gerne in Form eines Lindwurms dargestellt wird."

Elsbeth Winklers funkelnde Augen sahen in Wagners leeres Gesicht.

„Drache, Wurm, antiker Dolch? Sagt Ihnen das nichts? Nun ja, Herr Hauptkommissar. Mir hat es zunächst auch nichts gesagt." Frau Winkler deutete auf den zweiten Artikel.

„Wilhelm Gornheim ist für Ihren Mörder das Ebenbild des Zwergs Mime. Der ist einer der Nibelungen und obendrein der Ziehvater von Siegfried. Sie wissen ja, derjenige, der den Drachen Fafner tötet. Mime war ein begnadeter Schmied, denken Sie an den Gartenzwerg mit Hammer und Amboss neben dem Opfer. Getötet wurde Herr Gornheim durch ein Schwert, das vorläufig verschwunden war. Im Ring des Nibelungen tötet Siegfried seinen Ziehvater Mime mit seinem Schwert, genannt Notung. Haben Sie dieses Schwert inzwischen gefunden?"

Dies war eines der Details, das man der Presse bisher noch nicht offenbart hatte.

Elsbeth Winkler war nun nicht mehr zu halten:

„Ronny Pfingst wurde mit einem Speer getötet. Genau wie Siegfried in Wagners Oper. Wollen Sie wissen, wer in der Nibelungensage sein Mörder war?" Wagner nickte überfordert. Das alles klang ja sehr interessant, aber mindestens ebenso wirr. Wie kam diese Frau auf solche Verknüpfungen? „Der Mörder Siegfrieds heißt Hagen. Er war genau wie alle bisher ermordeten Figuren vom berühmten Nibelungenring besessen. Ich vermute, dass…"

„Hey Theo, bist du inzwischen so verzweifelt, dass du eine alte Frau in deine Ermittlungen einbeziehen musst?“

Lutz Hartmann stand breitbeinig in der Tür. Weiß Gott, wie lange er schon Elsbeth Winklers Ausführungen lauschte. Theobald Wagner stand auf.

„Frau Winkler hat sich gewissermaßen als Zeugin gemeldet. Sie glaubt, die gefundenen Gegenstände deuten zu können und erläutert gerade…“

„Danke Theo. Das durfte ich live mit anhören. Frau Winkler, ich danke Ihnen für Ihre Anteilnahme als Bürgerin dieser Stadt. Ich glaube allerdings, dass wir Ihre… Hilfe nicht benötigen. Hauptkommissar Wagner wird Sie hinausbegleiten. Sie werden in der Tageszeitung in Kürze über unseren Ermittlungserfolg lesen. Nicht wahr Theo?“

Elsbeth Winkler war abrupt aufgestanden und verließ wortlos den Raum.

Theobald Wagner wollte ihr hinterher eilen, doch sein Chef packte ihn unsanft am Arm.

„Ich hoffe, du hast keine Details der Marke top secret ausgeplaudert. Die Alte ist ja wohl nicht ganz dicht. Schmeiß sie raus, aber charmant. Und dann zurück an die Arbeit, klar?“ Wagner löste sich aus Lutz Hartmanns Griff und rannte den Gang entlang, an dessen Ende er Elsbeth Winklers hohe Absätze klappern hörte. An der Treppe holte er die Dame endlich ein. „Warten Sie“, stieß er atemlos hervor.

„Ich wollte nur helfen. Ich hatte das Gefühl, Sie kommen aus eigener Kraft nicht weiter.“ Elsbeth Winkler sah ihn mit ihren eisgrauen Augen durchdringend an. „Er wird nicht aufhören. Das wissen Sie ebenso gut wie ich. Ich habe zumindest eine Theorie, und was haben Sie?“ Wagner hatte wieder genug Luft, um seiner Stimme die nötige Ruhe zu verleihen: „Frau Winkler, es war sehr freundlich von Ihnen zu uns zu kommen. Herr Hartmann ist bisweilen etwas grob. Sehen Sie ihm das bitte nach. Ihre Theorie ist, soweit ich Ihnen überhaupt folgen konnte, etwas… ähm … bizarr, aber durchaus interessant.“

„ Interessant?“ Mit dieser spitzen Bemerkung reichte sie Hauptkommissar Wagner eine Visitenkarte. „Ihr Chef ist ein unglaubliches Arschloch! Denken Sie über alles nach, Herr Hauptkommissar, besonders über die Dinge, von denen ich gar nichts wissen kann. Vielleicht möchten Sie mich anrufen, und über meine bizarren Ideen sprechen.“

Elsbeth Winkler sah kurz zu Boden.

„Haben Sie am Tatort bei Ronny Pfingst gar keine Symbole gefunden? In der Presse war nichts darüber zu lesen. Wie kommen Sie dann zu der Annahme, dass dieser Mord mit den beiden vorherigen in Zusammenhang steht?“

„Wir… äh…“, Wagner stotterte sinnlos vor sich hin. „Sie dürfen nicht mit mir darüber sprechen. Das verstehe ich.“

In ihrem Blick lag eine Art mütterlichen Mitgefühls, das allerdings nicht lang anhielt.

„Auf Wiedersehen, Herr Hauptkommissar. Übrigens… ich wette zehn zu eins, dass sie bei Siegfried, Verzeihung, bei der Leiche von Ronny Pfingst jenes Schwert gefunden haben, mit dem Wilhelm Gornheim ermordet wurde. Vergessen Sie nicht, Notung war Siegfrieds Schwert, durch das sein Ziehvater Mime starb. Dieses Schwert ist Siegfrieds stärkstes Symbol und bewahrt ihn dennoch nicht vor dem

Tod durch den listigen Hagen. Der ist übrigens Ihr nächstes Opfer - symbolisch gesprochen."

Mit dieser Bemerkung ließ Elsbeth Winkler Hauptkommissar Wagner stehen und schritt mit klappernden Absätzen die Treppe hinab. Wagner sah ihr nach.

Hatte sie eben tatsächlich „Arschloch" gesagt?

13

Eine ganze Weile noch stand Theobald Wagner am Treppenabsatz, die Hand auf das abgegriffene Holzgeländer gelegt. Das Gespräch mit Elsbeth Winkler wollte ihm nicht mehr aus dem Kopf gehen. Je mehr er darüber nachdachte, desto weniger wirr und bizarr kamen ihm die Ausführungen dieser Frau vor. Schließlich schlich er mit hängenden Schultern in sein Büro zurück. Was sollte er nun tun? Einerseits wusste Wagner genau, dass Lutz Hartmann ihn für verrückt erklären würde, wenn er Kontakt zu Frau Winkler aufnahm. Andererseits war ihm aus unerfindlichen Gründen noch nie in seinem Leben etwas richtiger erschienen.

Während er die elegante Visitenkarte in den Fingern drehte, beschloss er, sich zunächst über Richard Wagner und dessen Ring des Nibelungen schlau zu machen.

Ein Hoch auf das Internet! Den Recherchen in der Opernwelt Richard Wagners fiel das Mittagessen zum Opfer. Hauptkommissar Wagner stellte erneut fest, dass der Mensch wohl nirgendwo unbemerkt soviel Zeit seines Lebens verlieren konnte wie bei der eingehenden Beschäftigung mit dem Internet. Er fand sämtliche Aussagen Elsbeth Winklers bestätigt und lernte einiges über die Biographie von Richard Wagner. Seinen berühmten Namensvetter empfand er dabei als äußerst widersprüchliche Persönlichkeit, als großartiges Genie mit einem absurden Hang zum

Perfektionismus, ständig am Abgrund des Wahnsinns taumelnd.

Als Hauptkommissar Wagner die Uhrzeit wieder bewusst wahrnahm, war es bereits halb vier. Von seinem Team hatte er nichts gehört. Die waren sicherlich entsetzlich genervt von ihrer Suche nach der buchstäblichen Nadel im Heuhaufen.

Sollte er Frau Winkler anrufen?

Seine Intuition kämpfte unbewusst mit seinem Pflichtgefühl, die Weisung seines Chefs nicht zu boykottieren, dann beschloss er, seinem Instinkt nachzugeben. Lange genug hatte ihm dieses sichere Gefühl, das absolut Richtige zu tun, gefehlt. Wenn er dem nun nicht nachgab, würde es vielleicht auf Nimmerwiedersehen verschwinden. Während er Frau Winklers Nummer wählte, kam er im Stillen zu dem Ergebnis, dass er ohnehin an einem Punkt angekommen war, an dem es nichts mehr zu verlieren gab.

Frau Winkler war zugänglicher, als Theobald Wagner zu hoffen gewagt hatte. Sie lud ihn noch für denselben Abend zu sich nach Hause ein. Oststadt. Sophienstraße 10, erster Stock.

Na klar, wo denn sonst. Eine Frau wie Elsbeth Winkler residierte selbstverständlich in einer der Belles Étages im elegantesten Viertel Mannheims, unweit der Villa Westhofen. Hauptkommissar Wagner machte sich eilig mit den notdürftigsten Mitteln im Büro frisch.

Auf gar keinen Fall wollte er mit leeren Händen zur Audienz in der Sophienstraße 10 erscheinen. Obgleich er generell einen eher ungehobelten Eindruck machte, waren doch ein paar wenige Umgangsformen, um die seine Mutter stets bemüht gewesen war, haften geblieben. Deshalb führte ihn sein Weg vor der Verabredung noch bei seinem bevorzugten Floristen vorbei. Maurice schaute überrascht drein. „*Monsieur le Commissaire*, welche Überraschung, *n´est-ce pas*? Ich hatte schon vermutet, Sie seien verstorben, oder noch schlimmer - mir eventuell fremdgegangen?“ Maurice lachte hell auf.

Hauptkommissar Wagner war eines Tages eher zufällig nach der Arbeit in Maurices Laden gestolpert, um Blumen für seine damalige Freundin Valerie zu kaufen. Er hatte sie am Vorabend wegen einer laufenden Ermittlung versetzt, und sie hatte ihm daraufhin spontan telefonisch die Freundschaft gekündigt. „Irgendwas Versöhnliches, Buntes!“, hatte Theobald Wagner gedankenlos geordert. Maurice sah ihn darauf ungläubig, oder vielmehr entsetzt, an.

„*Non, non mon Cher!* So geht das aber nicht!“ Seine Vehemenz wirkte damals irritierend auf Wagner. Maurice ließ sich nicht beirren: „So kann ich nicht arbeiten, *Chérie*. Was ist passiert und für wen brauchst du was genau?“ Der Florist hatte hartnäckig darauf bestanden, dass Wagner einen nicht unerheblichen Teil seines Privatlebens vor ihm ausbreitete und genaue Angaben zu Valerie machte. Dann hatte Maurice eine halbe Pirouette gedreht und fröhlich geflötet: „*D´accord*. Da lässt sich was machen.“ Gerade als Wagner sich wieder gefangen hatte und gegen diese Behandlung protestieren wollte, war Maurice mit einem provisorisch zusammengestellten Blumenbouquet auf ihn zugeeilt und hatte verschwörerisch geflüstert:

„Voila, *Chérie*. Dies ist deine Rettung. Wenn ich fertig bin, sieht es *naturellement* perfekt aus.“ Die Blumen verfehlten ihre versprochene Wirkung tatsächlich nicht. Wagner dachte heute noch dann und wann an den überwältigenden Versöhnungssex mit Valerie. Seither kamen und gingen die Frauen, doch Maurice war geblieben. Seit einiger Zeit war Wagner allerdings Single und benötigte Maurices Dienste nicht mehr allzu häufig bis gar nicht. Während Maurice nun einen Strauß für eine *Grande Dame* zusammenstellte, fragte sich Wagner unwillkürlich, wie seine Kreation für Lara wohl aussehen mochte. Er hatte die Studentin lange nicht gesehen. Dafür geisterte sie fleißig durch seine Träume und Gedanken. Es wurde zunehmend schwieriger, sie daraus zu verbannen. Aber auch heute hatte die Pflicht Vorrang. Wagner war fest entschlossen, diesen Fall so schnell wie möglich zu lösen.

Pünktlich um halb sieben stand Theobald Wagner im Flur der eleganten Wohnung, Sophienstraße 10, Oststadt, beste Lage, und beobachtete das überraschte Gesicht von Elsbeth Winkler beim Anblick der Blumen. Freudig lächelte sie Wagner durch die Blütenpracht an:

„Maurice, *n'est-ce pas*? Sie haben einen exquisiten Geschmack, Herr Hauptkommissar."

„Sie kennen Maurice?" *„Bien sur, Chérie!"* Sie lachte ausgelassen. Überhaupt schien Elsbeth Winkler bester Stimmung zu sein. Als sie vor ihm den elegant möblierten Flur entlang ging, fiel Theobald Wagner auf, dass sie sehr viel legerer gekleidet war als heute morgen. Ihr schmaler, graziler Körper steckte in einer blauen Jeans und einem schwarzen Poloshirt. Obendrein lief sie barfuß in pinkfarbenen „Flip-Flops" über den Parkettboden.

Diese Latschen verursachten das typische Geräusch beim Gehen. Flap, flap, flap, flap. Wagner dachte schon immer, dass der Ausdruck „Flap-Flaps“ besser passen würde. Aber das war wahrscheinlich eher eine Frage des richtigen Marketings.

„Kommen Sie, Herr Hauptkommissar. Nehmen Sie Platz.“ Das flappende Geräusch verstummte und ihm wurde der Weg in ein gigantisches Wohnzimmer gewiesen. Die exquisite Einrichtung erinnerte ihn an das Haus von Olaf Westhofen. Die oberen Zehntausend dieser Stadt beschäftigten wohl alle denselben Innenarchitekten. „Würden Sie auf den Hauptkommissar verzichten können, Frau Winkler? Es wäre mir recht, wenn Sie mich einfach Theo nennen würden.“ Wagner wurde rot. Das war ihm spontan herausgerutscht. Frau Winkler lächelte: „Gern! Jetzt, da wir Verbündete sind. Nennen Sie mich Elle. Kein Mensch sagt mehr Elsbeth zu mir, seit mein mittlerweile verstorbener Mann in mein Leben getreten ist.“ Wagner nickte vorsichtig.

Wieder dieses Schuljungengefühl in der Magengegend. Sie nahmen am massiven Couchtisch Platz. Elle hatte Rotwein in einer geschwungenen Karaffe gebührend atmen lassen und eine reichhaltige Auswahl an Tapas aufgebaut: Schinken, Salami, verschiedene Käsesorten, kleine Weißbrotscheiben und verschieden eingelegte Oliven, Peperoni und getrocknete Tomaten.

„Sie werden Hunger haben. Ich nehme an, Sie kommen direkt aus dem Büro? Vielen Dank übrigens für Ihren Umweg über Maurice. Er ist ein wahrer Künstler.“

Theobald Wagner begann sich langsam im Licht des brennenden Kerzenmeers wohlzufühlen. Überall im Raum, auf den antiken Möbeln und vor den großen Fenstern standen sie in mehr oder weniger riesigen Windlichtern. Auch im offenbar stillgelegten Kamin stand eine Unmenge an Stumpenkerzen und verströmte Behaglichkeit. Als Elle Wein einschenkte, wollte Wagner zunächst protestieren, ließ es dann aber doch sein. Wie hatte Lara so schön gesagt? Eine Flasche Rotwein in Gesellschaft ist okay! Sie stießen mit den großen Kristallgläsern an.

„Trinken wir auf den Sieg über Ihre Dämonen", sagte Elle lachend. Was wusste sie von seinen Dämonen? Diese Frau war schlichtweg unheimlich. Sie schien in ihm wie in einem offenen Buch zu lesen.

Wagner wechselte das Thema: „Haben Sie heute Morgen wirklich „Arschloch" gesagt, oder habe ich nur geträumt?"

„Man gibt nicht zwangsläufig das Fluchen auf, wenn man die sechzig überschreitet, Theo! Jetzt essen Sie mal etwas, bevor ich Sie in Richard Wagners Welt entführe."

Während er nach einer Scheibe Serrano-Schinken fischte, berichtete er über seine Recherchen vom Nachmittag. Elle schien ein wenig beeindruckt zu sein, denn sie lauschte seinen Ausführungen aufmerksam, während sie abwechselnd Oliven und Käsestückchen verzehrte. Als er mit seinem Monolog zu Ende war, nickte sie anerkennend. „Nicht schlecht für einen Internet-Crash-Kurs! Aber das Ganze hat sehr viel mehr Tiefe, als Sie sich in diesem Augenblick vorstellen können. Mich selbst hat es Jahre gekostet, mein Wissen aufzubauen. Hierzu muss man schon ein wenig fanatisch sein. Ich bin bekennender Wagner-Junkie, müssen

Sie wissen, mit allem was dazu gehört. Die Festspielbesuche in Bayreuth, das Studium seiner Musik, Treffen des hiesigen Wagnerverbands, der im Übrigen einer der ersten seiner Art war."

Hauptkommissar Wagner kaute auf der köstlichen Salami und fragte sich insgeheim, wie die Musik aus dem Ring des Nibelungen wohl klingen mochte. Mit klassischer Musik hatte er bis dato nicht viel am Hut gehabt. „Zur Einstimmung auf unser Gespräch habe ich etwas vorbereitet." Elle nahm die Fernbedienung und öffnete damit eine Milchglasschiebetür, hinter der ein sündhaft teures Bose Soundsystem verborgen gewesen war. Dieser Schrank war das einzig moderne Möbelstück im ganzen Raum und wirkte trotzdem so, als würde er genau hierher und nirgendwo anders hingehören. Sogleich erklang aus scheinbar allen Ecken des Raumes volltönende Orchestermusik. Wagner saß mit offenem Mund auf der Couch. Bei seinem Anblick musste Elle lachen. „Dolby surround. Eine wirklich tolle Sache für Musikliebhaber!"

Sie regulierte die Lautstärke mittels Fernbedienung auf ein Maß, das eine Unterhaltung wieder zuließ.

„Wir fangen heute mit dem „Rheingold" an. Es ist das leichteste Stück im Ring. Die erste der vier Opern im Zyklus. Sie sollten sich nicht allzu sehr auf die Musik konzentrieren. Lassen Sie sie vielmehr auf Ihr Unterbewusstsein einwirken. Wir konzentrieren uns indes auf Ihren Fall. Was hat Sie dazu bewogen, Ihre Meinung zu ändern, Theo?"

Obgleich Hauptkommissar Wagner nicht wirklich ein Klassikfan war, spürte er, wie diese Musik seinen Geist intensiv berührte. Er ließ es einfach zu, wie Elle es empfohlen hatte.

„Sie haben über dieses Schwert gesprochen. Notung. Inzwischen weiß ich, dass Siegfried die zerbrochenen Teile im Ring des Nibelungen unter Anleitung seines Ziehvaters Mime wieder zu einem Ganzen schmiedete und den Zwerg damit später tötet. Aber er hat auch Fafner, diesen Lindwurm-Drachen damit getötet. Wenn ihre Theorie stimmen sollte, warum wurde dann nur Wilhelm Gornheim alias Mime damit getötet und nicht auch das erste Opfer, Olaf Westhofen, der Ihrer Meinung nach Fafner ist?“

„Das sind gute Fragen, Theo. Ich befürchte nur, es sind die falschen. Sie konzentrieren sich derzeit zu sehr auf die Handlungsdetails der Opern. Unser Mörder hängt zwar an der Geschichte des Rings, doch er schreibt sie auf seine Situation passend um, meinen Sie nicht? Mir scheint, als empfindet er sich als höhere Macht, die gewissermaßen jenseits des Geschehens steht, und glaubt, erwählt zu sein, eigenmächtig zu richten.“

Elle schenkte Wein nach, während Wagner darüber nachdachte, warum sie beide scheinbar um den heißen Brei herumschlichen. Mit diesen vagen Vermutungen kamen sie keinen Schritt weiter. „Elle, ich werde mit Ihnen über etwas sprechen, das mir ziemliche Schwierigkeiten einbringen kann. Es reicht eigentlich schon, dass ich überhaupt hier bin. Wenn mein Chef…“ Elle unterbrach ihn: „ … das Arschloch, davon erfährt, sind Sie erledigt. Ich weiß! Wie ich schon sagte, wir sind Verbündete, oder nicht?“ Sie erhob mit einer beinahe theatralischen Handbewegung das Glas und prostete Wagner zu. Wagner tat es ihr gleich und beschloss endgültig, ihr sein volles Vertrauen zu schenken. „Sie haben sich gewundert, warum beim letzten Opfer keine Beigaben erwähnt wurden. Ronny Pfingst hielt das Schwert, durch das Wilhelm Gornheim starb, in der Hand. Der Gerichtsmediziner hat zweifelsfrei festgestellt, dass es post mortem dort platziert wurde. Das war seine Beigabe."

Theobald Wagner atmete tief durch. War es ein Fehler, seine vertraulichen Informationen mit Elle zu teilen? Es fühlte sich richtig an. Jedoch wusste Wagner nicht, ob er seinem Gefühl noch trauen konnte. Er schob die Bedenken zur Seite. Es war ohnehin zu spät, um umzukehren, also fuhr er fort: „Und noch etwas ist merkwürdig, die Klinge war im oberen Drittel abgebrochen. Die Spitze lag in einem knappen Abstand ordentlich dem Verlauf des Schwertes folgend neben der Leiche. Wurde Notung im Laufe des Opernzyklus eigentlich zerstört? Ich habe im Internet nichts darüber gelesen."

Elle straffte ihren Rücken. Sie saß im Schneidersitz auf einem der riesigen Bodenkissen vor dem Sofa. „Ich hatte es mir schon gedacht. Das zerbrochene Schwert zeugt von Siegfrieds Versagen. Was aus dem Schwert Notung innerhalb des Rings wird, ist für uns unerheblich. Lösen Sie sich von der Vorstellung, den Mörder fassen zu können, indem Sie den Ring bis ins kleinste Detail studieren. Ihr Mörder hat, wie viele andere Menschen übrigens auch, seine eigene Art, das Werk zu interpretieren. Richard Wagner hat mit voller Absicht viel Spielraum für Fantasie gelassen."

„Aber wie können wir denn sonst auf seine Spur kommen? Was ist sein Motiv?" Wagner war am Verzweifeln. Dieser Abend führte anscheinend wieder zu nichts, was besonders bitter war, denn er hatte all seine Hoffnungen auf dieses Gespräch gesetzt. Offenbar spürte Elle seine Verzweiflung, denn sie schüttelte lächelnd den Kopf.

„Machen Sie sich von diesem Druck frei, unter dem Sie stehen. Sie können sonst nicht klar denken. Sie müssen Ihre Dämonen besiegen, sonst kommen Sie der Lösung niemals näher. Denken Sie frei.“ Elle sah Wagner an, als wollte sie ihm den Teufel austreiben.

„Haben Sie gedacht, ich liefere die Antwort heute Abend auf einem Silbertablett? Es ist nur eine Ahnung, die ich habe. Allein mein Gefühl sagt mir, dass ich richtig liege. Sie kennen das doch auch, Theo! Oder sollte ich mich derart in Ihnen täuschen?“ Wagner betrachtete sinnend sein Rotweinglas. Woher wusste diese Frau soviel über sein Innerstes? Irgendwie war ihm das unheimlich. Elle setzte ihren Exkurs unbeirrt fort. „Vielleicht hängen diese drei Morde aber auch gar nicht zusammen. Da Sie momentan allerdings keine bessere Idee zu haben scheinen, kann es keine Zeitverschwendung sein, mit dieser Theorie zu jonglieren, finden Sie nicht?“

Wagner musste ihr diesbezüglich recht geben. Er drehte den Stiel des Weinglases in seinen Fingern, während er aufsah. „Das ist richtig, Elle. Die Morde hängen allerdings definitiv zusammen, denn alle drei Opfer haben eine unübersehbare Gemeinsamkeit. Es handelt sich hierbei um eine weitere Beigabe des Täters, die gegenüber der Presse aus verschiedenen Gründen nicht erwähnt wurde, und auch Sie dürfen darüber mit niemandem sprechen.“

Elle blickte ihn an wie eine junge Frau, deren beste Freundin ihr gleich ein unglaubliches Geheimnis anvertrauen würde. „Wir haben bei allen drei Leichen einen billigen Ring gefunden. Es ist eine Imitation dieser College-Football-Ringe, die in Amerika populär sind. Man findet sie in jedem Billig-Accesoires-Shop dieser Stadt. Die Ringe waren… ähm… im… ähm … Enddarm der Opfer gefunden worden - post mortem platziert.

Elle blickte Wagner entsetzt an, fasste sich jedoch schnell und erwiderte: „Es ist der Ring des Nibelungen, der da platziert wurde. Das sollte uns bestärken, in dieser Richtung weiter zu suchen. Sie müssen wissen, dass der Ring des Nibelungen in Wagners Zyklus das zentrale Symbol für Macht ist und obendrein von Alberich, seinem Erschaffer, mit einem Fluch belegt wurde. Wenn der Täter eine solch billige Imitation in den Enddarm seiner Opfer post mortem einführt, sagt das doch einiges aus. Finden Sie nicht, Theo?“

Die Erkenntnis riss ihn buchstäblich in die Höhe. „Der Sauhund will damit zum Ausdruck bringen, dass seine Opfer sich ihre billige Imitation der „Macht“ buchstäblich in den Arsch stecken können, wenn er mit ihnen fertig ist!“ Wagner sah Elle triumphierend an. Sie zustimmend: „Genau das dachte ich auch gerade, Theo!“ Hauptkommissar Wagner brach in heulendes Gelächter aus. „Nicht exakt in dieser Wortwahl, nehme ich an.“ „Ich dachte genau das, was Sie eben so treffend formuliert haben. Inklusive „Arsch“, konterte Elle und schenkte den letzten Rest Wein ein. „Dieser Ring ist das zentrale Symbol Ihres Mörders. Dieses Motiv verlangt geradezu nach Kraftausdrücken!“„Es geht also um Machtausübung, um Kontrolle…“ „Es geht um Bestrafung!“ ergänzte Elle. „Ihr Mörder ist entsetzlich wütend. Er bestraft seine Opfer und will, dass die Öffentlichkeit davon Notiz nimmt. Sehen Sie sich seine Symbole an."

Elle dachte kurz nach.

„Der aufgemalte Drache. Ein richtiger Kerl würde sich doch tätowieren lassen, das Opfer wurde jedoch nur mit Filzstiften bemalt. Regenwürmer haben, zwar fälschlicherweise aber bekanntermaßen, keinen besonders hohen Stellenwert in der Gesellschaft. Gartenzwerge sind was für Spießer. Tja, und das zerbrochene Schwert symbolisiert den Fall des selbstverliebten Siegfrieds. Er tötet seine Opfer und verhöhnt sie dann. Das gipfelt in der höchst peinlichen Prozedur, einen Ring in einen toten Enddarm einzuführen."

Wagner nickte, gab aber zu bedenken: „Wir haben immer noch kein Motiv, Elle."

Der schwere Rotwein benebelte allmählich seine Sinne. „Ich mache Ihnen einen Vorschlag, Theo! Ich liefere Ihnen das Motiv auf der Nibelungenebene und Sie finden die Parallelen zur Realität." „Abgemacht! Legen Sie los, Sie haben doch schon etwas in petto."

„Bis Sie die Ringe erwähnt haben, war ich mir keineswegs sicher."

Elle nahm einen Schluck Rotwein und holte Luft: „Es sind allesamt Vertragsbrecher. Fafner, Mime und Siegfried. Der Riese Fafner erschlägt seinen Bruder Fasolt, um den Nibelungenschatz für sich alleine behalten zu können. So hat er sich versündigt. Als er das Rheingold endlich gewonnen hat, weiß er es nicht für sich einzusetzen. Also verwandelt er sich in einen Drachen – sprich Lindwurm.

Fafner hockt also buchstäblich auf der Macht, ohne sie benutzen zu können. Seine Gier bringt ihm schließlich den

Tod durch Siegfried.“ Sie unterbrach kurz, um ihr Glas zu leeren und fuhr dann fort. „Mime leidet unter seinem grausamen Bruder Alberich, dem Anführer des Nibelungenvolks. In der Erziehung Siegfrieds sieht er seine einzige Chance, das inzwischen zu einem Ring geschmolzene Rheingold in seine Hände zu bringen, um so seinen Bruder Alberich zu vernichten und selbst zum Herrscher des Nibelungenvolkes aufzusteigen. Mime verschwendet unzählige Jahre auf diesen Plan, denn er selbst ist unfähig, sich allein des Rings zu bemächtigen. Für diese Zwecke bildet er Siegfried aus und lehrt ihm die Schmiedekunst. Unter anderem hilft der Zwerg seinem Ziehsohn auch bei der Instandsetzung des Schwertes Notung, das einst Siegfrieds Vater Siegmund gehörte. Durch genau diese Waffe findet Mime bald selbst den Tod, anstatt, wie geplant, sein Bruder Alberich. Auch er empfängt den Tod als Strafe für seine Machtgier.“

Elle dachte kurz nach und nahm dann den Faden wieder auf. „Siegfried schließlich versündigt sich an seiner Verlobten Brünhild, indem er ihre Liaison offen leugnet. Er ist im Grunde ein tumber Kerl, der von seinen wahrhaftigen Fähigkeiten nicht die geringste Ahnung hat. Machtverblendet durch den Besitz des Rings, erkennt Siegfried seinen „Sündenfall“ erst, als es zu spät und die Reue vergeblich ist. Er stirbt tragisch durch Hagens Hand und Heimtücke...“

Damit endeten Elles Ausführungen.

Wagner sah sie ratlos an. Diese Geschichte musste er jetzt erst einmal verdauen und gedanklich ordnen. Er leerte sein Weinglas und erhob sich.

„Ich muss jetzt los, Elle. Es ist schon spät. Danke für diesen Abend.“ Sie sprang blitzschnell auf und fragte forschend:. „Sie wissen, was zu tun ist?“ „Morgen werde ich es wissen, Elle. Wir bleiben in Kontakt, hoffe ich?“ Sie nickte und begleitete ihn zum Ausgang. Mit der Hand auf der Türklinke blickte sie zu Wagner auf. Ohne ihre Absätze war sie regelrecht winzig.

„Ich werde inzwischen sämtliche Hebel in Bewegung setzen. Wir Wagner-Junkies sind eine überschaubare Gemeinde in dieser Stadt. Es wäre durchaus denkbar, dass ich Ihrem Mörder bei einem unserer Treffen innerhalb des Wagnerverbandes, im Nationaltheater, oder vielleicht sogar in Bayreuth schon begegnet bin. Er liebt und bewundert Richard Wagner, auf seine Weise. Und er kennt sich mit der Symbolik Wagners bestens aus. Er ist in seinem Fach ebenso Perfektionist wie sein Idol.“

„Wenn das so ist, passen Sie gut auf sich auf, Elle. Der Kerl ist nicht ganz dicht. Wir telefonieren morgen. Schließen Sie gut ab, ja?“ Mit diesen Worten beugte sich Hauptkommissar Wagner herab und umarmte Elsbeth Winkler spontan. Als er die Treppe hinunterging, fühlte er sich nicht mehr wie ein Schuljunge. Er fühlte sich einfach nur wohl.

Inzwischen hatte es heftig zu regnen begonnen, Wagner spurtete zu seinem Auto. Das Spritzwasser durchnässte seine Hosen bis zu den Kniekehlen und die Regentropfen perlten von seinen dunklen Locken wie Wasser vom Gefieder der Enten im Luisenpark. Er startete den Motor seines Wagens. Schlagartig befiel ihn ein ungutes Gefühl. Es war ein heftiges Stechen in der Magengegend. Wagner bemühte sich angestrengt in sein Innerstes hineinzulauschen, um herauszufinden, woher dieser plötzliche Sinneswandel rührte.

Er hatte schließlich bis eben noch klassische Musik aus der Mitte seines Körpers klingen hören. Waren es Fragmente jener Oper, die er heute bei Elle nur beiläufig wahrgenommen hatte? Wie konnte jene Musik derart in sein Unterbewusstsein vordringen und aus dieser Tiefe an sein Gehör empor quellen? Er war doch eben noch voller Wohlbehagen aus dem Haus Sophienstraße 10 getreten, und jetzt war mit einem Mal alle Musik verstummt, Totenstille breitete sich aus. Diesen Stimmungswechsel konnte er sich nicht erklären.

Schließlich beschloss er, dass es an dem saumäßigen Wetter liegen musste.

Beim Losfahren schaltete Wagner das Radio ein. Als er den Rosengarten und den Wasserturm passierte, fühlte er sich langsam besser. Der Ausblick auf die herrliche Jugendstil-Anlage rund um das Mannheimer Wahrzeichen, stimmte ihn stets positiv. Im Radio sang Jewel mit melancholischer Stimme „Foolish Games“.

Wie recht das Mädel hatte!

14

In der Nacht gehörte der Wald ihm ganz allein. Dann konnte er in Ruhe laufen.

Die Tiere störten ihn nicht. Ihm war nur wichtig, dass keine kriechenden Kreaturen der Gattung Mensch seinen Weg kreuzten. Am frühen Morgen, noch vor Sonnenaufgang, kamen bereits die ersten Jogger, die in lächerlichen Outfits über die Waldpfade schnauften. Außerdem fielen scharenweise diese Versager mit ihren Kötern oder noch schlimmer mit ihren kreischenden Gören ein. Bis zur Dämmerung war sein Wald dann fest in der Hand dieser verabscheuungswürdigen Wichte.

In der Dunkelheit aber traute sich kein Mensch hierher. Dann war dies ein Ort, um die Gedanken loszulassen. Heute kreisten seine Gedanken immer und immer wieder um Erda.

Sie war eine weise, vornehme Frau. Sie faszinierte und ängstigte ihn zugleich, denn er stellte sie mit einer Gottheit gleich.

Er bog vom Hauptweg auf einen kleinen Pfad ab, den man schon am hellichten Tag kaum fand, und kämpfte sich in gewohnt hohem Tempo durch das Dickicht. Der Wind peitschte die Äste in den Baumwipfeln rauschend hin und her. Das Gehölz knarrte dann und wann unter der Gewalt des Wetters. Um den Mann herum knackte und raschelte es im Unterholz.

Hasen, Füchse und Wildschweine kreuzten hin und wieder seinen Weg. Nur die Wildschweine brachten seinen Adrenalinpegel hin und wieder zum Ansteigen.

Die Keiler konnten ziemlich unangenehm werden. In regelmäßigen Zügen atmete der Mann durch den leicht geöffneten Mund aus. Jetzt hatte er sein Tempo gefunden.

Erda musste doch auf seiner Seite sein. Sie musste doch wissen, wie edel und selbstlos sein Tun war. Weshalb also sollte sie sich mit dem Feind verbünden?

Albert Müller blieb schwer atmend stehen und sah in den nachtschwarzen Himmel hinauf.

Warum, Erda? Warum tust du das? Sein Flüstern wurde jäh von einem dumpfen Schlag übertönt, begleitet vom Ächzen des Holzes. Nun stand er mit der rechten, ausgestreckten Faust vor dem mächtigen Baum und starrte mit leeren Augen in die Nacht. Er gab keinen Ton von sich. Nur das knirschende Geräusch seiner aufeinander gepressten Zahnreihen zeugte von dem immensen Schmerz in seiner geballten Faust. Am liebsten hätte er noch einmal zugeschlagen, diesmal noch fester, um sich für sein törichtes und unbeherrschtes Verhalten zu bestrafen. Schwer atmend schloss der Mann seine Augen und lauschte den Geräuschen des Waldes. Nein! Du brauchst deine Hände.

Disziplin! Disziplin! Disziplin! Lauf! Lauf weiter!

Der Mann setzte sich wieder in Bewegung und beschloss, einen großen Umweg nach Hause zu nehmen. Später kam er wieder auf den breiten, gewalzten Sandweg.

Als er die Schatten der Gebäude vom städtischen Wasserwerk passierte, musste er lachen. Stammte das Wasser, in dem Hagen vor wenigen Stunden ersoffen war, aus diesen Gemäuern? Diese jämmerliche Kreatur war ohne jede Würde gestorben. Selbst der olle Kinderschänder Gornheim hatte sein Schicksal männlicher ertragen. Hast so erbärmlich gebettelt, dafür, dass du dein Maul sonst gerne ziemlich voll nimmst. Hast geglaubt niemand könnte deine Intrigen durchschauen? Hast gedacht niemand würde dein Lügennetz zerreißen? Hast angenommen du hättest Macht? Nun weißt du, was du bist! Nimmst es mit ins Grab!

Ein elender Waschlappen ohne die geringste Selbstachtung. Hast mir alles versprochen, wenn ich dich nur laufen ließe, hast mir die Schuhe geküsst. Der Mann schauderte beim Gedanken an dieses erbärmliche Schauspiel.

Er erhöhte unwillkürlich sein Tempo, als könne er auf diese Weise diese widerwärtige Reflektion abschütteln! Kaum etwas war abstoßender als ein Feigling!

Hat alles nichts geholfen, Hagen. Auch du kannst dir deine Macht jetzt buchstäblich in den Arsch stecken! Du Null! Wallhall wirst du nie betreten!

Der Polizei hatte er diesmal deutlichere Hinweise hinterlassen. Manche Menschen brauchten eine ausgeprägte Deutlichkeit und jener Stümper von der Mordkommission schien ihm solch ein Kandidat zu sein.

Wagner!

Wie kam solch ein einfältiger Kerl an diesen bedeutungsvollen Namen? Der Mann spukte im Laufen auf den Boden. Es war gar nicht so leicht gewesen, an die Ansichtskarte der Stadt Hagen im Ruhrpott zu kommen. Und überhaupt war er diesmal phantasievoller und deutlicher gewesen als üblich. Das sollte diesem Stümper wohl Hilfe genug sein.

Eine Frage jedoch quälte den Mann immer noch unterschwellig. Während er seinem Ziel näher kam, breitete sie sich dann restlos über seine Gedanken aus und er drosselte sein Tempo.

War Erda tatsächlich im Begriff sich gegen ihn zu stellen? Er würde noch wachsamer sein müssen, als er es ohnehin schon war. Erda musste auf seiner Seite sein! Falls nötig, musste er sie eben mit Nachdruck davon überzeugen!

15

Allmählich begann sich Hauptkommissar Wagner wieder an ein nüchternes Aufwachen am Morgen zu gewöhnen. Es gefiel ihm sehr, beim Duschen nicht mehr das Fliesenorakel nach seinem Zustand befragen zu müssen. Am Vorabend war er zwar wagemutig mit Tim im Onyx gewesen, seinem Vorsatz, sich keinesfalls zu betrinken, war er jedoch treu geblieben.

Es war tatsächlich einfacher gewesen, als er angenommen hatte.

Zur allgemeinen Belustigung hatte er den ganzen Abend an einem einzigen Cuba Libre genippt und die Runde zudem ungewöhnlich früh verlassen. Der proportional zum Scotch-Konsum steigende Geräuschpegel seiner Kumpels hatte ihn letztendlich vertrieben.

Im Coffeeshop traf er an diesem Morgen seit Langem wieder einmal auf Lara.

Sofort war dieses Flirren in der Magengegend wieder zu spüren. In letzter Zeit war seine Vorfreude häufig enttäuscht worden, wenn er beim Eintreten feststellte, dass sie nicht da war. Diesmal startete er die Flirtoffensive. „Lara, Gott sei Dank! Ich dachte schon, wir hätten Sie verloren.“ Wagner grinste herausfordernd. „Nicht doch Commissario. Das könnte ich mir gar nicht leisten. Und… ich würde niemals hier verschwinden, ohne mich vom treuesten Kunden aller Zeiten zu verabschieden." Mit ihrem Lachen übertönte sie sogar das Mahlgeräusch der Kaffeemaschinen im Hintergrund. „Jetzt aber mal im Ernst. Sie brauchen meine Hilfe morgens ohnehin nicht mehr, wie mir scheint. Was ist passiert? Steckt etwa eine Frau dahinter?" Lara schwenkte den Espresso Latte in der linken Hand und zog einen bezaubernden Schmollmund. Als Theobald Wagner nach seinem Kaffee greifen wollte, zog sie den Becher schnell zurück und schüttelte den Kopf. „Kaffee gegen Antwort!" Ihr Lächeln haute Wagner erneut um. Das Flirren in der Magengegend raubte ihm sein letztes Quäntchen Verstand. „Bitte sie um eine Verabredung, du Idiot", ermutigte er sich selbst.

Nichts zu machen, Wagners Schlagfertigkeit war durch Laras Lächeln geschmolzen wie Eis in der Sonne. Fassungslos hörte er sich selbst nüchtern sagen: „Manche Dinge ändern sich eben." „Soso", antwortete Lara und pflückte die Münzen vom Tresen. Vorbei war die Schäkerlaune. Wagner konnte ihre Enttäuschung über seine Antwort deutlich spüren.

‚Verdammt! Sag doch etwas… irgendwas!' Sein Kopf war völlig leer, und dennoch hörte er seine Stimme erneut sprechen. „Welche sind denn Ihre Lieblingsblumen, Lara?"

Was war denn das nun wieder für ein Mist? Kaum auszuhalten, welche seltsamen Phrasen er heute von sich gab! Lara kniff die Augen zusammen. „Wieso wollen Sie das wissen, Theo? Wollen Sie sicher gehen, am Ende meiner Tage das richtige Grünzeug auf mein Grab stellen zu können?"

Allmählich bildete sich hinter ihm eine Schlange ungeduldiger Kaffeejunkies. Zu dieser Tageszeit war jene Spezies besonders gefährlich - ganz ohne Koffein im Körper. Er kannte dieses Gefühl aus eigener Erfahrung. „Solange wollte ich eigentlich nicht warten. Also, raus damit!“

Nun war es Lara, der es die Sprache verschlug. Dieser merkwürdige Gesprächsverlauf schien sie zu verunsichern, denn die Antwort fiel nach kurzem Zögern äußerst knapp aus.

„Tulpen.“ Wagner nickte kurz zum Abschied und versuchte ein versöhnliches Lächeln.

„Bis morgen, Lara.“

Als er mit seinem Espresso Latte im Auto saß, klatschte er sich mit der freien Hand gegen die Stirn. „Idiot“, fluchte er leise vor sich hin. Obgleich ihm durchaus bewusst war, dass er auf Frauen im Allgemeinen attraktiv wirkte, fiel es ihm dennoch schwer, den ersten Schritt zu tun. Zumindest, wenn er verliebt war. ‚Scheiße, du kennst sie kaum! Wie könntest du verliebt sein? Scheiße!‘

Auf dem zehnminütigen Weg zum Dezernat fiel das Wort „Scheiße“ noch unzählige Male.

Als er den Wagen schließlich parkte, sang Gary Moore: „I still got the blues for you…“ ‚Hahaha! Sehr witzig‘, dachte Hauptkommissar Wagner, und schnitt Gary Moore mittels Zündschlüssel das Wort ab.

Im Büro wartete schon ein großer Teil seines Teams bei Kaffee und… Kuchen?

„Was gibt's zu feiern? Hab´ ich einen Geburtstag vergessen, Leute?“ Wagner simulierte angestrengtes Grübeln. Menzel half aus: „Viel besser! Wir sind mit den besch…

bescheidenen Antiquariaten durch. Rosalie hat gebacken, vor lauter Freude. Kannst dir ja vorstellen, wie happy die ist, wenn sie sich schon hinstellt und Kuchen backt."

„Wetten, dass ich nichts abkriege? Wo ist Rosalie eigentlich?" Bevor irgendjemand antworten konnte, stand sie schon in der Tür. Mit ihrem langen schwarzen Zopf und der kurzen Lederjacke erinnerte sie in dem Moment verblüffend an Lara Croft. Es gab keinen Zweifel daran, dass sie mindestens genauso unangenehm werden konnte. Insbesondere, wenn es um Feminismus ging, nagelte sie Uneinsichtige mit bloßen Worten gegen die Wand.

„Rosalie hat Servietten geholt. Außerdem findet Rosalie, dass du durchaus Kuchen haben solltest, auch wenn du ihn nicht verdient hast." Ein spitzbübisches Grinsen lag auf ihrem Gesicht. Rosalie war stets ungeschminkt. Ihre makellose olivfarbene Haut und ihre feurigen braunen Augen benötigten ebenso wenig kosmetische Unterstützung wie ihre vollen Lippen.

Sie war bildschön, interessierte sich allerdings überhaupt nicht dafür, was ihr unter den Kolleginnen oft Missgunst einbrachte. „Du bist wie immer sehr großzügig", konterte Theobald Wagner und verneigte sich tief.

Die Stimmung im Team war ausgelassen, obwohl der Ermittlungserfolg noch auf sich warten ließ. Wagner begann, sich im Kreise seiner Kollegen allmählich wieder wohlzufühlen.

Er wollte nicht mehr sarkastisch, rechthaberisch und oberflächlich sein. Merkwürdigerweise war er jetzt erst, nach seinem Tiefpunkt, in der Lage, seine Kollegen und seinen Beruf richtig zu schätzen.

Bei Kaffee und Kuchen berichteten sie ihm von ihren Ermittlungsergebnissen. Menzel hatte den Bericht gestern schon fertiggemacht und auf Wagners Schreibtisch gelegt. Nun hatte er ihn sich wieder gegriffen und trommelte mit den Fingern darauf herum. „Darin wirst du ein paar merkwürdige Leute kennen lernen. Allerdings ist uns weder ein Mörder noch ein verwertbarer Hinweis ins Netz gegangen.“ Der junge Beamte blätterte in den Seiten.

„Hey, Rosalie. Erinnerst du dich noch an das Antiquariat von diesem Herrn Arndt?

Der Typ hat echt einen Schuss gehabt.“ Rosalie nickte beipflichtend: „Stimmt. Der hat uns viel erzählt und gar nichts. Dem Sebbi ist schon ganz übel geworden von dem Geschwafel. Hat aber immer brav genickt, gell, Schatz?“ Rosalie liebte Menzel wie einen kleinen Bruder.

„Na ja, dieses Geschwafel von Opern, Platten, Noten, Requisiten und so war echt öde,“ brachte er entschuldigend hervor. Hauptkommissar Wagner hörte auf zu kauen.

Das Stück Marmorkuchen lag bewegungslos in seinem Mund. „Was war das für ein Antiquariat?“ Wagner nahm sich nicht die Zeit, den Mund zu leeren. Das Stück Kuchen klebte sich beim Sprechen unangenehm am Gaumen fest. Menzel blätterte in seinem Bericht.

„Der Laden hieß Wagnersches Antiquariat, was mir erstmal komisch vorkam, denn der Besitzer hieß ja Arndt. Er hat uns dann aufgeklärt. Er führe ein Spezial-Antiquariat für…“

„… alles rund um Richard Wagner?“ Menzel blickte seinen Chef verblüfft an und nickte.

„Wo ist der Laden, Sebbi?“ Alle schauten ihn an. Wagner wurde ungeduldig. „Wo?“ Menzel beeilte sich zu antworten. „Ähm… äh… hier hab´ ich es. Neckarstadt-Ost. Eichendorff-Straße, Ecke Clignet-Platz“

Mittlerweile hatte Wagner sein Handy schon in die Tasche gesteckt, das Stück Kuchen mit Hilfe der Zunge vom Gaumen gelöst und stürmte Richtung Tür.

„Was ist denn jetzt los? Seit wann ist der Theo Opernfan?“, fragte Menzel.

„Seit wann nennt er dich Sebbi?“ wollte Lukas wissen.

Gerade als Hauptkommissar Wagner sein Auto startete, klingelte das Handy. Freude schöner Götterfunken. Nerv! „Sorry, Chef. Aber ich glaube, du musst das Treffen mit deinem Namensvetter verschieben. Es ist wieder eine Leiche aufgetaucht und wir sind wohl zuständig. Sehen wir uns dort?“ Rosalies Stimme klang seltsam abwesend.

Wagner schauderte. Noch ein Opfer im Namen des Rings? Rosalie gab ihm kurz die Adresse durch.

‚Scheiße! Das Wort des Tages‘, dachte er, als er den Wagen Richtung Innenstadt lenkte.

Nach der genauen Adresse brauchte er sich gar nicht umschauen. Zwei Streifenwagen, ein Leichenwagen und Dr. Kremers BMW parkten in zweiter Reihe direkt vor dem Haus in Q4. Wagner setzte mit seinem Golf die Kette fort. Hier war es um diese Tageszeit sinnlos, nach einem Parkplatz zu suchen. Uniformierte Kollegen wiesen Wagner den Weg in den Innenhof und zum Eingang auf der rechten Seite. Die Wohnung des Toten lag angeblich im dritten Stock dieses Wohn- und Geschäftshauses. Die Haustür stand offen und die kühle Luft des Treppenhauses strömte Wagner einladend entgegen. Obwohl es noch nicht einmal Mittag war, schien der Asphalt der Straße schon zu glühen. Da war jedes kühle Lüftchen willkommen. Getrieben von der Sorge, etwas Wesentliches zu übersehen, nahm Hauptkommissar Wagner jeweils zwei Treppenstufen auf einmal. Die Wohnungstür stand ebenfalls offen. Auf einem unansehnlichen Klingelschild neben dem Türrahmen war der Name Oliver Weigand zu lesen. „Wer ist der Kerl? Mir kommt der Name irgendwie bekannt vor.“ Der uniformierte Beamte neben der Tür nickte. „Wundert mich nicht. Weigand ist doch dieser schmierige Reporter gewesen, der unzähligen Promis ziemlich eingeheizt hat. An seinen Storys sind weiß Gott wie viele Ehen und Freundschaften zerbrochen. Der war doch ständig vor Gericht wegen seiner unsauberen Arbeitsmethoden.“

„Stimmt. Hat aber unbeirrt weiter gemacht. Ich nehme mal an, dass der Job ziemlich lukrativ war. Hat er nicht auch Morddrohungen bekommen?“ Wieder nickte der Beamte. „Irgendwer hatte auch schon einen Schlägertrupp auf ihn losgehetzt. Hat den Bastard aber auch nicht gestoppt. Jetzt hat er gekriegt, was er verdient.“ Theobald Wagner sah den jungen Polizisten strafend an. Der zuckte nur mit den Schultern. „Ist doch wahr. Nach allem, was ich so gehört habe, war der Kerl eine miese Ratte und ein Lügner noch dazu. Wenn er nichts Lohnenswertes im Privatleben der Leute fand, hat er sich was ausgedacht, um sie in den Schmutz zu ziehen. Und damit hat der Typ auch noch richtig Geld gemacht.“

Wagner ließ den Beamten, der sich richtig in Rage geredet hatte, an der Tür zurück.

Den Rest der Kollegen fand er vor dem Badezimmer. „Hallo, Doc. Sie sind auch schon da?“

„Tja. Er landet ja ohnehin am Ende bei uns. Inzwischen bin ich mit diesen speziellen, bizarr arrangierten Leichen so vertraut, dass ich es für sinnvoll halte, direkt vor Ort zu erscheinen, wenn es die Zeit erlaubt. Außerdem erspart es einem anderen Kollegen Zeit. Es steht auch hier außer Frage, dass Weigand von unserem Unbekannten ermordet worden ist.“

Wagner reckte den Hals, um durch die Türfüllung in das Badezimmer sehen zu können.

„Gehen Sie ruhig rein. Sie werden mir recht geben.“ Dr. Kremer kramte in seinem Koffer nach irgendetwas. Hauptkommissar Wagner drückte sich an der Spurensicherung vorbei. Sein Blick fiel auf die Badewanne.

Darin lag jener Klatschreporter Weigand völlig entblößt und völlig entspannt. Würg!

Obwohl ihn die widerwärtige Szene zutiefst abstieß, trat er näher und versuchte, sich einen Überblick zu verschaffen. Auf dem Badewannenrand stand an die Wandfliesen gelehnt eine Postkarte der Stadt Hagen. Das verriet der gelbe Schriftzug, der sich diagonal über die Karte zog. Theobald Wagner drehte sich zur Spurensicherung um. Die Kollegen schüttelten den Kopf. Nein. Es stand nichts auf der Rückseite der Karte.

Die Information auf der Vorderseite genügte ohnehin vollkommen. Hier lag Siegfrieds Mörder Hagen im eigenen Saft mit Badewasser angereichert. Elle hatte recht behalten. Plötzlich kamen ihm Zweifel. Wusste sie mehr als Hauptkommissar Wagner lieb sein konnte? War sie in den

Plan des Mörders eingeweiht? War sie gar seine Komplizin und wollte mit ihrer gewinnenden Art nur an interne Informationen herankommen? Das wäre sein Ende - in jeder Hinsicht.

Mit beiden Händen fuhr er sich durch die dichten, dunklen Locken.

‚Nein, das ist Quatsch, Wagner. Denk doch mal klar!' Sein Blick viel auf etwas Merkwürdiges auf der Wasseroberfläche. Auf der trüben Brühe schwammen drei entkleidete, blonde Barbie-Puppen. Sie dümpelten in unnatürlich verrenkter Haltung im Wasser um die Leiche herum. Es sah fast so aus, als wollten sie kraulen.

Wie war das im Ring des Nibelungen gewesen? Wie war dieser Hagen gleich wieder zu Tode gekommen? Hauptkommissar Wagner konnte sich nicht erinnern, es stand allerdings außer Frage, dass es etwas mit Wasser zu tun gehabt haben musste.

Unbemerkt war Dr. Kremer an seine Seite getreten. „Meinen Sie, wir finden wieder einen Ring?" Wagner schnaubte verächtlich. „So sicher wie Weihnachten auf den vierundzwanzigsten Dezember fällt. Wann soll ich in der Gerichtsmedizin sein?" Dr. Kremer sah an die Decke und ging offenbar seinen Terminplan durch. „Vor vier Uhr geht gar nichts. Passt das?" „Muss", antwortete Wagner mechanisch, während er den Raum wieder der Spurensicherung und der Gerichtsmedizin überließ.

Menzel kam ihm schnaufend entgegen.

„Und? War es wieder unser Mann?" Wagner zuckte bloß mit den Schultern und zeigte mit dem Daumen über seine Schulter. „Sieh es dir an, und sag mir Bescheid, wenn du berechtigte Zweifel daran hast! Du und Rosalie... ihr kümmert euch um alles, okay? Befragt die Nachbarn! Irgendwer hat vielleicht etwas Ungewöhnliches gehört oder gesehen. Ich muss los." Sebastian Menzel nickte. „Wagner meets Wagner?"

„So ähnlich, Sebbi. Meld' dich, wenn was Außergewöhnliches auftaucht." Wieder Nicken.

Als er die Treppe hinunterlief, rief Theobald Wagner bei Elle zu Hause an, als wäre es die natürlichste Sache der Welt. Wen sollte er nach diesem Anblick auch sonst anrufen?

Letztendlich kam es jetzt ohnehin nicht mehr darauf an. Sollte ihn sein Gefühl bezüglich Elles Vertrauenswürdigkeit tatsächlich getäuscht haben, steckte er zu diesem Zeitpunkt sowieso schon bis zum Hals in der Scheiße. Da war es wieder, dieses Wort! Das Wort des Tages: Scheiße!

Nein, nein! Er täuschte sich nicht in Elle! Sein Innerstes kämpfte den Gedanken daran, dass Elle die Komplizin des Mörders sein könnte, nieder.

„Elle, schön, dass ich Sie erreiche. Es ist etwas passiert, und..." Das Motorengeräusch seines alten Wagens übertönte für kurze Zeit ihre Stimme. „Es ist Hagen, nicht?"

„Sie werden mir langsam unheimlich, aber es sieht ganz danach aus. Hätten Sie heute Abend ein paar Minuten Zeit? Ich hätte vorher noch einiges zu erledigen. So gegen halb sieben?"

Elsbeth Winkler bejahte. „Bitte machen Sie sich nicht wieder solche Umstände. Es ist mir ohnehin unangenehm genug, Sie noch einmal zu behelligen." „Sie behelligen mich nicht, Theo. Wir sind doch ein Team, oder nicht? Bis heute Abend habe ich meine Hausaufgaben gemacht. Das passst perfekt. Bis dann.“

Auf dem Weg zum Wagnerschen Antiquariat fragte er sich ständig, was Elle wohl mit Hausaufgaben gemeint haben könnte. In der Eichendorff-Straße fand Theobald Wagner überraschend schnell unweit des Antiquariats einen Parkplatz. Als er die Tür öffnete, schlug ihm ein sonderbarer Geruch entgegen, der ihn an Altertümliches erinnerte. Er musste an vergilbte Buchseiten und wurmstichige Holzmöbel denken, die mit mittlerweile mottenzerfressenen Stoffen bezogen waren. Der Raum war hoch und schlecht ausgeleuchtet und beherbergte an der linken Wand ein nicht enden wollendes Regal, das vom Boden bis zur Decke reichte. Daran war eine Rollleiter befestigt, die parallel dazu verschiebbar war. Der restliche Raum war übersät mit niedrigen und hohen Tischen, vollgestellt mit verschiedenen Bücherstapeln, gerahmten Fotografien und anderen Gegenständen, die eigentlich eingestaubt hätten sein müssen. Stattdessen war jedes noch so kleine Teil picobello sauber. Dieser Laden wurde offenbar mit viel Hingabe geführt.

Von irgendwoher ertönte leise Opernmusik. Die musikalische Melancholie passte wie zufällig zum gesamten Ambiente des Raumes. Hauptkommissar Wagner schritt zwischen den Tischen umher und betrachtete abwechselnd die käuflich zu erwerbenden Objekte darauf sowie die Gemälde an den Wänden. Vor dem Ölgemälde einer streng aussehenden Frau in schwarzer Kleidung blieb er stehen. Auf eine unerklärliche Weise hatte es ihn durch den Raum hindurch angezogen.

„Cosima Wagner. Eine tolle Arbeit, finden Sie nicht?" Theobald Wagner zuckte zusammen. Er drehte sich um und musterte die Person, die sich unauffällig hinter ihm aufgebaut hatte.

Ein großer, hagerer Mann mit einer altmodischen Brille auf der Nase spähte über Wagners Schulter auf das Gemälde. Seine Haare fielen ihm in einer merkwürdigen Mixtur aus Gelbblond und Weiß auf die Schultern. Er roch stark nach Zigarre und hatte sich heute wohl schon mindestens ein Gläschen Wein oder Ähnliches genehmigt. Dieser Mann durfte Ende fünfzig sein und steckte in einem schwarzen Anzug mit passender Weste darunter. „Ein Original?" Wagner hatte seine Sprache wiedergefunden. „Zweifeln Sie daran? Hier gibt es nur Originale, so weit das Auge reicht." Trotz der Vehemenz in der Stimme hatte Hauptkommissar Wagner durchaus Zweifel daran. Dies war jetzt allerdings ohne jede Bedeutung.

„Sie sind Herr Arndt? Der Inhaber dieses Ladens?" „Antiquariats", verbesserte der hagere Mann freundlich und dennoch bestimmt. „Ja, ich bin Herr Arndt. Und Sie sind…?"

Mit routinierter Handbewegung zeigte Theobald Wagner seinen Dienstausweis.

„Sie heißen Wagner? Das ist ja richtig spaßig. Kürzlich sprach ich mit Ihren Kollegen. Was kann ich für Sie tun?" „Sie haben eine bemerkenswerte Sammlung zusammengetragen, Herr Arndt", begann Theobald Wagner das Gespräch, während er auf das Regal an der gegenüberliegenden Wand zuging. „Ich nehme an, Sie verkaufen vornehmlich Bücher und... Schallplatten?“ Er konnte keine CDs entdecken. Herr Arndt nickte bestätigend.

„Diese Platten sind soviel authentischer als CDs. Ich habe wunderbare Aufnahmen. Schätze auf Schellack gebannt. Etwa „Tristan und Isolde“ oder zum Beispiel „Parsifal“.

Sie interessieren sich für Wagners Musik? Ich führe auch Liszt, Humperdinck und von Weber. Sie wissen ja sicher um die enge Bindung zu Richard Wagner?“

„Haben Sie eigentlich eine enge Bindung zu Ihren Kunden, Herr Arndt? Das würde mich im Augenblick mehr interessieren.“ Diese Frage schien Arndt zu missfallen. „Wir Wagnerianer sind ein überschaubarer Kreis in dieser Stadt. Sicher..., ich habe vor allem Stammkundschaft. Aber wir freuen uns über jeden Zuwachs.“ Mit einer Mischung aus Feindseligkeit und Hoffnung sah der Antiquar ihn an. Theobald Wagner griff eine Platte aus dem Regal und betrachtete sie. „Rheingold“ dirigiert von Karl Böhm.

„Ich werde tatsächlich zu einem späteren Zeitpunkt gern wegen ihrer Platten zurückkommen. Heute bin ich allerdings wegen ihrer Kundschaft hier. Gibt es da vielleicht einen besonders fanatischen Wagneranhänger? Haben Sie Adressen oder Telefonnummern Ihrer Kunden?

Arndt schüttelte den Kopf.

„Das habe ich Ihren Kollegen schon gesagt. Man kennt sich zwar, aber ich habe keine Kundenkartei. Alles läuft per Barzahlung. Sie dürfen gerne meine Bücher einsehen. Ich verabscheue diese moderne Kreditkartensache. Genauso wie CDs.“

Es war zwecklos. Hier war kein Weiterkommen.

Hauptkommissar Wagner hinterließ seine Karte und versprach, zum Einkaufen wieder zu kommen. Als er die Tür aufstieß, wurde ihm bewusst, dass er es tatsächlich Ernst meinte.

„Sie haben doch garantiert nicht einmal mehr einen Schallplattenspieler. Ihr jungen Leute fahrt doch alle auf CDs ab.“ Herr Arndt zweifelte offenbar an dem angekündigten Einkauf. Wagner drehte sich in der Tür noch einmal um.

„Sie würden sich wundern. Im Auto höre ich ausschließlich Kassette, und zu Hause CD und Schallplatte.“ Dann fiel die Tür ins Schloss.

Als Hauptkommissar Wagner im Auto saß, dämmerte ihm langsam, für welchen Zweck er wieder in das Wagnersche Antiquariat kommen wollte. Es war diese Schallplatte. Rheingold. Wie viele Opern gab es im Zyklus Ring des Nibelungen gleich? Es waren insgesamt vier, soweit Wagner sich erinnern konnte.

Elle hatte gesagt: „Wir fangen mit dem Rheingold an. Das ist am leichtesten zu verdauen.“

So oder so ähnlich waren ihre Worte gewesen. Offenbar hatte diese Musik sein Unterbewusstsein schon tiefer berührt, als es Wagner bis dato bewusst war. Rheingold dirigiert von Karl Böhm. Aus der Körpermitte drang die Musik an sein Ohr wie an jenem Abend, als er sie zum ersten Mal gehört hatte.

Elle hatte schweren Rotwein dazu serviert.

16

Die Autopsie verlief erwartungsgemäß. Wieder einmal gab es keinerlei DNA-Spuren vom Täter, weder an der Leiche noch am Tatort. Der Ring, diesmal mit einem roten Glasstein versehen, steckte am üblichen delikaten Ort. Abermals post mortem hinterlegt! Neu war einzig, dass das Opfer diesmal nicht erstochen oder sonst irgendwie durchbohrt worden war, sondern ertränkt vorgefunden wurde. Am Hals des Opfers fand Dr. Kremer eindeutige Druckstellen. Der Mörder musste Oliver Weigand solange unter Wasser gedrückt haben, bis er ertrunken war. Wasser in der Lunge bestätigte diesen Verdacht im Laufe der Autopsie.

Bis zum Eintritt des Todes waren Hände und Füße des Opfers offenbar mit einem gröberen Strick gefesselt gewesen. Das belegten Blutergüsse und Schürfwunden an Hand- und Fußgelenken. Wieder kamen Dr. Kremer und Hauptkommissar Wagner zu dem Schluss, dass der Mörder außergewöhnlich überlegt vorgegangen war und zudem äußerst kräftig sein musste, denn auch Oliver Weigand war zu Lebzeiten kein schmächtiger Mann gewesen, der zudem einer handfesten Auseinandersetzung, nach Aktenlage, nicht unbedingt aus dem Weg gegangen war. Gegen seinen Peiniger schien er allerdings machtlos gewesen zu sein.

Auch die naheliegende Vermutung, dass von Betäubungsmitteln wie etwa Barbituraten Gebrauch gemacht worden war, konnte bei diesem wie bei den vorangegangenen Opfern nicht bestätigt werden. Der Täter hatte seine Opfer folglich durch pure Kraftausübung in seine Gewalt gebracht.

In den ausgetrockneten Lippenfalten von Oliver Weigand fand sich eine fetthaltige Substanz. Die beiden Männer rätselten, was das sein könnte, kamen allerdings zu keinem Ergebnis.

Sie beschlossen schließlich, die Probe prüfen zu lassen und verabredeten, am nächsten Tag wegen des anstehenden Laborberichts zu telefonieren.

Wagner hatte es eilig, zu Elsbeth Winkler zu kommen.

Aus seinem Büro nahm er außer den bisherigen Fallakten auch die neu angelegte „Weigand-Akte“ mit. Sie enthielt vorläufige Berichte der Spurensicherung und sämtliche Tatortfotos.

Außerdem hatte Rosalie mit der traumatisierten Putzfrau gesprochen, die den Toten gegen elf Uhr in der Badewanne gefunden hatte. Die arme Frau putzte schon seit Jahren immer montags und donnerstags in der Wohnung. Oliver Weigand war Single gewesen und lebte stets allein. Nur äußerst selten blieb eine Dame bis zum Morgen, wusste die Putzfrau zu bestätigen. Weigand schien generell wenig soziale Kontakte zu pflegen. Das bestätigte Wagners Annahme erneut, dass der Täter seine Opfer und deren Gewohnheiten lange studiert haben musste. Auch der Zeitpunkt dieses Mordes war perfekt gewählt worden.

Dr. Kremer hatte den Tod für den frühen Mittwochmorgen festgestellt. Oliver Weigand hatte folglich mehr als vierundzwanzig Stunden im Wasser gelegen.

Mit den Akten unter dem Arm stand Theobald Wagner kurz vor halb sieben vor dem eleganten Gebäude in der Sophienstraße 10.

Gerade als Wagner den Klingelknopf betätigte, stieg beinahe unmerklich jenes beklemmende Gefühl wieder in ihm auf. Zunächst hatte er angenommen, sein Magen rebellierte aufgrund der langen Nahrungsabstinenz während des ganzen Tages, doch dann war dieses vehemente Krampfen aus seiner Körpermitte nicht mehr wegzudiskutieren. Ebenso wenig wie der erhöhte Herzschlag und der kalte Schweiß, der sich wie ein alter, lästiger Begleiter immer dann meldete, wenn Theobald Wagner unter enormen Stress stand. Er sah sich aufmerksam um. Irgendetwas an diesem Ort schien in seinem Unterbewusstsein sämtliche Alarmsysteme scharf zu schalten. Genau wie in jener Nacht, in der er durch den Regen zu seinem Wagen gespurtet war. Das war nach seinem ersten Besuch bei Elle gewesen. Aus unerklärlichen Gründen war damals dieses Unbehagen plötzlich in ihm aufgestiegen und hatte für dieselben Symptome gesorgt, die Wagner nun wieder peinigten.

Mit dem Brummen des Türsummers fühlte er sich schon ein wenig besser und der Spurt die Treppen hinauf brachte die Stiche in Wagners Körpermitte vollends zum Schweigen. Elle öffnete die Tür, sofort durchströmte Wagner tiefstes Wohlbefinden. Diesmal umarmte die zierliche Frau ihn zur Begrüßung. Schweigend gingen sie ins Wohnzimmer. Wagner suchte nach einer Erklärung für den abrupten Wechsel in seiner Befindlichkeit. Da er keine schnelle Antwort fand, schob er den Gedanken weit von sich, während er auf dem Sofa Platz nahm.

Hier ging es um weit Wichtigeres als um die Frage, wie es um seinen Gemütszustand bestellt war! Der Rotwein war bereits geöffnet, klassische Musik füllte den Raum und Kerzen beleuchteten die Einrichtung. Auf dem Couchtisch stand eine flache, weiße Porzellanplatte voller *Canapés*. Wagner sah Elle strafend an. Sie lächelte schuldbewusst, warf dann aber ihren Kopf wie ein junges Mädchen in den Nacken und lachte. „Wenn Sie nichts essen wollen, ... ich habe Hunger." Eine Weile genossen sie schweigend den köstlichen Wein und die angerichteten Mini-Köstlichkeiten.

Schließlich ergriff Elle die Initiative. „Ich habe meine Hausaufgaben gemacht, Herr Hauptkommissar." Theatralisch salutierte sie und legte anschließend ihre Hand auf einen Stapel loser Papiere. „Ich nehme aber an, das hat Zeit. Erzählen Sie erst einmal von Hagen." Theobald Wagner stellte das Weinglas ab und holte tief Luft.

„Es ist Oliver Weigand, ein recht zwielichtiger Klatschreporter, der international tätig war. Und er scheint mir tatsächlich Hagen zu symbolisieren - wie Sie sagten." Wagner schloss die Augen und legte seine mittlerweile ineinander verschränkten Hände an die Stirn, während er versuchte, seine Gedanken zu formulieren. „Unser Täter hat dieses Mal unter anderem eine Postkarte der Stadt Hagen beim Opfer hinterlassen. Als wollte er geradezu erzwingen, dass wir den Zusammenhang zwischen seinen Tötungen und den Figuren im Ring endlich begreifen." Hilfe suchend blickte er Elle an. „Er scheint diesmal sehr viel plakativer zu sein als sonst. Bisher war Ihr Mörder subtiler in der Wahl seiner Symbole, finden Sie nicht auch?", bemerkte Elle. Wagner nickte und fuhr fort. „Weigand wurde in seiner Badewanne ertränkt. Und… bei ihm in der Wanne schwammen drei nackte Barbie-Puppen. Ich muss wissen, auf welche Weise dieser Hagen im Ring des Nibelungen zu Tode kommt!“ Elle schluckte hörbar. „Zunächst denke ich ebenfalls, dass der Mörder unbedingt erreichen will, dass Sie ihn verstehen. Deshalb die Postkarte! Vielleicht glaubt er, die Symbole seien bisher nicht deutlich genug gewesen für das Verständnis eines Laien. Ursprünglich war die Karte vielleicht gar nicht Teil seines Plans.“ Elle sah Wagner mit einem undefinierbaren Gesichtsausdruck an. „Nun zu Ihrer Frage! Hagen wird gegen Ende der „Götterdämmerung“, das ist die vierte und letzte Oper im Zyklus vom Ring des Nibelungen, ertränkt, weil auch er vom Ring und seiner Machtverheißung nicht lassen kann. Die Rheintöchter sind die ursprünglichen Wächterinnen des Rheingolds, aus dem der Ring zu Beginn des Zyklus geschmiedet wurde. Sie ziehen Hagen bei seinem letzten verzweifelten Versuch, ihn in seinen Besitz zu bekommen, in die Tiefen des Rheins und er ertrinkt. Da haben Sie Ihre Barbies. Es sind die Rheintöchter, Woglinde, Wellgunde und Floßhilde.“ „Freude schöner Götterfunken“ störte Wagners Gedankenfluss. Die Erfindung des Mobiltelefons konnte manchmal wirklich ein Fluch sein. „Dr. Kremer hier. Ich bin gerade auf dem Heimweg und dachte mir, ich unterrichte Sie noch über das Untersuchungsergebnis bezüglich der Substanz auf Weigands Lippen.“ Im Hintergrund konnte Hauptkommissar Wagner leise Musik und Motorengeräusch vernehmen. „Diese Substanz ist Schuhcreme. Farblos! Was sagen Sie jetzt?“

Dr. Kremer triumphierte offenbar angesichts seiner grandiosen Information.

„Schuhcreme? Auf dem Mund des Opfers? Dazu fällt mir ad hoc nur eines ein, Doc! Weigand hat vor seinem Ableben dem Mörder die Schuhe küssen müssen.“ Wagner machte ein gequältes Gesicht. „Genau das dachte ich auch. Vielleicht ist es eine spezielle Schuhcreme, anhand der wir Ihrem Mörder näher kommen. Diese Ergebnisse bekommen wir morgen, aber ich dachte, die Nachricht heitert Sie vielleicht heute schon auf. Handys können doch ein wahrer Segen sein, nicht wahr? Bis morgen also…“ Dr. Kremer war aus der Leitung.

Wagner sah zu Elle hinüber. Sie schaute mit entsetzter Miene an ihm vorbei aus dem Fenster. „Was ist das nur für ein Mensch?“, flüsterte sie leise. Theobald Wagner räusperte sich.

„Wenn Sie von der Tatsache schockiert sind, dass der Mörder sich von seinen Opfern die Füße küssen lässt, zeige ich Ihnen die Fotos vom Tatort lieber gar nicht erst. Ich verstoße damit ohnehin gegen jede Regel.“ Elle trank einen Schluck Rotwein.

„Zeigen Sie mir die Fotos, und alles andere was nötig ist, um diesen Menschen aus dem Verkehr zu ziehen“, antwortete sie mit überzeugender Entschlossenheit. Wagner öffnete zögernd die erste Akte. Es war die von Olaf Westhofen. Elle nahm sie so zaghaft in die Hände, als sei die Akte zerbrechlich. Schweigend sah sich alles genau an und las die getippten Berichte aufmerksam. Immer noch schweigend schloss sie die Akte und öffnete die nächste.

Ihre Gesichtszüge verrieten keinerlei Gefühlsregungen. Sie las Wilhelm Gornheims Akte, ebenso wie die von Ronny Pfingst und Oliver Weigand, eine nach der anderen mit höchster Aufmerksamkeit durch. Als sie die letzte Akte schloss und auf den Stapel zurücklegte, zitterten ihre Hände schließlich doch ein wenig. Theobald Wagner schenkte schweigend den letzten Rest Wein nach. „Geht es soweit?" Er war jetzt doch etwas beunruhigt. Elle war angesichts der ungewohnten Lektüre so still geworden. Hatte er ihr zuviel zugemutet? Elle hob den Kopf und straffte ihre Haltung. Sie trank die letzte Pfütze Wein im Glas in einem Zug aus und erhob sich. „Ich glaube, heute vertragen wir noch eine Zweite, was meinen Sie?", bemerkte Elsbeth Winkler beiläufig, als sie nach der Karaffe griff. Wagner nickte stumm. Er würde heute definitiv nach Hause laufen müssen und das Auto am nächsten Morgen abholen.

Als Elle wieder auf dem riesigen Plüschkissen am Boden saß, wirkte sie wieder gefasst.

„Nachdem ich all das gesehen habe, scheint es mir wahrscheinlicher denn je, dass der Mörder seiner Tat als solche weniger Beachtung schenkt als dem späteren Arrangieren seiner Symbole. Die Welt soll ihn verstehen, oder vielmehr den Grund für seine Morde."

„Das vermute ich auch. Aber was ist sein Motiv? Was haben alle seine Opfer gemeinsam?"

„Drehen wir die Sache doch einmal um. Gehen wir davon aus, dass wir seine Symbole richtig lesen. Seine ausgewählten Figuren aus dem Ring des Nibelungen sind allesamt Vertragsbrecher. Wie passt dieser Umstand zu unseren Opfern? Soviel ich aus den Akten entnehmen konnte, gibt es durchaus Parallelen zwischen Richard Wagners Figuren und den Opfern. Die Gesellschaftskritik dieses Opernzyklus ist sehr wohl auch auf die heutige Zeit übertragbar. Olaf Westhofen wird laut Zeugenaussagen in diesem Bericht beispielsweise unterstellt, seinen Bruder aus Habgier aus dem Geschäft gedrängt zu haben. Fafner hat seinen Bruder aus Habgier getötet, er wollte den Nibelungenhort und den verfluchten Ring für sich alleine haben. Das ist das erste Paar aus Realität und Fiktion."

Elle dachte kurz nach und fuhr fort. „Wilhelm Gornheim benutzte die Kinder seines Chors, um mit ihrer Hilfe zu Ruhm zu gelangen. Und das mit durchaus fragwürdigen Methoden. Das ist im Übrigen in Chorkreisen seit Langem schon bekannt gewesen. Mime erzieht Siegfried auf fragwürdige Weise, um mit seiner Hilfe den Ring zu gewinnen und sich seines Bruders Alberich zu entledigen. Das wäre das zweite Paar." Elle griff nach der dritten Akte und sah noch einmal kurz über die Seiten. „Ronny Pfingst ist ein… offenbar ebenso miserabler wie großkotziger Schauspieler, dem sein bisschen Ruhm heftig zu Kopf gestiegen ist. Er hintergeht ganz unverhohlen seine Verlobte. Wie gedemütigt und verraten muss sich diese arme Frau gefühlt haben, wenn sie immer wieder über die Eskapaden ihres Verlobten in der Presse lesen musste? Siegfried verrät seine Liebe zu Brünhild in ähnlicher Weise. Im entscheidenden Moment leugnet er seine Verbindung zu ihr, um sich einen Vorteil zu verschaffen. Das dritte Paar!" Nach einer kurzen Pause fuhr Elle in ihrem Monolog fort.

„Oliver Weigand schließlich ist Journalist und arbeitet für die ganze Bandbreite der nationalen und internationaler Regenbogenpresse. Dass in diesen Blättern nicht immer alles auf Fakten beruht, ist hinlänglich bekannt. Er verdient sein Geld mit pikanten Enthüllungsgeschichten und spielt scheinbar zum Vergnügen andere Menschen gegeneinander aus. Hagen tut dasselbe, nur auf einer anderen Ebene. Paar Nummer vier."

Elle sah Theobald Wagner fest in die Augen. „Was unser Täter an den bisherigen Opfern als Gemeinsamkeit gefunden haben könnte, ist deren Streben nach Machtausübung. Jeder Einzelne von ihnen hatte zwar seine eigene Motivation und Methodik, das Ziel ist allerdings immer wieder dasselbe. Und genauso verhält es sich mit den Figuren im Ring des Nibelungen. Das könnte sein Motiv sein." Elle beendete ihre Ausführungen und erst jetzt bemerkte Hauptkommissar Wagner die gespenstisch wirkende Stille im Raum. Die Musik war verstummt. Elsbeth Winkler wechselte die CD mittels Fernbedienung und sah ihn dabei fordernd an. „Ich glaube, Sie haben die Parallelen, die ich verzweifelt suche, soeben ans Licht gerückt. Es ist peinlich aber wahr. Von selbst wäre ich niemals darauf gekommen." Wagner schämte sich wegen seiner Unzulänglichkeit.

„Ich forsche seit Jahren in Richard Wagners Welt. Ich lese alles, was mir in die Finger gerät und habe gelernt, das Gelesene zu verstehen, zu interpretieren. Allein deshalb konnte ich diese Parallelen erahnen. Der Mann, den Sie suchen, ist mindestens ein ebenso fanatischer Fan von Wagners Musik wie ich selbst. Er wiederum interpretiert den Ring auf seine ureigene Weise. Richard Wagner wollte im Grunde jedem Menschen eben diese Freiheit lassen.... Niemals hätte er wohl vermutet, dass einer seiner Bewunderer diese Besonderheit derart missbrauchen könnte. Sie konnten seine Symbole gar nicht deuten, auch wenn das Ihrem fanatischen Mörder wahrscheinlich gar nicht bewusst ist. Er empfindet sein Interesse für Richard Wagner als selbstverständlich und setzt es vielleicht für den Rest der Menschheit schlichtweg voraus. Erst als er merkt, dass die Polizei nicht in der Lage ist, seine Symbole zu deuten, wird er plakativ. Denken Sie an die Postkarte." Wagner stellte das Weinglas auf den Tisch. „Das würde voraussetzen, dass er im Grunde gefasst werden will. Oder er ist sich seiner Fähigkeiten und Überlegenheit so sicher, dass er ein Spielchen mit uns wagt." Elle sah ihm besorgt in die Augen. „Ich tippe auf Letzteres." Hauptkommissar Wagner fuhr sich mit beiden Händen durchs Haar. Diese Geste war Ausdruck seiner hochgradigen Anspannung. Einerseits hatte er das Gefühl, dem Mörder endlich ein Stück näher gekommen zu sein, andererseits plagte ihn die Gewissheit, dass er seinem Ziel noch nicht nah genug war und bisher noch keinen einzigen reellen Hinweis auf den Täter hatte. Unvermittelt sah er Elle an: „Wer ist der Nächste? Was denken Sie?" Sie zuckte mit den Schultern. „Sie meinen auf fiktiver Ebene? Schwer zu sagen. Es gibt viele miese Charaktere im Ring des Nibelungen, und genügend Menschen, die einer kranken Person Anlass zum Morden bieten. Geplante Ziele im Kopf unseres Mörders werden sicherlich noch Ebenbilder von Alberich und Wotan sein, obgleich über deren genaues Schicksal im Ring spekuliert werden darf. Aber das sollte unseren Mörder und seine Phantasie nicht stören. Die Machtbesessenheit dieser beiden komplexen Charaktere schreit förmlich nach Assoziationen zu lebendigen Personen. Vorausgesetzt, wir liegen mit unserer Theorie überhaupt richtig!“ Elle lächelte unsicher, doch für Theobald Wagner gab es diesbezüglich keine Zweifel mehr. Oder war er bereits einfach zu verzweifelt, und dieser Strohalm, diese Theorie, bewahrte Wagner vor dem Untergang?

Es war egal, aus welchem Grund er daran festhielt, es fühlte sich richtig an!

„Wotan ist der Herrscher der Götter. Und Alberich herrscht über das Volk der Nibelungen, richtig?“ Wagners Worte durchschnitten das Schweigen. Elle nickte. „Welcher der beiden Gestalten ist der Mächtigere?“ „Schwierige Frage. Das kommt auf den Blickwinkel an. Fifty-fifty würde ich sagen.“ Diese Ausdrucksweise passte gar nicht in Elles Wortschatz, allerdings war es nicht das erste Mal, dass sie ihn verblüffte.

„Sie sprachen vorhin davon, dass Sie irgendwelche Hausaufgaben gemacht haben. Wären Sie bereit, noch eine Hausaufgabe zu übernehmen? Ich bin wie Sie der Meinung, dass unser Freund ein spezieller Wagnerfreak ist. Es wäre hilfreich, wenn Sie mir alle Wagner-Fans dieser Stadt auflisten könnten, die Ihnen einfallen.“ Elle lächelte und reichte ihm den Stapel Papier, auf dem sie während des ganzen Gesprächs immer wieder mit den Fingern herumgetrommelt hatte. „Die erste Liste führt alle Theaterabonnenten der letzten zehn Jahre auf. Das war nicht ganz einfach, aber wozu hat man Freunde. Keine Sorge, niemand weiß, wofür ich sie wirklich benötige. Die zweite Liste beinhaltet alle Angehörigen des Wagnerverbandes dieser Stadt. Das war leicht. Ich habe den Vorsitz seit acht Jahren. Nun sind wir quitt. Sie haben gegen Ihre Vorschriften verstoßen und ich habe es gleich mit dem Datenschutz aufgenommen." Elle lachte nervös, und leerte ihr Weinglas.

„Seien Sie unbesorgt. Sie sind in guten Händen. Wir sind doch ein Team, oder?" In stiller Übereinkunft leerten sie schweigend die Karaffe und lauschten der Musik.

Theobald Wagner fühlte sich von den schweren, melancholischen Melodien hinabgetragen zu den tiefsten Abgründen seiner Seele. In Begleitung dieser Töne fühlte es sich gut an, dort zu sein. Als sie sich einige Zeit später mit einer herzlichen Umarmung voneinander verabschiedeten, fiel Wagner noch etwas ein: „Eine Frage hätte ich noch, Elle. Wenn unser Täter sich selbst als einen Teil des Rings empfinden würde, anstatt die Geschehnisse lediglich von außen zu beeinflussen, welche Gestalt würde er wohl annehmen?" Elle sah ihn aufmerksam an. „Das ist eine wirklich gute Frage, die ich mir selbst noch gar nicht gestellt habe. Bisher habe ich den Täter immer als passive Person gegenüber diesem Opernzyklus betrachtet. Was, wenn er sich selbst als Teil davon versteht?" Sie machte eine kurze Pause. „Lassen Sie mich einige Zeit darüber nachdenken. Es gibt so viele verschiedene Charaktere im Ring des Nibelungen."

Wagner nickte kurz und verabschiedete sich endgültig.

Als er vor die Haustür trat, blies ihm ein ungewöhnlich kalter Wind entgegen. Für einen Moment blieb er auf der Türschwelle stehen. Am Mittag war es noch ziemlich heiß in der Stadt gewesen, jetzt am Abend hatte der Regen für eine gehörige Abkühlung gesorgt.

Hauptkommissar Wagner klemmte die Aktentasche unter den rechten Arm und steckte die Fäuste in die Taschen seiner Jeans. Die nackten Unterarme waren dem Wind schutzlos ausgeliefert. „Ist ja nicht weit. Stell dich nicht so an, du Lusche!“ Hatte er diese Worte laut gesagt? Theobald Wagner setzte sich in Bewegung. Schon wirbelten seine Gedanken weiter. Es war an der Zeit, Lutz Hartmann in seine Ermittlungsarbeit einzuweihen. Da er den Heimweg zu Fuß antreten musste, hatte er genügend Zeit, sich eine Strategie zurechtzulegen. Wagner wusste, dass er seine Worte mit Bedacht wählen musste, um sein kleines Komplott mit Elle nicht zu verraten. Schließlich hatten sie nun beide einiges zu verlieren.

Als Wagner die Straße überquerte, schreckte ihn eine raschelnde Plastiktüte auf, die der Wind über den Asphalt trieb. Er blieb kurz stehen und lauschte. Die Straßenlaternen waren von leichten Nebelschwaden umhüllt. Irgendwo bellte ein Hund. Da war es wieder. Dieses Stechen in der Magengegend. Was war nur mit dieser verfluchten Sophienstraße los? Unwillkürlich drückte er die Tasche mit den Akten und Elles Listen an seine Brust. Sollte er doch lieber mit dem Auto fahren? Ein absurder Gedanke. ‚Stell dich nicht an wie ein Mädchen. Du bist ein Bulle, Mann!‘ Hauptkommissar Wagner lief weiter. Er passierte die malerisch beleuchtete Christuskirche und bog in die Elisabethstraße ab. Da waren doch Schritte hinter ihm! Theobald Wagner war sich mit einem Mal ganz sicher. Abrupt blieb er vor einem Schild stehen und musterte es scheinbar intensiv. In Wirklichkeit schielte er in die Richtung, aus der er gerade gekommen war. Nichts! Nichts und Niemand! Was war bloß los mit ihm? Warum war er so nervös? Sein Gefühl verhieß sicherlich nichts Gutes, wollte sich aber keine genauen Hinweise entlocken lassen. Langsam löste Theobald Wagner seinen Blick von dem Firmenschild an der Hauswand. Worauf hatte er da eigentlich sinnlos gestarrt? Seine Augen wanderten wieder zurück. Schott Immobilien. Hauptkommissar Wagner musste grinsen. Eine hochwertige Immobilie! Etwas, das ihm jetzt gerade noch fehlte. Vielleicht später einmal, für sich und Lara... Mit diesen Gedanken im Kopf lief er weiter und war für einen Moment lang abgelenkt, während er unter den Arkaden entlangging und den Rosengarten passierte.

Auf den Planken angelangt, war Wagners Verfolger wieder da. Im Kopf oder in der Realität? Er vermochte es nicht zu sagen. Einzelne Pärchen und kleine Grüppchen, vorwiegend Jugendliche, waren unterwegs. Allerdings spürte er deutlich und unbehaglich diese andere Anwesenheit in seiner Nähe. Dann und wann blieb Theobald Wagner deshalb vor den verschiedensten Schaufenstern stehen. Immer wieder sah er dann die Fußgängerzone hinunter und stellte fest, dass er sich erneut getäuscht hatte. Am Schillerplatz dreht er sich ein letztes Mal um, während schon der Schlüssel im Schloss steckte. Es blieb dabei! Wieder nichts! Nichts und niemand! Nur spärliches Laub, das auf den Gehwegen im Wind tanzte - und sein ungutes Gefühl.

17

An diesem Freitagmorgen betätigte Hauptkommissar Wagner seine vernachlässigte Kaffeemaschine seit langer Zeit einmal wieder. Als sie sich reinigte, glaubte er einen nörgelnden Unterton zu vernehmen und das ausgestoßene Wasser schien vor lauter Empörung besonders trüb zu sein. Bevor er den Automaten zum Kaffeemahlen ermutigte, klopfte er seiner kleinen Jura beschwichtigend auf das Gehäusedach. „Komm schon, altes Mädchen. Wenn du Lara sehen könntest, würdest du mich verstehen.“ Wagner musste über sich selbst schmunzeln. Er war einfach schon zu lange Single. Ein untrügliches Anzeichen dafür war jenes Gespräch mit seiner beleidigten Kaffeemaschine. Madame Jura mahlte schließlich kreischend die Bohnen und spuckte brav den gewohnt schmackhaften Kaffee aus. Es gab einen wirklich triftigen Grund für das Wiederbeleben dieses uralten Rituals. Wagner musste seine Gedanken sammeln, um seinen Chef heute von jener dünnen Theorie zu überzeugen. Vorher musste er glaubhaft vermitteln, dass alles auf seinem Mist gewachsen war, um sich und Elle nicht zu verraten. Ein gutes Stück Taktik war hier gefragt.

Hartmann war alles Mögliche, nur nicht einfältig oder dumm.

Auf dem bizarren Fußmarsch gestern Nacht durch die Straßen war er, anders als geplant, unfähig gewesen, ein

Konzept für den nächsten Tag zurechtzustricken. Sein Unterbewusstsein hatte es einfach nicht zugelassen, sondern hatte stattdessen absurde Botschaften geschickt, wie: ‚Hörst du dieses Geräusch? Da, hinter dir! Kannst du es nicht fühlen? Jemand verfolgt dich! Bleib stehen und sieh dich um! Siehst du diesen Schatten nicht? Lauf schneller, du bist in Gefahr! Spürst du das denn nicht?‘

Sein Realitätssinn hatte unentwegt gegen diese Stimmen aus der Tiefe seines Unterbewusstseins angekämpft. Dr. Jekyll und Mr. Hyde. Eine tiefe Persönlichkeitsspaltung, das würde ihm jetzt gerade noch fehlen. Beim Gedanken an seinen nächtlichen Spaziergang fröstelte es ihn. Schnell schob er die Erinnerung daran weit von sich.

„Nun zurück zum uralten Ritual, mein Freund. Wie oft hast du hierbei die besten Strategien entwickelt? Also ran an den Speck.“ Diese verdammten Selbstgespräche mussten ein Ende finden! Theobald Wagner umklammerte den heißen Kaffeepott und atmete gierig das geliebte Aroma ein. Er ging zur Tür, öffnete sie und setzte sich auf der kleinen Terrasse auf seinen Holzsessel.

Zwischen den üppigen Pflanzen hindurch, die am Geländer entlang aufgereiht waren, warf er einen Blick in den Innenhof. Es war herrlich still um diese Uhrzeit. Hilde, seine Haushälterin, pflegte seit ihrer Machtübernahme im Wagnerschen Junggesellenhaushalt die Balkonpflanzen mit solcher Hingabe, dass inzwischen ein wahrer Dschungel auf dem Balkon entstanden war.

In dieser Oase reihte er in Gedanken sämtliche Fakten und Argumente logisch auf, um Lutz Hartmann keine Chance zu geben, ihm zu widersprechen.

Gegen acht Uhr dreißig stand Wagner dann vor der geschlossenen Bürotür seines Chefs. Showtime!

Zunächst verlief das Gespräch wie erwartet - gespickt mit Lutz Hartmanns sarkastischen Bemerkungen. Parallel zu Wagners Ausführungen über den Ring des Nibelungen und den daraus resultierenden Zusammenhängen mit den bisherigen vier Opfern wurde Lutz Hartmann allerdings immer stiller. Seine sonst so glatt wirkende Stirn durchzogen tiefe Falten, während die Augenbrauen so weit in Richtung Haaransatz wanderten, dass die Stirn nur noch aus einem schmalen faltigen Streifen zu bestehen schien. Diese eigenartige Mimik irritierte Wagner derart, dass er Mühe hatte, sich auf seinen Vortrag zu konzentrieren.

Das lange Schweigen seines Chefs am Ende seiner Ausführungen stimmte Wagner nicht wirklich zuversichtlicher.

Irgendwann lehnte sich Hartmann über seinen Schreibtisch herüber und starrte Hauptkommissar Wagner tief in die Augen.

„Und das hat sich dein krankes Hirn ganz alleine ausgedacht?" „Ehrlich gesagt kam der Anstoß von der Dame, die du kürzlich so uncharmant aus meinem Büro geworfen hast, Lutz. Es hätte sich sicher gelohnt, ihr genauer zuzuhören. Es ist das Einzige, was wir bis dato haben. Wenn du länger darüber nachdenkst, ist es weniger absurd, als es im ersten Moment erscheint." Hartmann grinste. „Die Lady hat dir doch nicht etwa deinen hübschen Kopf verdreht, Theo? Du scheinst ja ganz besonders genau zugehört zu haben." Gerade wollte Hauptkommissar Wagner etwas zu seiner Verteidigung vorbringen, als sein Chef ihn ruppig unterbrach. „Diese Theorie ist nicht schlecht, Theo. Einleuchtend. Aber bitte… glaube nicht, dass ich blöder bin als du selbst es bist!“ Wagner sah seinem Chef fest in die Augen und harrte aus wie eine Katze kurz vor dem entscheidenden Sprung.

„Lassen wir die Spielchen, Theo! Es ist die einzig brauchbare Spur. Du musst einen Grund dafür haben, dass du dich zu diesem Zeitpunkt schon mit… ähm… deiner Theorie an mich heranwagst. Also, ich bin ganz Ohr. Was willst du?“ „Eine Pressekonferenz, Lutz. Sprich mit der Staatsanwaltschaft und überzeuge sie von meiner Theorie. Überrede sie zu einer Pressekonferenz, in der du die Morde im Zusammenhang mit dem Ring des Nibelungen darstellst. Wir sollten den Kerl ein bisschen provozieren. Vielleicht als psychopathisch bezeichnen. Das mögen Psychopathen gemeinhin gar nicht.“ Hartmann nickte anerkennend.

„Gute Idee. Vielleicht scheuchen wir ihn so auf.“

Das war leichter gewesen, als Hauptkommissar Wagner zunächst angenommen hatte.

Sofort versuchte sein Chef, den Staatsanwalt zu erreichen. Als er ihn endlich an der Strippe hatte, vertieften sich die beiden Männer zunächst in eine Diskussion über das Eishockey-Spiel des vergangenen Abends in der SAP-Arena. Die Adler hatten offenbar verloren. Tja, *shit happens*!

Nach einer Weile legte Hartmann auf und blickte triumphierend zu Wagner herüber.

„Was so ein bisschen Sport alles auslösen kann. Wir haben volle Rückendeckung von der Staatsanwaltschaft und sind ermächtigt zu tun, was immer nötig ist! So, jetzt zisch ab. Ich muss hier noch einiges vorbereiten. Wir sehen uns auf der Pressekonferenz. Ich lasse dich den Termin schnellstmöglich wissen." „Was soll ich denn bei dieser Pressekonferenz? Was PR-Arbeit angeht bin ich nicht sonderlich hilfreich, das weißt du selbst am besten."

Lutz Hartmann schüttelte den Kopf. „Nein, das bist du wahrlich nicht! Aber der ganze Quatsch hier war deine Idee. Es sind deine Ermittlungen! Und… für den Fall, dass deine Theorie nur purer Mist ist, halte ich meinen genialen Kopf gewiss nicht alleine hin. Du wirst da sein, schön brav den Mund halten und dann und wann nicken. Den Rest mache ich, okay?" Wagner seufzte und erhob sich.

Auf dem Weg in sein Büro grübelte er über die Zusammenkunft mit der Presse nach.

Es war ihm mehr als zuwider, in deren grellem Licht zu sitzen und wie ein Zirkusaffe an der passenden Stelle zu nicken. Aber sein Chef hatte Recht.

Es war sein Fall. Zeit, Position zu beziehen.

18

Der Mann lehnte in einer Ecke seiner Werkstatt.

Die wie ein L geformte Arbeitsplatte war perfekt aufgeräumt und gereinigt. Er verabscheute Unordnung und Schmutz zutiefst! An den Pinwänden oberhalb des Arbeitsplatzes hingen Vergangenheit und Zukunft. Fafner, Mime, Siegfried und Hagen hatte er bereits besiegt.

Alberich und Wotan blieben nun noch übrig. Lange sollten diese beiden ihr schändliches Dasein allerdings nicht mehr genießen können. Aus seinen Augen sprühten Hass und Abscheu. Der Mann sah sich die Fotos dieser Männer zum x-ten Mal aufmerksam an. Fein säuberlich hatte er sie neben seine handschriftlichen Auflistungen ihrer lächerlichen Gewohnheiten aufgehängt. Unmittelbar darunter befanden sich jeweils Fotografien und höchsteigen angefertigte Skizzen der Wohnhäuser.

Diese beiden Drecksäcke wohnten wahrlich feudal.

Mit den Händen strich der Mann über die präzisen Pläne und hielt plötzlich inne.

Seine Augen hafteten starr auf der Pinwand, während die Kiefer wie ein geschlossener Schraubstock fest aufeinander gepresst waren. In einer ähnlichen Villa musste damals auch sein eigener Vater gelebt haben. Oft genug hatte der Mann als Kind die Flüche seines Großvaters gehört, wenn er in einer Ecke seines Kinderzimmers gehockt hatte und am liebsten ein anderer gewesen wäre. Die Worte des Großvaters waren deutlich gewesen, nur ab und an vom Gewimmer der Großmutter unterbrochen. „Da sitzt er jetzt in seinem Schloss, der Hurenbock! Unbehelligt von dem Balg hockt der feine Herr auf seinem Geldberg, und wir müssen diesen Bastard statt seiner groß ziehen. Leugnen tut der feine Herr seine Vaterschaft! Dem werde ich noch helfen!"

Damals war dem Kind die Bedeutung dieser Worte nur zum Teil klar gewesen. Sein Vater war reich gewesen und er hatte ihn und die Mutter nicht haben wollen. Diese Ablehnung hatte lange an ihm genagt, denn er war damals zu jung gewesen, um die tiefere Bedeutung seiner Herkunft zu begreifen.

Als Heranwachsender hatte der Mann dann endlich etwas viel Wichtigeres begriffen.

Er war von vornehmer Abstammung, nur das allein war von Bedeutung.

Sein Vater war eben auch nur einer dieser ehrlosen Vertragsbrecher gewesen.

Hart und trocken hallte sein Lachen durch den kargen Raum. Als Jugendlicher hatte er so viel Zeit und Energie verschwendet! Umsonst! Trotz großer Bemühungen war der Mann nie hinter die Identität dieses Menschen gekommen, der sein Vater gewesen sein musste.

Sein Vater blieb für alle Zeit ein fremder Mann, der einst sein Vergnügen mit einem Hausmädchen gehabt hatte, das im Dienste der Familie gestanden hatte.

Daraus hervorgegangen war er selbst - der Bastard. In seiner Geburtsurkunde stand unübersehbar: Vater unbe-

kannt. Mit diesem deutlichen Makel musste er leben! Der Bastard!

Seine Mutter hatte sich seinetwegen so sehr geschämt, dass sie sich schließlich umgebracht hatte. Die feige Hure! Sein Großvater dagegen war aus anderem Holz geschnitzt gewesen.

Der hatte sich nicht so leicht etwas gefallen lassen! Stets pflegte er zu sagen: „Albert, das Leben wird dir niemals etwas schenken. Du musst es dir schon selbst holen!"

Eine der wenigen wirklich hilfreichen Lebensweisheiten seines Großvaters, die bis heute in sein Gehirn wie in Stein gemeißelt war.

Allerdings erfuhr der Mann erst sehr viel später, wie ernst dem Großvater diese Weisheit tatsächlich gewesen war. Der Großvater starb lange bevor der Mann volljährig wurde.

Mit einundzwanzig schließlich trat er das Erbe seiner Großeltern an. Er hatte nur das Haus geerbt. Dieses verhasste Haus, in dem der Mann seine früheste Kindheit in der Obhut seiner Großeltern verbringen musste. Zunächst dachte er daran, es auf der Stelle zu verkaufen. Als er jedoch das enorme Potenzial des alten Anwesens entdeckte, kam er von diesem Vorhaben schnell wieder ab. Seine Pläne für den aufwendigen Kellerumbau standen binnen kürzester Zeit bis ins kleinste Detail fest. Natürlich war ihm klar, dass er sich hierbei nur auf sich selbst verlassen konnte. Er musste es alleine schaffen.

Während der ersten Arbeiten im Keller stieß der Mann in den Wänden auf nachlässig mit Sperrholz verborgene

Hohlräume. Darin fand er nach und nach bündelweise Geldscheine.

Gleich nach dem zufälligen Fund des ersten Verstecks begann er akribisch die Wände abzusuchen, in der vagen Hoffnung, seinen Großvater richtig einzuschätzen.

Der war schon zu Lebzeiten ein ebenso vorsichtiger wie geiziger Mensch gewesen.

Der Großvater hatte seinen Schatz nicht an einer einzigen Stelle platziert, sondern über den ganzen Keller verteilt. In einem der Hohlräume lag außerdem ein vergilbtes Notizbuch, in dem der Großvater genaue Aufzeichnungen über Daten und Bezüge festhielt.

Es war offensichtlich, dass der Großvater regelmäßig gleich hohe Beträge in bar von einer nicht näher bezeichneten Person erhalten hatte. Hatte der Großvater den Schänder seiner Tochter erpresst? Oder vielleicht jemand anderen?

Schlussendlich kümmerte es den Mann aber nicht weiter, woher das viele Geld kam. Dies war jetzt sein Haus, ergo war das Geld ebenfalls sein Eigentum, woher auch immer diese 220.000 Mark gekommen sein mochten. Das war ein Spaß gewesen bei der Euro-Umstellung. So unauffällig wie möglich hatte er peu à peu die enorme Menge Geldscheine umgetauscht. Der alte Hurenbock hatte gewiss einen größeren Teil des Geldes bereits versoffen und mit billigen Weibern durchgebracht, während die Großmutter und Albert selbst von seinem dürftigen Einkommen als Musiklehrer leben mussten.

Der Mann schlug mit voller Wucht gegen den roten Sandsack inmitten des Raums. Unter der Härte des Schlages be-

gann dieser zu pendeln. Der Mann begann zu boxen. Mit kräftigen Schlägen bearbeitete er den Sack, oder waren es vielmehr Großvater, Vater, Mutter, die er da schlug? Es spielte keine Rolle mehr. Nun gehörte alles ihm.

Er war aus ihrem Schatten hervorgetreten und hatte etwas geschaffen, zu dem keiner dieser Wichte jemals fähig gewesen wäre.

Keuchend schlug der Mann auf seinen Gegner ein. Der Schweiß ließ seinen muskulösen Oberkörper im fahlen Licht der Glühbirnen glänzen. Er würde wie üblich erst dann aufhören, wenn der Bund seiner Jogginghose vom heruntergelaufenen Schweiß völlig durchnässt war.

Was hatte der Bulle heute Mittag im Fernsehen während dieser lächerlichen Pressekonferenz gleich wieder gesagt? „Der Täter leidet an einer tiefen Persönlichkeitsstörung und ist höchstwahrscheinlich nicht zurechnungsfähig." Mit aller Kraft trat der Mann gegen den Sandsack. Sein gellender Schrei hallte im alten Steingemäuer des Kellers wider. „Ich werde deine Persönlichkeit stören, du kleiner Pisser!" Die Stimme des Mannes überschlug sich. „Nein! Spalten werde ich dich! Deinen Körper, deine Persönlichkeit, deine lausige Existenz! Du Scheißkerl! Warte nur, bis ich mit Wallhall fertig bin! Dann habe ich Zeit für dich jämmerliche Kreatur! Das mache ich im Vorbeigehen! Du mieses Stück Scheiße!" Mit jedem Satz versetzte der Mann dem Sandsack einen weiteren Hieb. Abrupt stoppte er. Mit hängenden Schultern stand er neben dem pendelnden Feind.

Sein Körper bebte von der Anstrengung und er rang nach Atem. Die blonden, kinnlangen Haare klebten in seinem verschwitzten Gesicht und am Hals. Langsam befreite er sich von den Boxhandschuhen.

Er verabscheute diese Dinger zutiefst, doch er musste seine Hände schonen.

Er hatte es allein seiner eisernen Disziplin zu verdanken, dass er den Sandsack eben nicht mit bloßen Fäusten bearbeitet hatte.

Der Mann dachte an Erda, während er zusah, wie ein Handschuh nach dem anderen auf den Boden fiel. ‚Erda, was hast du getan?‘

Er griff nach der Wasserflasche und trank gierig in großen Schlucken, wobei ein Teil des Wassers über Kinn und Hals auf die Brust hinunterlief. Das kühle Wasser auf seinem Körper tat gut. Bevor er duschen ging, schaltete der Mann seine Musik ein. Die Ouvertüre zu Rheingold erklang aus den Boxen, während er sich aus der durchnässten Hose schälte und unter die kalte Dusche stieg. Dort fand er seine Ruhe wieder. Disziplin!

Der Mann beschloss während er sich abseifte, dass er sich über die kläglichen Fortschritte der Polizei freuen sollte. Bisher hatte dieser Bulle ihn bloß gelangweilt.

Und dann dieser Name! Wagner!

Wer erlaubte diesem Nichts eigentlich, den Namen des Meisters zu tragen?

Genau das hatte der Mann schon bei seiner ersten Begegnung mit der Polizei gedacht.

Damals war er diesem Hauptkommissar Wagner unter dem Schutz seiner Maske gegenüber gestanden. Es war die erste wirklich harte Erprobung seiner Künste gewesen, und es wurde ein voller Erfolg. Dieser tumbe Bulle reichte ihm zum Abschied die Hand, ebenso ahnungslos wie zur Begrüßung. An dieser Tarnkappe arbeitete der Mann, solange er denken konnte.

Immer wieder musste er Korrekturen vornehmen, um seine tatsächliche Identität nicht zu verraten.

Sein wahres Ich sollte diese Welt erst später kennen lernen. Diesen Zeitpunkt wollte er allein bestimmen. Der Mann schlüpfte jedesmal in diese Maske, sobald er seinen Keller verließ. Er war ein guter Bürger, freundlicher Nachbar, erfolgreicher und angepasster Kollege. Was immer die Situation von ihm verlangte, er konnte es sein.

Dieser tumbe Bulle war dem Mann deshalb ebenso wenig auf die Schliche gekommen, wie seine langjährigen Kollegen und Vorgesetzten - und sein Chef. Ja, sein Chef.

Gerne erinnerte der Mann sich an das blöde Gesicht dieses Lackaffen, bevor er ihn in jener Nacht gerichtet hatte.

Für diesen kurzen Moment hatte der Mann seine Maske abgelegt und dem Chef seine wahre Identität preisgegeben. Am nächsten Morgen saß dann die Tarnkappe wieder perfekt. Als die Polizei sich nach den ersten Zeugenvernehmungen nicht mehr blicken ließ, hatte der Mann seinen Jahresurlaub genommen. Die Kollegen hatten großes Verständnis gehabt. Er war dem Chef besonders nahe gestanden! Ha!

‚Das alles hast du deiner Gesellschaftstarnkappe zu verdanken, Albert. Auch wenn du sie noch so sehr hasst, musst du ihren Wert schätzen‘, dachte der Mann als er sich abtrocknete.

Eigentlich hätte er lieber gleich gekündigt, statt nur den ganzen Urlaub auf einmal zu beantragen. Das Endgültige, die Gewissheit nicht wiederzukehren, hatte ihn gereizt.

Doch seine Disziplin hatte es ihm verboten. Er durfte nicht auffallen, und keinesfalls seinen Plan gefährden. Der Mann betrachtete sich im Spiegel. Die nassen, blonden Haare lagen in seinem Nacken.

‚Erda, was hat du getan? Hintergehst du mich? Wir wissen beide, dass du dem tumben Bullen geholfen hast. Nie wäre er ohne deine Hilfe auf meine Spur gekommen. Hörst du diesen Namen? Wagner heißt der! Verstehst du diese Beleidigung für unseren Meister nicht? Würde ich dich nicht im Auge behalten, wüsste ich nicht einmal von eurer Verschwörung. Hast du dich gegen mich verschworen, Erda? Jetzt behalte ich diesen Wagner ebenfalls im Auge. Irgendwie ist es belustigend, diesen Idioten zu verfolgen! Er macht es mir leicht, dieser Wagner-Kasper. Mein Plan ist ohnehin voll entwickelt. Der benötigt nur noch wenig Aufmerksamkeit. Siehst du nicht, dass ich das einzig Richtige tue? Erda, du bist die Ur-Mutter, der Welt weisestes Weib. Du solltest mich unterstützen. Wir wollen doch dasselbe.‘

Der Mann legte sich auf die Recamière und schloss die Augen. Der grobe Stoff kratzte auf seiner nackten Haut.

‚Erda, verzeih′ mir! Du kannst meine Vorhaben noch nicht verstehen. Nie haben wir miteinander gesprochen. Das wird sich ändern. Ich muss mein Wissen mit dir teilen. Wenn du erst einmal verstehst, dass ich aus Loges Schatten getreten bin, ist mir deine Zustimmung sicher. Wir wollen dasselbe! Das Ende aller Vertragsbrecher! Die Weltordnung muss wieder hergestellt werden. Der Urzustand wird

die ersehnte Erlösung bringen. Das wirst du schon bald begreifen, und wenn Loge es dir eigenhändig beibringen muss.'

19

Hauptkommissar Theobald Wagner saß noch spät am Abend erschöpft am Schreibtisch in seinem Büro. Im Gegensatz zu seinem Chef stressten ihn Pressekonferenzen enorm.

Im Gegensatz zu seinem Chef stand er auch höchst ungern im Mittelpunkt.

Das war schon immer so gewesen. Lutz Hartmann hingegen lief in Gegenwart von Kameras und Mikrofonen erst zu Höchstform auf. Für ihn war die Pressearbeit eine Art Katz-und-Maus-Spiel, das er zugegebenermaßen wie kaum ein anderer beherrschte. Hartmann gab stets nur die nötigsten Auskünfte an die Presse weiter, verkaufte diese allerdings äußerst geschickt als sensationelle Neuigkeiten. Heute Mittag hatte er sich jedoch selbst übertreffen müssen. Vor wichtigen Presseterminen zog sich Lutz Hartmann grundsätzlich in sein Büro zurück und duldete keinerlei Störung. Als Wagner dann gegen vierzehn Uhr auf seinen Chef traf, war der richtig aufgekratzt. „Pass auf Theo, das hier wird mein Meisterstück!“ Lutz Hartmann sollte recht behalten. Während der live übertragenen Pressekonferenz gelang es ihm durch rhetorische Finessen, Vermutungen wie Tatsachen aussehen zu lassen, ohne jemals für eine Falschmeldung belangt werden zu können. Bohrende Fragen der Presse wehrte er selbstbewusst mal mehr, mal weniger charmant ab.

Auch Elsbeth Winkler hatte die Pressekonferenz im Fernsehen verfolgt, nachdem Hauptkommissar Wagner sie über die Sendezeit informiert hatte. Anerkennend attestierte sie dem „Arschloch", wie sie Hartmann immer noch zu nennen pflegte, hervorragendes strategisches Denken, als sie später miteinander telefonierten.

Leider war sie in ihrer eigenen Ermittlungsarbeit bezüglich des passenden Charakters für den Mörder aus der Parallelwelt im Opernzyklus Der Ring des Nibelungen noch zu keinem Ergebnis gekommen. Sie verabredeten sich für Samstagmittag zum Essen und Elle versprach, bis dahin erfolgreich gewesen zu sein.

Wagner hatte für den späten Abend große Pläne.

Deshalb saß er auch immer noch mit knurrendem Magen hinter seinem Schreibtisch und sortierte den Stapel Unterlagen, der sich während seiner Abwesenheit dort aufgetürmt hatte.

Menzel war seiner Bitte um Zusammenstellung sämtlicher Akten, Notizen, Protokolle, Autopsieberichte und Zeugenaussagen sorgfältigst nachgekommen.

Heute Abend wollte Wagner diesen Fall aus einem anderen Blickwinkel betrachten.

Bei seinen bisherigen Untersuchungen waren er und sein Team zu sehr auf den jeweiligenTathergang fixiert gewesen. Zuhause wollte er sich jeden einzelnen Fall in seiner ganzen Dimension noch einmal verinnerlichen, um dann zu versuchen, etwaige Gemeinsamkeiten oder Verbindungen unter all diesen Morden herauszufinden.

Es gab bei jeder Mordserie irgendwelche Parallelen unter den Fällen.

Mit den nötigen Unterlagen und der Hoffnung, über ein winziges Detail von großer Bedeutung zu stolpern, machte sich Hauptkommissar Wagner auf den Heimweg.

Unterwegs hielt er bei seinem türkischen Lieblingsrestaurant und nahm sich eine Portion frischer Lammhackfleischspieße mit Bulgur, Reis und Salat mit. Der Duft des üppig gewürzten Fleisches stieg Wagner vom Nachbarsitz her in die Nase und lenkte enorm vom Autofahren ab. Wann hatte er eigentlich zuletzt etwas gegessen? Es wollte ihm nicht einfallen. Zuhause angekommen, zog Theobald Wagner eine Flasche Rotwein aus dem Weinregal in der Küche. Auf dem großen Esstisch breitete er den ganzen Inhalt der Akten aus. Daneben legte er die Listen, die Elsbeth Winkler angefertigt hatte. Auf dem eilig herangezogenen Beistelltisch, auf dem normalerweise seine ungelesenen Zeitungen Platz fanden, standen nun die dampfenden türkischen Köstlichkeiten.

‚Jetzt brauchst du einen Schlachtplan, sonst endet dein Vorhaben in einem einzigen Chaos‘, dachte Wagner als er sich genüsslich den ersten Bissen Lamm in den Mund schob.

Auf einem linierten Block begann er eine Tabelle anzufertigen. Entlang des oberen Blattrandes listete er die vier Opfer auf. Entlang des linken Rand sammelte er untereinander Begriffe wie Ring-Charakter, Vertragsbruch, Symbole/Tatort, Todesart, Todeszeitpunkt, Beruf, Alter, Wohnort, Familienstand, Zeugen, Sonstiges. Die ersten drei Spalten konnte Wagner inzwischen im Schlaf ausfüllen. Die genaue

Beschreibung der Todesart und den geschätzten Todeszeitpunkt entnahm er den Autopsieberichten von Dr. Kremer. Die Suche nach Beruf, Alter, Wohnort und Familienstand beanspruchte ungleich viel mehr Zeit. Parallel dazu vernichtete er eine riesige Menge Reis, Fleisch, Bulgur und Salat.

Jetzt fiel Theobald Wagner auch wieder ein, warum er den ganzen Tag nichts Anständiges gegessen hatte. Angesichts des verhassten Pressetermins war sein Magen wie immer wie zugeschnürt gewesen. Allerdings zeigte die eben vertilgte Mahlzeit jetzt die gewohnte Wirkung. Mit vollem Magen konnte er sich grundsätzlich schlecht konzentrieren.

Aus diesem Grund entschloss er sich zu einer Zigarettenpause auf dem Balkon, bevor er mit den Zeugen fortfahren wollte. Es war zwar etwas kühl an diesem Spätsommerabend, aber die frische Luft war ihm im Kampf gegen die Müdigkeit eine willkommene Unterstützung. Da sein Körper mit der Verdauung voll und ganz beschäftigt war, schien sein Hirn blutleer zu sein.

Wagner sah nach oben. Der Abendhimmel über der Stadt war klar wie selten, als gäbe es so etwas wie Smog gar nicht. ‚Wie würdest du an eine Mordserie herangehen? Komm schon, das ist doch deine Spezialität. Versetz dich in seine Lage. Du bist der Mörder. Wie stellst du es an?‘ Wagner inhalierte den Rauch und ließ seine Gedanken schweifen.

‚Nach welchen Kriterien wählst du deine Opfer aus. Schweinehunde mit miesen Charakterzügen gibt es in dieser Stadt schließlich reichlich.‘ Die Zigarette war beinahe fertig geraucht.

‚Mal sehen. Ein Klatschreporter, ein miserabler Schauspieler ohne jedes Rückgrat, ein Kinderquäler, ein machtgeiler Geschäftsmann, der seinen Bruder aus dem Geschäft gedrängt hatte... Moment, das stimmte doch gar nicht. Kai Westhofen hatte selbst ausgesagt, dass er auf seinen Anteil an der Firma gar nicht bestanden hatte und froh war, als sein Bruder Olaf ihn ausbezahlt hatte.‘ Hauptkommissar Wagner drückte seine Zigarette aus. ‚Da war doch etwas. Oder doch nicht? Zu spät für irgendwelche Zweifel!‘ Sein Unterbewusstsein hatte Großalarm ausgerufen! Sämtliche Synapsen seines Körpers schienen unter Strom zu stehen.

Zurück am Esstisch, kramte Hauptkommissar Wagner die Aussagen der Mitarbeiter des Modehauses Westhofen sowie das Protokoll zur Aussage vom Bruder des Opfers, Kai Westhofen, heraus. Dort stand es schwarz auf weiß. Der Bruder wollte den Laden nicht haben. Er war Künstler in New York. Aber was bedeutete das schon? Alles oder etwa nichts? ‚Da ist etwas! Mach weiter!‘ Wagners Intuition war endlich zurück und ließ nun nicht locker. Einen kurzen Moment dachte er darüber nach, diesen lang ersehnten Durchbruch lauthals zu bejubeln. Dafür war jetzt keine Zeit, also beugte er sich wieder über den Tisch.

‚Suche! Hier bist du richtig! Such‘ weiter! Die Zeugenaussagen.‘

Die meisten Mitarbeiter zweifelten subtil die Führungsqualitäten von Olaf Westhofen an.

Der eine oder andere deutete sogar an, dass das Opfer seinen Bruder Kai aus purer Machtgier aus dem Geschäft gedrängt hatte. Das war offenbar die subjektive Wahrnehmung einzelner gewesen und schlichtweg falsch. Dieses Mordopfer war also nicht wirklich mit dem Brudermörder Fafner aus dem Ring des Nibelungen zu vergleichen! Dieser erste Mord war im Vergleich zu den folgenden eventuell eher persönlich motiviert. Oder doch nicht? Scheißegal! Irgendwo musste man ja schließlich anfangen. Dies galt auch für Serien- und Massenmörder! Wagner schlug mit der flachen Hand auf den Holztisch. Ha! Er legte den Kopf in den Nacken und schloss die Augen. Der Mörder könnte aus dem Umfeld Olaf Westhofens stammen.

„Scheiße", flüsterte Wagner. „Wahrscheinlich hast du schon mit ihm gesprochen. Vielleicht sogar einer der Mitarbeiter. Nur welcher?" Hauptkommissar Wagner erinnerte sich daran, wie deutlich der Personalchef damals in seiner Ablehnung gegen seinen Chef gewesen war.

Wie hieß der Typ doch gleich wieder? Vogelmann! Nein, er sah bloß wie ein Vogel aus!

‚Verdammt, das muss hier doch irgendwo stehen!' Wagner wühlte angespannt in den inzwischen völlig durcheinander geratenen Papieren. Mit zitternden Händen suchte er die Zeugenaussage und Alibiüberprüfung von Kleinmann, dem Personalchef, heraus.

„Scheiße!" Die Ehefrau bestätigte glaubwürdig, dass ihr Mann das Haus nach einundzwanzig Uhr nicht mehr verlassen hatte. Sie hatten bis etwa halbeins ferngesehen und waren dann gemeinsam zu Bett gegangen. Hatte sie diesbezüglich vielleicht gelogen? Unwahrscheinlich!

Hauptkommissar Wagner ließ die Schultern hängen. Schon trat sein Unterbewusstsein ihm wieder in den Hintern. ‚Mach weiter! Du bist verdammt nah dran!' Die Personalliste aller Angestellten im Hause Westhofen! Wo war sie? Wieder suchte Wagner zwischen den Papieren. Als er sie gefunden hatte, nahm er wie selbstverständlich die Listen der Mitglieder des Wagnerverbandes und der Abonnenten des Nationaltheaters zur Hand, die Elle für ihn angefertigt hatte. Alle drei Listen klemmte Theobald Wagner sich unter den Arm und bugsierte sie mitsamt dem Weinglas zur Couch. Er musste dringend Abstand zum Chaos auf dem Esstisch bekommen. Mit einem Textmarker bewaffnet machte er sich daran, die Listen zu vergleichen.

Wagner verglich jeden einzelnen Namen auf der Gehaltsliste des Modehauses Westhofen mit denen der beiden anderen Listen. Theaterabonnenten gab es unter der Belegschaft mehr als gedacht. Aber kein Einziger war Mitglied im hiesigen Wagnerverband. Mittlerweile hatte er sich bis zum Buchstaben L vorgearbeitet. Sein Rücken schmerzte unter der gekrümmten Haltung, die er eingenommen hatte, um den Überblick über den Couchtisch zu bekommen. Er richtete sich kurz auf und brach kurzerhand mit seinem Vorsatz, in der Wohnung nicht mehr rauchen zu wollen. Die Zigarette half ihm, sich zu konzentrieren. Das bildete er sich zumindest ein. Ein Schluck Dornfelder aus der Pfalz, und schon ging es weiter.

Lauterberg, Laux, Lehmann - gleich fünf. Lortz, Maier - neunzehnmal, Mayer - siebenmal, Meinzinger, Meier - viermal. Nur vier Meier? Überraschung! Weiter ging es mit Mohlzahn, Moor und zwölfmal Müller. Albert Müller führte die Liste der Müllers an. Mitarbeiter bei Westhofen, Theaterabonnent und… Schlagartig begann Wagners Herz zu rasen. Bingo! Das war der erste Name, der auf allen drei Listen zu finden war. Mit leuchtendem Rot markierte der Textmarker diesen Namen auf allen drei Listen.

Albert Müller!

Neue Zigarette, ein Schluck Wein. Wagner war mit einem Mal wieder hellwach.

Die Rückenschmerzen waren verflogen. ‚Albert Müller. Wer bist du?' Theobald Wagners Unterbewusstsein jubilierte. Innerlich knallten bereits Champagnerkorken. Mühevoll zwang er sich zur Ruhe. ‚Das kann alles bedeuten oder aber auch gar nichts', sagte er sich immer wieder, als er im Papierdschungel auf dem Esstisch nach den Aussageprotokollen der Mitarbeiter fahndete. Albert Müller! Hatte er nicht selbst mit einem Mann dieses Namens gesprochen? Aus der Tiefe seiner Erinnerung waberten nebulöse Gedankenfetzen an die Oberfläche. Als er das Protokoll endlich in den Händen hielt, wurden seine Erinnerungen an den Mann klarer. Dieser Albert Müller war ein extrem gutaussehender Mann gewesen. Teurer Anzug, blonde Haare. Marke Brad Pitt, nur irgendwie markanter. Wagners Augen flogen über die Buchstaben des Gesprächprotokolls. Albert Müller hatte sich nur sehr verhalten zum Tod seines Arbeitgebers geäußert. Er war einer der Wenigen gewesen, der leises Bedauern für den Toten übrig hatte. Ein durchweg unauffälliges Verhalten. Hatte dieser Adonis denn ein Alibi vorweisen können? Er hatte angegeben, in verschiedenen Bars und Clubs unterwegs gewesen zu sein. „Ich bin Single, verstehen Sie?" Nun konnte Wagner sich genau an das Gespräch erinnern. Er hatte mit dem Mann noch kurz belanglos über die Vorzüge der einen oder anderen Lokalität geplaudert und war dann zur nächsten Befragung weitergegangen.

Hauptkommissar Wagner inhalierte intensiv den Zigarettenrauch.

‚Wenn Albert Müller tatsächlich unser Wagnerfreak ist, dann ist er der coolste Typ, den ich je erlebt habe.' Theobald Wagner versuchte, sich an Anzeichen von Nervosität oder Unsicherheit während des Gesprächs zu erinnern. Nein. Da war nichts! Er musste mit Elle sprechen.

Vielleicht kannte sie den Kerl sogar näher. Es war bereits halb zwölf. Zu spät für einen Anruf.

Das musste bis morgen warten. Vorsichtshalber glich Wagner den Rest der Namen auf den drei Listen noch ab, obwohl sich dieser Mann bereits in seinem Unterbewusstsein manifestiert hatte. Albert Müller war…Ja, wer war er eigentlich? Und gab er sich selbst ebenfalls eine Identität aus dem Ring des Nibelungen, so wie seinen Opfern? Morgen war zwar Samstag, aber Hauptkommissar Wagner beschloss trotzdem, vor dem Treffen mit Elle ins Dezernat zu fahren, um mehr über Albert Müller herauszufinden.

Er trat an die offene Balkontür und sah in den Innenhof hinunter.

Lag er mit seiner Vermutung richtig? Es fühlte sich jedenfalls richtig an.

Das erste Mal seit sehr langer Zeit!

20

„Ciao, Commisario!“ Laras breites Lächeln ging ihm wie immer durch und durch.

Heute Morgen hatte es Wagner wieder einmal in den Coffeeshop gezogen.

Natürlich nur wegen des hervorragenden Kaffees! Welchen alternativen Grund konnte es sonst schon geben, dorthin zu gehen? Er konnte schließlich nicht erahnen, ob Lara heute überhaupt arbeitete. Allerdings war eine Tatsache unumstößlich. Tief in seinem Inneren hoffte er jedes Mal heimlich darauf, Lara beim Kauf eines doppelten Espresso Latte rein zufällig zu begegnen. Wem wollte er hier also eigentlich etwas vormachen? Lara? Die hatte ihn garantiert schon durchschaut. Sich selbst? Wozu?

Theobald Wagner musste sich eingestehen, dass diese Frau ihn seit geraumer Zeit immer häufiger in seinen Träumen besuchte, und in seiner gut sortierten Gefühlswelt erhebliche Unruhe stiftete. Dieser Umstand hatte sich noch einmal spürbar verstärkt seit Wagner sich nicht mehr allabendlich die Lichter ausschoss. Seine Nächte blieben nüchtern nicht mehr traumlos. Auch vergangene Nacht war Lara wieder da gewesen. Wagner hatte sich gerade noch an diese Sequenzen, die wie kurze Filme vor seinem inneren Auge abliefen, erinnert. Ein Bett, weiße Laken, irgendwelche Kissen, ein Raum ohne Wände. Am Fuß des Bettes mehrere offene Holztüren vor spanischen Balkonen, über die eine salzige Brise vom scheinbar nahen Meer hereinkam und mit Laras langem braunem Haar spielte. In bizarrem Licht erkannte er die Konturen ihres Gesichts, ihres Körpers, spürte ihren Atem auf seiner Haut…

Stopp! Derlei kitschige Bilder hatte er bisher nie bewusst in seinen Träumen wahrgenommen. Warum sollte er nun damit anfangen?

„Arbeiten Sie heute auch?“ Wagner sah auf und nickte. „Herzliches Beileid. Was ist? Höre ich heute nicht mal ein Guten Morgen?“ Lara stützte ihre Ellenbogen auf die Theke, und ihr Kinn auf die Fäuste. Mit ihren vollen Lippen zog sie einen Schmollmund. „Würden Sie mit mir essen gehen, Lara?“ Scheiße! Was war nur in ihn gefahren? Als Theobald Wagner in Laras Gesicht blickte, sah sie genauso überrascht aus, wie er selbst es war. Sie fing sich wie üblich als Erste wieder. „Oh lala, Commisario. Wenn Sie mal rangehen, dann aber richtig, was?“ „Ähm, eigentlich wollte ich…“ „Halt! Denken Sie ja nicht ich gebe Ihnen die Chance, einen Rückzieher zu machen. Darauf warte ich schon zu lange. Ja! Ich würde gerne mit Ihnen essen gehen. Am liebsten französisch!“ Lara zog die rechte Augenbraue ein wenig hoch und lachte. „War das schon alles, oder wollen Sie etwa auch noch einen Kaffee?“

Theobald Wagner nickte schweigend. Immer noch versuchte er zu begreifen, was ihn zu diesem plumpen Manöver bewogen hatte. Das war ganz und gar nicht seine Art.

Der Duft von frischem Kaffee holte ihn aus seinen Gedanken. „Doppelter Espresso Latte. So wie du es magst. Ich bin auf deine anderen Vorlieben gespannt.“ Laras Atem streifte seinen Hals unterhalb des Ohres. Blitzschnell hatte sie sich über die Theke gelehnt und war ihm mit einem Mal so nah wie noch nie. Außer vielleicht in seinen Träumen. Beim Sprechen berührten ihre Lippen kurz sein Ohr. Ein altbekannter und zugleich lang vermisster Schauer jagte wie ein Elektroschock durch seinen ganzen Körper. „Lara, ich habe im Moment viel um die Ohren! Aber wenn ich…“ „Du wirfst die Kaffeebecher normalerweise weg, wenn sie leer sind, nehme ich an?“ Lara stand nun wieder hinter der Theke. „Ja, warum auch nicht?“ Nie zuvor hatte ihn eine Frau derart aus dem Konzept gebracht. „Wenn du mich tatsächlich um eine Verabredung bitten willst, wirfst du diesen Becher lieber nicht weg. Bis bald, caro.“

Mit diesen Worten lies Lara ihn samt doppeltem Espresso stehen.

Erst jetzt sah Wagner sich um. Wie viele Zuschauer hatten diese Szene eigentlich beobachtet?

Erleichtert stellte er fest, dass außer ihm und Lara nur noch zwei ihrer Kolleginnen anwesend waren. Die hatten allerdings zweifelsohne ihren Spaß gehabt. Sie standen an der Kaffeemaschine angelehnt und beäugten Wagner grinsend. Er musste hier raus.

Als er in seinem Auto saß betrachtete er den Kaffeebecher genauer. Über dem Logo des Coffeeshops stand eine Handynummer, mit schwarzem Filzstift aufgeschrieben.

Hauptkommissar Wagner kannte sich selbst gut genug. Er war nicht gerade für seine strukturierte Ordnung bekannt. Deshalb gab er Laras Telefonnummer sicherheitshalber gleich in sein Handy ein. Er verglich die eingetippten Zahlen zweimal mit denen auf dem Kaffeebecher. Zu ihrem ersten Rendezvous würde er Lara Tulpen mitbringen, ihre Lieblingsblumen. Das war ihm im Gedächtnis geblieben. Diese Mal würde Maurice sich selbst übertreffen müssen. Auf dem Weg zum Dezernat leerte Wagner den Kaffee und verbannte Lara aus seinen Gedanken. Seine ganze Aufmerksamkeit musste nun Albert Müller gelten.

Enttäuschenderweise gab es über diesen Albert Müller kaum etwas in Erfahrung zu bringen. Der Mann war, entgegen Theobald Wagners Erwartungen, niemals aktenkundig geworden.

Er besaß nicht einmal einen Führerschein. Geboren am 19.03.1967, Sohn einer gewissen Eva Müller. Vater unbekannt. Die Mutter, Eva Müller, war 1971 verstorben. Albert Müller wurde im Alter von vier Jahren in die Obhut der Großeltern gegeben, Elisabeth und Wilhelm Müller.

1976 verstarb die Großmutter Elisabeth Müller. 1980 verstarb der Großvater Wilhelm Müller.

Im Alter von dreizehn Jahren wurde Albert Müller in die Obhut des katholischen Kinderheims St. Bonifatius gegeben. 1988, mit einundzwanzig Jahren, bezog er offenbar wieder das Haus am Herrschaftswald in der Gartenstadt und war bis heute dort gemeldet. Vermutlich hatte er damals das Haus der Großeltern geerbt, die bis zu ihrem Tod genau dort gemeldet waren.

Hauptkommissar Wagner trat an den Stadtplan und suchte nach dem Herrschaftswald.

Die ungefähre Richtung war ihm durchaus bekannt. Lange genug war er in dieser Stadt Streife gefahren. Diese Straße lag in einem der ruhigen Vororte, der direkt an den Käfertaler Wald grenzte. Wagner fiel wieder ein, dass er vor einiger Zeit einen ungeklärten Todesfall in dieser Gegend bearbeitet hatte. Eine alte Frau war in ziemlich verwestem Zustand am Fuß ihrer Treppe zum ersten Stock gefunden worden. Später stellte sich heraus, dass sie sich beim Sturz von der Treppe das Genick gebrochen hatte. Jedenfalls erinnerte Wagner sich an die vielen kleinen, zweistöckigen Siedlungshäuschen, die in Ermangelung genügenden Wohnraums um die sechziger Jahre wie aus dem Nichts entstanden waren.

Kleine Hexenhäuschen mit, am heutigen Standard gemessen, großen Grundstücken.

Manche Gärten wurden nach wie vor zum Obst und Gemüseanbau genutzt. In anderen Gärten entstanden moderne Anbauten an diese Hexenhäuschen und liebevoll angelegte Blumenbeete.

Manch einer hatte sogar einen Plastikpool im Garten aufgestellt. Wagner erinnerte sich daran, dass jene Gegend ihm damals wie eine ideale Zuflucht vor der glühenden Hitze der schwitzenden Betonklötze in der Innenstadt vorgekommen war. Dieser Sommer war ungewöhnlich heiß gewesen. In dieser Idylle sollte ein Serienkiller leben? Das kam Wagner auf gespenstische Weise unwirklich vor. Er zwang sich, wieder an die Arbeit zugehen. Was war der Mutter von diesem Albert Müller zugestoßen?

Eva Müller war sehr jung gestorben. Ihr Sohn war gerade vier Jahre alt gewesen, als sie von einem Zug überrollt wurde. Über die genaueren Umstände gab es keine Unterlagen.

War es ein tragischer Unfall gewesen oder Selbstmord? Hauptkommissar Wagner lehnte sich in seinem Stuhl zurück und faltete die Hände vor seinem Gesicht. Um einen

Durchsuchungsbefehl für das Haus am Herrschaftswald zu bekommen, reichten weder Wagners Theorien noch diese Rechercheergebnisse aus. Trotzdem beschloss er, mit seinem Chef zu telefonieren, um ihn von dieser Notwendigkeit zu überzeugen. Wagner hinterließ auf der Mailbox von Lutz Hartmann eine Nachricht. Während Hauptkommissar Theobald Wagner nach dem St. Bonifatius-Kinderheim forschte, hoffte er auf einen baldigen Rückruf seines Chefs. Aus irgendwelchen Gründen hatte er das Gefühl, sich mit der Ergreifung dieses Albert Müllers beeilen zu müssen. Irgendetwas trieb ihn hektisch an. Der nächste Mord würde bald folgen. Gewiss war dies der Grund für Wagners Unruhe. Er sah mit leerem Blick auf den Bildschirm.

Der PC unter dem Schreibtisch gab komische Geräusche von sich. Das Ding schien heute noch lahmer zu sein als sonst. Wagner hatte via Internet mit der Suche nach dem St. Bonifatius-Kinderheim begonnen.

Der Rechner wurde still, und auf dem Bildschirm wurde eine Internetadresse angegeben.

Donnerwetter, dachte Wagner, katholisches Kinderheim mit eigener Website.

Mit einem Doppelklick auf den Link zur Bonifatius-Website nahm der PC das Grummeln und Gurgeln wieder auf. Schneller als gedacht spuckte der Bildschirm ein Ergebnis aus.

Auf der Startseite waren ein recht großer Gebäudekomplex im Hintergrund und eine Horde Kinder im Vordergrund abgebildet. Die Gruppe Kinder war von mehreren Nonnen und Erzieherinnen flankiert. Das Gebäude sah recht modern aus.

Wagner fragte sich, ob dies das Bonifatius-Haus sein konnte, das er suchte. War dies das Kinderheim, in dem Albert Müller einen Großteil seiner Jugend verbracht hatte? Er klickte auf „wir über uns“ und dann „Geschichte“. Wagner überflog den langen Text. Das Kinderheim St. Bonifatius hatte eine verdammt lange Geschichte. Theobald Wagner gähnte.

Plötzlich jedoch war er wieder hellwach. Seine Augen blieben an einer Stelle des Textes hängen und sein Herz begann zu rasen.

War das ein Zufall? Laut las er die Worte, die ihn ziemlich nervös machten:

„Nach dem verheerenden Brandunglück im Sommer 1985 war das ursprüngliche traditionsreiche Gebäude bis auf die Grundmauern niedergebrannt. Erst im Jahr 1987 konnte der neu aufgebaute Komplex wieder bezogen werden.“ Wagner rechnete kurz nach.

Laut seiner Informationen müsste Albert Müller in diesem Jahr volljährig geworden sein.

Hatte er in diesem Jahr das Heim verlassen? Hatte er es aus irgendwelchen Gründen niedergebrannt? Brandstiftung! Wagner forschte fieberhaft nach Presseberichten und Polizeiberichten. Der PC gab Geräusche von sich, als wolle er sich in den nächsten Sekunden selbst zerstören. Nach endlos erscheinenden Minuten spuckte er tatsächlich einiges zum Brand des Heims aus. Hauptkommissar Wagner las die Berichte aufmerksam durch.

Der Brand war nachts ausgebrochen. Nicht alle Heimbewohner und Erzieherinnen konnten gerettet werden. Vier Kinder und eine Erzieherin starben in den Flammen. Der

Brandherd lag im Erdgeschoss. Im Verwaltungsbüro. Warum ausgerechnet dort? Spuren von brennbarer Flüssigkeit ließen die Behörden auf Brandstiftung schließen. Der oder die Täter konnten nie gefasst werden. Wagner lehnte sich in seinem Stuhl zurück. War er es gewesen, der im Büro Feuer gelegt hatte? Hatte der Bastard den Tod von mehreren Menschen in Kauf genommen, um vielleicht seine Vergangenheit auszulöschen? Mit dem Brand waren schließlich sämtliche Unterlagen des Heims vernichtet worden! Spekulation! Das führte zu nichts!

Trotzdem blieb das ungute Gefühl, Albert Müller könnte für diesen Brand verantwortlich gewesen sein. Wagner sah auf seine Uhr. Es war bereits halb eins.

Jetzt musste er sich beeilen. Um ein Uhr war er mit Elle verabredet. Sie wollte kochen.

Davor musste er unbedingt noch einmal zu Hause vorbeifahren. Theobald Wagner hatte Elle davon überzeugt, diesmal den Wein zum Essen beisteuern zu dürfen, indem er sie mit einem wunderbaren Weißwein und dessem ungewöhnlichen Namen lockte. Ein Pfälzer Riesling namens „Lupus White". In Gedanken musste Wagner lächeln. Auch Elle war am besten über ihre Neugierde zu ködern. Typisch Frau! Genau dieser Wein lag nun seit dem Morgen im Kühlschrank und wollte nun abgeholt werden, um bei Elle zum Essen gekostet zu werden. Obendrein schwirrten unablässig allerlei Fragen in seinem Kopf. Wo blieb der Rückruf seines Chefs? Was war mit dem Durchsuchungsbefehl für Albert Müllers Haus? Hatte dieser Kerl schon als Jugendlicher Menschen getötet? Und wenn ja, wie war es abgelaufen? Hatte Albert Müller beim Legen des Brandes vorsätzlich getötet oder nicht? Egal! Hatte Albert Müller das Kinderheim in dieser Nacht tatsächlich aus irgendwelchen Gründen angezündet, so war ihm das Leben anderer Menschen völlig gleichgültig gewesen!

Wagner stellte fest, dass die Frage, ob er auch den richtigen Mann im Visier hatte, gar nicht mehr zur Debatte stand. Vielmehr nahm eine neue Frage langsam aber stetig immer mehr Raum ein. Nämlich: Wie legen wir diesem Psychopathen das Handwerk?

21

Als Hauptkommissar Wagner von Elle ins Esszimmer geführt wurde, empfand er erneut dieses ungeheuer intensive Gefühl von Wohlbefinden, das ihn schon bei seinen letzten Besuchen ein wenig überrascht hatte. Obgleich sie sich erst seit kurzer Zeit kannten, war eine freundschaftliche Umarmung zur Begrüßung mittlerweile selbstverständlich geworden. In der Wohnung duftete es köstlich. Elle hatte ein italienisches Menü gezaubert. Pasta mit selbst zubereitetem Mandelpesto, Osso bucco, Pannacotta. Der Wein passte hervorragend zum Essen. Während des Desserts erzählte Elle von ihrer Passion für Richard Wagners Musik und dass diese sich erst mit der Zeit und der intensiven Beschäftigung mit seinem Werk entwickelt hatte. Ihr Weg in den Förderkreis des Mannheimer Nationaltheaters und den Beitritt im Wagnerverband beschrieb sie als wichtigste Entscheidungen ihres kulturellen Lebens. Gebannt lauschte Theobald Wagner ihren enthusiastischen Ausführungen über das schützenswerte Mannheimer Juwel - das Nationaltheater. Er ließ sich sogar zum Besuch einer Opernaufführung hinreißen. „Keine Angst, wir fangen mit Verdi an!" hatte Elle lachend angefügt. Zum Espresso berichtete sie vom Grünen Hügel.

„Wenn Sie Richard Wagners Musik kennen und lieben lernen, dann ist es das Höchste, seiner Kunst in Bayreuth lauschen zu dürfen. Der Atmosphäre, die zur Zeit der Festspiele in Bayreuth herrscht, kann man sich ohnehin kaum entziehen, aber auf dem Grünen Hügel..." Elle pausierte kurz und fuhr mit bewegter Stimme fort: „...im Festspielhaus ist man dann endgültig verloren. Richard Wagner hat das ideale Opernhaus geschaffen. Nirgends werden sie seine Musik so... so intensiv erleben wie dort!", atemlos schloss Elle mit diesen Worten. Ihre Hände, die während der ganzen Zeit jedem Wort Nachdruck zu verleihen suchten, sanken in den Schoß. Ihre Augen glänzten und strahlten zugleich.

Theobald Wagner fragte sich unwillkürlich, ob er dieses Gefühl auch einmal empfinden würde. Ein wenig beneidete er Elle um ihre Leidenschaft für die Musik. In jedem Fall nahm er sich für die Zukunft vor, sich von Elle gründlich anstecken zu lassen. Giuseppe Verdi - ein guter Anfang!

„Aber nun zu Ihnen, Theo. Ich platze vor Neugier. Was haben Sie herausgefunden?" Hauptkommissar Wagner schrak aus seinen Gedanken auf, breitete rasch die Listen auf dem Tisch aus und bildete drei Stapel. „Diese beiden sind Ihre Listen." Dann legte er seine Hand auf den dritten Papierstapel. „Diese Auflistung hier stammt aus den Unterlagen des Dezernats. Gestern hatte ich das Gefühl, sie mit Ihren Listen vergleichen zu müssen." Elle sah fragend auf, aber Hauptkommissar Wagner fuhr mit seinen Erläuterungen fort:„Ich dachte mir, jede Serie hat einen Anfang. So ist das auch bei einer Mordserie. Warum sollte der Täter also nicht mit einer Person aus seinem Umfeld anfangen? Was läge näher? Außerdem ist unser Mann auch arrogant genug, ein solches Risiko einzugehen."

Theobald Wagner machte eine kurze Pause. „Dies hier ist die Personalliste von Westhofens Schickimicki-Laden. Sie erinnern sich an das erste Opfer?“ Elle nickte langsam. „Gut! Ich habe gestern Abend alle Namen auf dieser Personalliste mit ihren Aufzeichnungen vom Nationaltheater und dem Wagnerverband verglichen. Sie wären überrascht wie viele Nationaltheater-Abonnenten es bei Westhofen gibt. Aber…“, Wagner machte eine dramatische Pause, „… es gibt nur eine Person, die auf allen drei Listen zu finden ist. Ein gewisser Albert Müller.“ Hauptkommissar Wagner lachte unwillkürlich, was Elle zu verwirren schien. Ihre ratlosen Augen waren fest auf sein Gesicht geheftet. „Sie werden es nicht fassen, Elle. Ich bin ihm bereits begegnet. Mehr noch, ich habe ihn zum Mord an Olaf Westhofen befragt. Er ist eine auffallend attraktive Erscheinung: blonde, halblange Haare, sportliche Figur, markantes Gesicht. Sein Verhalten jedoch hätte angepasster und unauffälliger kaum sein können.“„Albert Müller.“ Elles klare Stimme unterbrach seine Ausführungen. Ihre Augen irrten unruhig hin und her. Ihr Gesicht nahm einen besorgten Ausdruck an. „Warten Sie mal. Dieser Name… ich weiß nicht, irgendwie habe ich das Gefühl… oder doch nicht? Fotos! Das könnte helfen. Wir sind eine nicht ganz winzige Wagner-Gemeinde hier in der Stadt.“ Aus ihrem Mund klang das Wort beinahe religiös. Wagner-Gemeinde.

„Sprechen Sie weiter, Theo. Ich suche unterdessen nach Fotos, die bei unseren großen Treffen aufgenommen worden sind.“ Elle kniete vor einem der riesigen antiken Schränke im Wohnzimmer und zog ebenso kraftvoll wie ruckartig an einer der breiten Schubladen in Bodennähe.

Wagner beobachtete sie durch die geöffneten Glasschiebetüren, die das Wohnzimmer vom Esszimmer trennten. „Äh, ja. Wo war ich gerade?“ Er hatte Mühe, seinen Faden wieder zu finden. „Ach ja! Angepasst und unauffällig. Er ist ziemlich cool mit der Befragung umgegangen. Wenn er tatsächlich der Täter ist, hat er ein enormes Selbstbewusstsein. Das würde auch zu der Durchführungsmethodik der Morde passen, mit denen wir es zu tun haben und…“

„Ist er das?“ Elle hielt Wagner ein Foto unter die Nase. Es zeigte einen Mann im Profil, der offenkundig bemüht war, sich von der Kamera abzuwenden. Es war ihm nicht vollends gelungen. Das Blitzlicht hatte ihn bereits eingefangen. Wagners Herz begann zu rasen.

Das war er. Das war der Albert Müller, dem er selbst schon arglos gegenübergestanden war.

Jetzt war es an ihm, ernsthaft besorgt zu sein. „Kennen Sie ihn näher, Elle?“ „Ja und nein. Er ist mir, entgegen ihres Eindrucks, stets sehr schüchtern und verschlossen erschienen. An unseren Gesprächen und Diskussionen hat er sich kaum aktiv beteiligt und das lag sicher nicht am mangelnden Fachwissen.“ Elle sah angestrengt an die hohe Stuckdecke, als würde sie dort nach Worten suchen. „Wenn er sich überhaupt einmal geäußert hat, dann waren seine Anmerkungen präzise und vermittelten durchaus das Gefühl, dass er sich mit Richard Wagner und seiner Musik bestens auskennt. Er war einfach nur… schüchtern oder zurückhaltend, wenn Sie so wollen.“ Wieder machte sie eine Pause, als wolle sie ihre Worte sorgfältig wählen.„Ich habe ihn mehrfach auf unsere Projektarbeiten und Ausflüge angesprochen, weil ich das Gefühl hatte, er könne mit seinem Wissen einen großen Beitrag leisten. Immer reagierte er ausweichend. Er war obendrein außerstande, mir in die Augen zu sehen. Mit der Zeit habe ich es aufgegeben, ihn weiter einbinden zu wollen. Ich hatte das Gefühl, dass er sich bedrängt fühlte." Elle hielt ihr Glas in der Hand und starrte auf den Wein, der durch ihre Gestik ordentlich durchgeschüttelt wurde. Unvermittelt stellte sie das Glas ab und sah Wagner unbehaglich an. „Glauben Sie wirklich, dass er es ist?"

„Mein Gefühl sagt es mir. Aber da ist noch etwas mehr. Ich habe heute Morgen ein wenig recherchiert." Mit einem seltsam angespannten Gesichtsausdruck sah Elle ihn an.

Wagner berichtete von Albert Müllers Kindheit. Von dem frühen Tod der Mutter, der durchaus ein Selbstmord gewesen sein könnte, von dem Verlust der Großeltern und vom abgebrannten Kinderheim St. Bonifatius. „Er wäre nicht der erste Mensch, der an seiner Kindheit und Jugend zerbricht." Elles Worte hingen bedrückend im Raum. Das Klingeln seines Handys ließ Wagner kurz zusammenzucken. Endlich. Der heiß ersehnte Anruf von Lutz Hartmann. Er blickte auf das Display des Handys. *Shit!* Es war die Telefonzentrale des Dezernats.

Ein neuer Mord, ein neuer Tatort, eine neue Adresse. Wagner schrieb sich mechanisch die Fakten auf. Er hatte nicht weit zu fahren. Die Villa Triburg lag in der Kantstraße, keine fünf Minuten entfernt.

Hastig erklärte er Elle den Grund für sein überstürztes Aufbrechen. Erst bei der Verabschiedung bemerkte er ihr graues, fahles Gesicht. Gerade als er sie darauf ansprechen wollte, griff sie nach seinen Händen.

„Es ist nur…“ Sie schloss die Augen. „Mein Gott, ich kenne diesen Mann! Ich kenne diesen Mörder!“

22

Hauptkommissar Wagner eilte zu seinem Wagen und fuhr auf direktem Weg zur Villa Triburg im Herzen der Oststadt. Seit dem Anruf vor wenigen Minuten umfing ihn eine Eiseskälte, als wäre seinem Körper sämtliches Blut entwichen. Noch ein Mord, den er nicht hatte verhindern können! Wagners Kopf fühlte sich pelzig an und die Beine bleischwer, beinahe so, als würden sie nicht mehr zu seinem Körper gehören.

Ohne Gruß stapfte er mit diesen tauben Stelzen an den Kollegen im Eingangsbereich des feudalen Wohnsitzes in der Kantstrasse vorbei, die Treppe hinauf. Es kam Wagner wie ein Déjà-vu vor, als er die Kollegen von der Spurensicherung verteilt in dem großen Schlafzimmer ihrer Arbeit nachgehen sah. Damals, bei Olaf Westhofen, war er in eine ähnliche Szenerie herein geplatzt. Nur lag in diesem Fall das Opfer auf dem Bett und nicht auf dem Boden. Zudem war Wagner selbst lange nicht so benebelt vom Restalkohol in seinem Körper wie an jenem Morgen, an dem diese schreckliche Mordserie ihren Anfang genommen hatte. Unter den konzentriert Arbeitenden machte Theobald Wagner seinen jungen Kollegen Menzel aus. „Hey, Boss, das ging ja verdammt schnell. Rosalie ist auch schon im Anmarsch. Sie war gerade in der Nähe und...“ „Ist gut, Sebbi. Was wissen wir bis jetzt?“ Hauptkommissar Wagners Stimme klang barscher als beabsichtigt. Er war vom Treppensteigen auf seinen wackeligen Beinen ziemlich außer Puste und obendrein nervlich bis aufs Äußerste angespannt. Während der kurzen Fahrt zum Tatort hatte er zwischen unzähligen Flüchen mehrfach versucht seinen Chef zu erreichen. Ohne Erfolg!

Immer wieder antwortete ihm nur die Mailbox von Lutz Hartmann. Er brauchte diesen verdammten Durchsuchungsbefehl für das Haus von Albert Müller. Erst jetzt bemerkte Wagner, dass Sebbi ihn aufgrund seines harschen Tons ziemlich irritiert ansah.

„Entschuldige, Sebbi! Also, erzähl mal der Reihe nach, was ihr bis jetzt herausgefunden habt." Wagner versuchte, seinem jungen Kollegen nun die gebührende Aufmerksamkeit zu schenken, ohne ihn ständig zu unterbrechen. „Is' schon o.k., Boss." Sebastian Menzel sah auf den Block in seiner Hand und holte tief Luft. Offenbar hatte er sich einige Notizen gemacht.

„Auch in diesem Fall fand eine Hausangestellte den Toten. Die Hauswirtschafterin wohnt in einer kleinen Einliegerwohnung im Gartengeschoss. Hat einen separaten Eingang. Sie war heute Nacht bei ihrem Bekannten. Das kommt wohl häufiger vor." Menzel hob viel sagend die Augenbrauen und grinste. Da Wagner sich nicht belustigen ließ, beeilte er sich weiterzusprechen. „Die Dame ist Anfang sechzig und arbeitet seit neun Jahren im Dienste des Herrn von Triburg. Freitagabend hat sie immer frei und bleibt für gewöhnlich bis zum Samstagmittag bei ihrem Bekannten. Dann kommt sie zurück zur Villa und plant das Dinner."

Sebbi überprüfte kurz seine Notizen, bevor er fortfuhr. „Auch hier scheint der Täter genau gewusst zu haben, wann er das Opfer allein zu Hause antrifft, und wie er sich Zugang verschaffen kann, ohne Spuren zu hinterlassen. Die Spurensicherung ist zwar noch nicht ganz fertig, aber hier sieht es mal wieder so aus, als wären die Heinzelmännchen da gewesen. Keinerlei Fingerabdrücke oder sonstige Spuren. Da es sich ja offenbar wieder um einen Tatort unseres Mörder handelt, werden sie diesmal sicher auch wieder nur DNA von Hausangestellten und Opfer finden." Sebastian Menzel ließ die Schultern hängen, als er von seinem Block aufsah. „So kriegen wir den Mistkerl jedenfalls nie. Der Typ ist mir fast unheimlich. Vielleicht rückt er ja mit seiner eigenen Putzkolonne an." Menzel grinste gequält, nachdem er mit einem finalen Seufzer seinen Monolog beendet hatte. Wagner lehnte sich zu Sebbi herüber, um leise sprechen zu können. „Vielleicht habe ich gute Neuigkeiten. Vergleichsweise gute Neuigkeiten", fügte er schnell hinzu, während sein Blick auf der Leiche ruhte. „Ich habe zumindest einen vielversprechenden Verdacht. Dazu erzähle ich dir später mehr. Erst will ich mir den Herrn von Triburg genauer ansehen. Außerdem sollte Rosalie bei diesem Gespräch auch dabei sein." Menzel nickte zustimmend, obwohl er vor Neugier schier zu platzen drohte. Das verrieten die roten Flecken an seinem Hals, die immer dann auftraten, wenn er aufgeregt war. Wagner wandte sich an die Spurensicherung: „Ist Dr. Kremer verständigt worden?" Die drei Jungs mit Latexhandschuhen und weißem Schutzoverall nickten wie ein Mann. „Er ist unterwegs", nuschelte einer unter seinem Mundschutz. „Wisst ihr bereits, woran Herr von

Triburg gestorben ist?" „Wir nehmen an, dass er erstickt wurde." Eine gleichgültige, monotone Stimme klang gedämpft unter dem Mundschutz hervor. Der Beamte zeigte gleichzeitig auf ein Kopfkissen neben dem Oberkörper der Leiche.

„Wir haben entsprechende Faserproben von Gesicht und Kissen genommen, aber Genaueres wird erst Dr. Kremer später sagen können." Der Beamte wandte sich erneut seinem Koffer zu, hielt dann aber inne und nuschelte abermals durch den Mundschutz: „Ach ja, der Tote hat was im Mund." Unmissverständlich war ein Gähnen zu vernehmen. Hauptkommissar Wagner sah in diesem Moment einen Kurzfilm vor seinen Augen ablaufen, in dem er selbst dem Kollegen diesen Mundschutz vom Gesicht riss, das Ding zusammenknüllte und es in dessen gleichgültiges, gähnendes Mundwerk stopfte, und brüllte: „Da hast du auch was im Maul, du lahme Krücke."

Er wusste wohl, dass seine mentale Anspannung schuld an derartigen Phantasien war, dennoch schämte er sich für diesen selbstgefälligen Gedanken. Eine gewisse Abgestumpftheit gehörte zu diesem Beruf ebenso wie das Tragen einer Schusswaffe. Beides konnte von entscheidender Bedeutung für das Überleben sein. Wagner schob diesen Gedanken zur Seite und richtete stattdessen seine volle Aufmerksamkeit auf den völlig entblößten Körper des Mordopfers. Matthias von Triburg war etwa einen Meter siebzig groß und für sein geschätztes Körpergewicht definitiv zu klein. In seinen auf dem gewaltigen Bauch gefalteten Händen hing schlaff eine tote Kröte. Hauptkommissar Wagner schauderte. Sein Blick wanderte nun zum Gesicht des Toten empor. Aus dem weit aufgerissenen Mund quoll zerknülltes Papier hervor. Wagner beugte sich über die Leiche. „Banknoten“, das war Sebbis Stimme. „Sie stammen vermutlich aus dem Tresor dort drüben.“ Wagner fuhr herum. Der Wandtresor war ihm bisher völlig entgangen. Der gepanzerte Schrank stand weit offen und sein Inhalt lag teilweise auf dem Boden verstreut. „Siehst du die Scherben auf dem Bett?“ Wagner wandte sich wieder dem Opfer zu. „Wieder mal ein Gartenzwerg! Wollen wir wetten?“ Sebbi schüttelte den Kopf. „Lohnt wohl nicht, oder? Dieser hier war anscheinend goldfarben lackiert.“ Hauptkommissar Wagner schnaubte verächtlich.

„Na klar. Diese Farbe ist doch garantiert eine Anspielung auf die berufliche Tätigkeit des Toten. Matthias von Triburg war doch Direktor dieses alten Bankhauses. Ist jetzt auch von irgendeiner großen Bank einverleibt worden, oder?“ Menzel nickte beipflichtend.

„Ich hab´ da mal vor einiger Zeit einen Artikel im Lokalteil über den Typen gelesen. Hat sich aus eigener Kraft vom Banklehrling bis zur Direktion hochgearbeitet. Stammte aus einer Bergmannsfamilie mit Tradition. Offenbar war er das schwarze Schaf der Familie, weil er nicht unter Tage arbeiten wollte. Hat sich später dann auch noch seinen Adelstitel gekauft. Die von Triburgs haben sich das bestimmt nicht zu knapp vergolden lassen.“ „Und das hast du alles in diesem Artikel gelesen und bis heute nicht vergessen?“ Sebbi grinste. „Vom Tellerwäscher zum Millionär. Diese Geschichten bleiben einem doch im Gedächtnis haften, oder nicht?“ Wagners Stirn kräuselte sich. Er dachte über den Toten und dessen möglichen Zusammenhang mit dem

Ring des Nibelungen nach. Elle hatte von zwei weiteren Charakteren gesprochen, die sicherlich noch eine Rolle in der Mordserie spielen würden. Alberich und Wotan. Theobald Wagner dachte angestrengt nach. Seine grauen Zellen formten eine wirre Mischung aus den selbst recherchierten Fakten und Elsbeths spannenden Geschichten:

Alberich, der Herrscher über das Nibelungenvolk, würde auf Triburg besser zutreffen als Wotan, der oberste aller Götter, schlussfolgerte er. Diese Parallele zur Herkunft des Opfers schien sich ja förmlich aufzudrängen. Eine traditionsreiche Bergmannsfamilie. Arbeit unter Tage. Auch Niebelheim lag unter der Erde, verborgen im Dunkel. Die Herkunft des Herrn von Triburg kam dem Mörder bezüglich seiner akribischen Dramaturgie um Opfer und Tatortgestaltung sicher sehr entgegen. Alberich zeichnete sich innerhalb des Opernzyklus vor allem durch seine Gier nach Macht und Gold aus. An diesen Teil seiner Recherchen konnte Wagner sich vage erinnern. Das Opfer war für seine Skrupellosigkeit stadtbekannt gewesen.

Beide - Alberich und von Triburg - gingen über Leichen um ihre Ziele zu erreichen.

Das war der Grund, warum der Geschäftsmann in den Augen des Mörders den Tod verdient hatte. Was aber hatte die tote Kröte in den Händen des Toten für eine Bedeutung?

Elle würde es wissen, Wagner musste deshalb so schnell wie möglich mit ihr sprechen, außerdem wollte er hinsichtlich seiner Alberich-Theorie Bestätigung bekommen. Immer noch grübelnd, das Handy bereits im Anschlag, stieß er seinen jungen Kollegen Menzel kurz an. „Ich muss dringend telefonieren, Sebbi. Warte hier auf mich. Vielleicht brauche ich deine Hilfe und Rosalies auch." Ohne eine Antwort abzuwarten, verließ Wagner das Schlafzimmer und die Villa Triburg, um sich in seinen rostigen Golf zu setzen. Dort konnte er sich völlig auf das Gespräch mit Elle konzentrieren.

Einen Moment lang saß Theobald Wagner regungslos da und konzentrierte sich auf den Gedanken, der in seinem Kopf Gestalt angenommen hatte. Sein Plan stand fest, auch ohne Durchsuchungsbefehl das Haus von Albert Müller zu untersuchen. Ihm war klar, dass er mit dieser eigenmächtigen Aktion Kopf und Kragen riskieren würde. Dennoch stand sein Entschluss unwiderruflich fest. Es gab keine Alternative, es fühlte sich richtig an, obwohl dieser Plan falscher nicht sein konnte. Nicht, dass Theobald Wagner sich jemals besonders für Dienstvorschriften interessiert hätte. Diesmal trieb ihn jedoch nicht seine Arroganz an, sondern die pure Verzweiflung. Er musste diesen wahnsinnigen Mörder aufhalten. Weiß Gott, wie viele Menschen er noch auf seiner makaberen Liste hatte. Wagner kurbelte das Fenster herunter und zündete sich eine Zigarette an, bevor er Elles Nummer wählte. Gleich nach dem zweiten Klingeln nahm sie ab, als habe sie seinen Anruf erwartet. Theobald Wagner berichtete vom Tatort in der Villa Triburg und seinem Verdacht. Elle lauschte schweigend seinem Bericht, doch als er auf die tote Kröte in Triburgs Händen zu sprechen kam, unterbrach sie ihn: „Eigentlich wollte ich mit Ihnen schon beim Essen über die mögliche Symbolik unseres Täters im Ring sprechen. Sie erinnern sich, dass ich versprochen hatte, mir darüber Gedanken zu machen, welche Rolle er sich selbst gegeben haben könnte, welchen

Charakter er sich wohl angeeignet haben könnte. Dabei bin ich lediglich zu einer vagen Vermutung gekommen. Die Kröte allerdings scheint diese Vermutung zu bestätigen." Wagner hörte Elle schwer atmen, sie stockte. Dann fuhr sie fort: „Er muss sich selbst als Abbild Loges verstehen. Da bin ich nun fast sicher!" Stille. Nach kurzer Zeit brach Hauptkommissar Wagner das unerträgliche Schweigen.

„Wieso sind Sie sich deswegen gerade jetzt so sicher? Und ist das eher gut oder schlecht, Elle?" Sie nahm sich erneut einen Moment Zeit, um zu antworten. „Loge ist der Feuergott in Richard Wagners Opernzyklus. Er ist gerissen und schlau. Er agiert unauffällig aus dem Hintergrund. Sein Ziel ist es, dem vertragsbrecherischen und sündhaften Treiben der Menschen und Götter ein Ende zu setzen. Im Grunde ist es neben Brünhilde der Feuergott Loge, der dafür sorgt, dass der Ring des Nibelungen, geschmiedet aus dem Rheingold, seinen rechtmäßigen Besitzerinnen am Ende der Götterdämmerung wieder zukommt. Den Rheintöchtern Floßhilde, Wellgunde und Woglinde. Alberich hatte den Rheintöchtern zu Beginn des Zyklus das Gold gestohlen. Das konnte er nur erreichen, in dem er auf ewig der Liebe abschwor. Damit hat alles begonnen." Erneut schwieg Elle, dann sagte sie: „Nun zu Ihrer Frage, warum ich mir beinahe sicher bin, dass wir es mit dem Feuergott Loge zu tun haben. Hier kommt die tote Kröte ins Spiel. Loge schlug den prahlenden Alberich in der Oper Rheingold mit seinen eigenen Waffen. Der behauptete nämlich, sich in alles Mögliche verwandeln zu können. Loge schlug schließlich eine Kröte vor. Als Alberich hochmütig den Beweis antrat, schnappte sich Loge die Kröte und nahm ihm gemeinsam mit Wotan den Ring des Nibelungen und den magischen Tarnhelm ab. Alberich war somit all seiner Macht beraubt. Die tote Kröte steht für das Versagen des Alberich! Ob Alberich im Opernzyklus schließlich zu Tode kommt oder nicht, bietet heute noch reichlich Stoff für Diskussion. Jedenfalls ist er nach Loges List ziemlich erfolglos im Kampf um Macht und Ruhm."

Eine Weile schwiegen sich beide am Telefon an.

„Elle, was tut Loge, nachdem die Rheintöchter ihr Gold wieder haben?"

Sie räusperte sich leise. „Er lässt Wallhall, den Sitz der Götter, brennen, und stellt so die Weltordnung endgültig wieder her. Eine neue Zeit beginnt." „Ach du Scheiße!" Wagners Mund fühlte sich plötzlich ausgedörrt an. „Wenn er sein letztes Opfer getötet hat, plant er eventuell irgendein Symbol der Macht anzuzünden?" „Keine Ahnung, Theo! Wir wissen ja nicht genau, was in ihm vorgeht." „Es wäre zumindest vorstellbar! Mal sehen, welches Gebäude käme dafür in Frage?" Wagner lachte trocken auf. „In dieser Stadt gibt es so viele mögliche Ziele. Vielleicht brennt er ja gleich ein ganzes Viertel nieder, nur um sicher zugehen, alle Vertragsbrecher erwischt zu haben." Hauptkommissar Wagners Stimme klang bitter. „Ich melde mich wieder, Elle." „Was haben Sie vor?" Zum ersten Mal klang sie wirklich verängstigt. „Ich werde endlich versuchen, diesen Wahnsinn zu stoppen."

„Sie meinen Albert Müller? Und wenn Sie falsch liegen mit Ihrem Verdacht?" „Dann Gnade mir Gott! Bis bald, Elle."

23

Dr. Kremer war gerade dabei, die Leiche zu untersuchen, als Hauptkommissar Wagner das Schlafzimmer des Herrn von Triburg erneut betrat.

Bei seinem zweiten Aufstieg in den ersten Stock hatte er sich etwas mehr Zeit genommen, um die Umgebung genauer inspizieren zu können. Wo auch immer sein Blick hinfiel, stapelten sich teuerste Scheußlichkeiten. Kitschig bemaltes, feinstes Porzellan in Vitrinen, alte Ölschinken in vergoldeten Rahmen an den Wänden und naturgetreue Nachbildungen von Geparden in Lebensgröße vor dem Fenster, ebenfalls aus Porzellan. Während er diese geschmacklich fragwürdige Ansammlung von sicherlich kostspieligen Absurditäten betrachtete, schüttelte es Wagner regelrecht. Jedes noch so kleine Detail glänzte golden. Polierte Tür- und Fenstergriffe, Schubladenknäufe, Lampenstiele und so weiter. Am Fenster lehnte Menzel mit Rosalie, die inzwischen ebenfalls eingetroffen war. Beide schienen in ein Gespräch vertieft und bemerkten seine Rückkehr zunächst nicht.

„Ah, da sind Sie ja!“ Mit einem schnalzenden Geräusch zog Dr. Kremer den rechten Latexhandschuh aus und reichte Wagner die Hand. „Ich nehme unseren Freund hier mit, und informiere Sie baldmöglichst wegen eines Obduktionstermins. Es wird sicherlich nicht vor Montag, acht Uhr, klappen." Wagner nickte und war froh, nicht heute noch einer Autopsie beiwohnen zu müssen. Er hatte anderes geplant. Menzel und Rosalie kamen auf ihn zu. „So Boss, jetzt lass´ mal raus, was du weißt. Wir platzen sonst noch." Rosalies herbe Stimme klang amüsiert. Wagner war sich immer noch unschlüssig darüber, ob er die beiden überhaupt in sein Vorhaben einweihen sollte. Schließlich verließ er sich bei diesem Unterfangen vor allem auf seine Intuition, die Fakten waren schlicht zu dürftig. Wenn er nun falsch lag, würde er seine Kollegen in ernsthafte Schwierigkeiten bringen. Konnten sie ihm tatsächlich helfen, ohne selbst in Gefahr zu geraten? Um sich selbst machte er sich diesbezüglich schon seit geraumer Zeit keine Gedanken mehr. Alles oder nichts, war die Devise. Hauptkommissar Wagner fuhr sich einmal mehr nervös mit beiden Händen durch die dunklen Locken. „Wie wär's mit einem Kaffee? Ich lade euch ein!" „Wenn das so ist, sag ich nicht nein." Menzel schlug ihm kurz auf die Schulter. Rosalie dagegen blieb ungerührt stehen. „Was zum Teufel ist los mit dir? Wo ist deine überwältigende Arroganz geblieben? Versteh mich nicht falsch. Ich habe dich als Kollegen wegen deiner Fähigkeiten immer geschätzt. Aber menschlich warst du bisher eine Niete, Theo. Die letzten Monate warst du dann selten ohne Kater und Fahne unterwegs, und jetzt seit ein paar Tagen… Bist du irgendeiner erleuchtenden Glaubensgemeinschaft beigetreten? Nimmst du bewusstseinserweiternde Substanzen zu dir? Aber egal, was es ist, mach weiter damit!"

Wie üblich kam Rosalie direkt zum Punkt. Damit stieß sie die Leute häufig vor den Kopf. Sie scherte sich allerdings nicht darum.

„Kann ich euch nicht einfach zu einem Kaffee einladen? Kann es nicht einfach sein, dass man aus seinen Fehlern lernt und sich verändert, ohne sich eine Glatze scheren zu müssen oder den Jakobsweg zu gehen? Ich habe euch übrigens schon immer geschätzt, als Kollegen und Menschen, nur habe ich es eben nicht zeigen können oder wollen! Was weiß ich! Genug Erklärung, Miss Perfect?" Rosalie und Wagner starrten sich kampfeslustig in die Augen, während Sebastian Menzel betreten zu Boden sah. Rosalies Entschlossenheit verlieh ihrem schönen Gesicht eine ausgesprochene Härte. Dann erinnerte sie Wagner an die fleischgewordene Lara Croft. Gegen Rosalie erschien Angelina Jolie wie eine niedliche Barbie-Puppe. „Was ist jetzt, Miss Croft? Ich muss mit euch reden! Das Ganze ist ohnehin ziemlich heikel. Wenn ihr nicht dabei sein wollt, nehme ich euch das sicher nicht übel."

„Ich bin dabei, Boss!" Sebbi warf Rosalie einen missbilligenden Blick zu. „Weißt du, Theo, ich hoffe sehr, dass deine neue Masche nicht bloß eine vorübergehende Phase ist! Mich altes Weib wickelst du nicht so einfach um den Finger wie unseren Freund Sebbi." Sie rollte die Augen und schnaubte leise. „Also, wo wollen wir hingehen?" Wagner grinste. „Danke, Rosalie, altes Weib. Du wirst es nicht bereuen. Wie wär's mit der „Brasserie Bernstein" in der Seckenheimer Straße?" „Na dann los!" Sebbi war kaum zu halten. Der schien tatsächlich gleich vor lauter Neugierde zu platzen. Im „Bernstein" fanden sie einen Tisch im hinteren Teil des Cafés, wo es bedeutend ruhiger war als im hektischen Barbereich an den großen Fenstern, die wegen des guten Wetters beinahe komplett zur Straße hin geöffnet waren.

Einen Moment lang rührten die drei schweigend in ihren Kaffee-Variationen.

Wagner brach schließlich die Stille zwischen ihnen. „Ich erzähle euch jetzt etwas über die neuesten Entwicklungen in unserem Fall. Ich war nicht ganz untätig, während unser Mörder sich quer durch die Stadt geschlachtet hat. Es wäre denkbar, dass ich eure Hilfe brauche, was euch beide wiederum in Schwierigkeiten bringen könnte. Deshalb solltet ihr am Ende gut überlegen, ob ihr dazu bereit seid, oder nicht. Wie schon gesagt… Ich würde es euch nicht übel nehmen, wenn ihr einen Rückzieher machen würdet, klar soweit?" Rosalie grinste.

„Bisschen viel Konjunktiv in deiner Ansprache, meinst du nicht? Hätte, sollte, könnte, würde…", äffte sie Wagner nach. Er nahm einen Schluck Kaffee, fuhr sich mit den Händen durchs Haar und begann seine Geschichte zu erzählen. Er vermied es angestrengt, Elle namentlich zu erwähnen. Sie sollte unter keinen Umständen Schwierigkeiten bekommen. Deshalb nannte er sie fortwährend seinen Informanten. Wagner bemühte sich, die Ereignisse und Erkenntnisse möglichst in chronologischer Reihenfolge zu erläutern. Hier und da musste er jedoch weiter ausholen. Er berichtete von den Treffen mit seinem Informanten, von seiner Begegnung mit Albert Müller damals bei Westhofen, von der ersten Spur, die auf Albert Müller hinwies, und von seinen Recherchen in dessen Kindheit und Jugend. Am schwierigsten war es jedoch, den beiden die Zusammenhänge zwischen den Charakteren aus dem Ring des Nibelungen und den Opfern zu verdeutlichen. So manches Mal wünschte Wagner sich Elle an seine Seite, die die Zusammenhänge gewiss plastischer darstellen konnte. Dieser Monolog nahm geraume Zeit in Anspruch, währenddessen hatten alle drei ihren Kaffee geleert. Weder Sebbi noch Rosalie hatten es gewagt, Wagner zu unterbrechen oder Fragen zu stellen. Schließlich hatte Theobald Wagner alle Fakten offengelegt und alle Vermutungen geäußert. Jetzt stützte er seine Ellenbogen auf den Tisch und ließ den Kopf hängen. „Fragt mich nicht warum, doch ich weiß, dass wir den Richtigen haben! Ich kann und will nicht darauf warten, dass ein weiterer Mensch dran glauben muss. Hartmann hat sich wegen des Durchsuchungsbefehls immer noch nicht gemeldet. Deshalb habe ich jetzt vor, zum Haus dieses Psychopathen zu fahren. Ihr sollt nicht mit rein, aber es wäre beruhigend, euch in der Nähe zu wissen, falls…“ Rosalie räusperte sich leise. „Naja, es wäre durchaus denkbar, dass der Sebbi und ich im Käfertaler Wald zusammen joggen gehen. Das tun viele Leute!“ Sie sah Wagner felsenfest in die Augen. „Ja, genau! Wir laufen regelmäßig zusammen im Wald.“ Sebbi grinste verschwörerisch. Beinahe unbemerkt stand der Kellner am Tisch. „Darfe ese noch etwase sein?“

Eine warme Stimme mit italienischem Slang riss die drei aus ihrer Welt. „Wodka-Martini mit viel Eis, bitte.“ Wagner und Sebbi blickten verwirrt in Rosalies Richtung.

„Was denn? Ich bin nicht im Dienst, und überhaupt, ich trinke immer vorm Laufen, ihr nicht?“ Wagner grinste. „Ich laufe heute nicht, deshalb nur einen Espresso für mich, bitte.“

Der italienische Halbgott in Form eines Kellners kritzelte die Bestellung geduldig auf seinen Block. „Und Sie, Signore?“„ Auch einen Wodka-Martini“, krächzte Menzel.

Nachdem der Kellner verschwunden war, sah er in die Runde. „Was seht ihr mich so an? Ich laufe schließlich auch.“ Wagner nickte grinsend. Zu gerne hätte er einen Scotch getrunken, aber sein Vorhaben ließ dies unter keinen Umständen zu. Um der bevorstehenden Situation einigermaßen gewachsen zu sein, musste er sich auf alle seine Sinne verlassen können. „Was ist, wenn du mit der ganzen Sache falsch liegst, Theo?“ „ Dann bin ich im Arsch und habe vermutlich obendrein noch eine Anzeige wegen Hausfriedensbruch, übler Nachrede und Nötigung am Hals.“

„Ist es das wert?“ Rosalie ließ nicht locker. „Ja, das ist es! Wenn wir auch nur einen einzigen Mord verhindern können, ist es das wert. Und außerdem liege ich nicht falsch! Es ist schwer in Worte zu fassen…, ich weiß einfach, dass er unser Mann ist!“

24

Das Haus am Herrschaftswald lag still und idyllisch in einem gepflegten Garten direkt am Waldrand. Mit den zwei Geschossen und mit seinem spitzen Giebel wirkte es vor der Kulisse der Kiefern wie ein Hexenhäuschen aus Hänsel und Gretel.

Die eine Seite war gänzlich mit Efeu bewachsen, das akkurat getrimmt worden war. Trotz der renovierungsbedürftigen Fassade wirkte das Ganze sehr anheimelnd auf Theobald Wagner, der über sein Lenkrad gebeugt alles genau studierte. Das letzte Licht des Tages zauberte einen rötlichen Glanz auf das Grundstück. In Wagners Kopf wirbelten die Gedanken umher.

Hier sollte ein schwer gestörter Mensch leben, der sich für einen Feuergott aus einem verdammten Opernzyklus hielt? Von hier aus sollte dieser gestörte Mann seinen Rachefeldzug gegen die Menschheit geplant haben?

Dies war also der Ort, an dem Albert Müller als Kind aufgewachsen war. Wie traumatisch mochte diese Kindheit in jener bürgerlichen Idylle wohl gewesen sein? Wagner legte sein Kinn auf die Hände am Lenkrad und versuchte, seine Gedanken zu ordnen.

Rosalie und Menzel würden um kurz nach neun auf dem Wanderparkplatz unweit des Hauses sein. Der Tarnung halber wollten sie noch rasch ihre Sportklamotten anziehen.

Plötzlich erschreckte ihn ein scheppperndes Geräusch beinahe zu Tode. Jemand hatte an die Beifahrerscheibe des maroden Golfs geklopft. Hauptkommissar Wagner hatte Mühe, seinen Atem zu kontrollieren. Obendrein raste sein Herz wie wild, als er langsam den Kopf hob.

Lieber Gott, lass es nicht Albert Müller sein, dachte er. Als Wagner die freundlichen Gesichtszüge einer älteren Frau am Fenster wahrnahm, löste sich langsam der Knoten in seinem Hals und der Druck auf sein Herz ließ allmählich nach. Die Tatsache, dass sein Hemd klatschnass am Rücken klebte, führte er auf den heißen Tag zurück und auf den Umstand, dass sein betagter Wagen keine Klimaanlage hatte. Basta! Kein Angstschweiß! Das fehlte gerade noch! ‚Du hast keine Angst!', gab er innerlich die Richtung vor.

Theobald Wagner lehnte sich über den Beifahrersitz und kurbelte das Fenster herunter.

„Guten Abend, junger Mann. Kann ich Ihnen behilflich sein?" Die Frau hatte eine zarte helle Stimme. Sie war in eine geblümte Kittelschürze gehüllt und ließ ihren mit Erde verschmutzten Gartenhandschuh ins Auto hängen, während sie ihren rechten Arm auf das beinahe ganz heruntergekurbelte Fenster legte. „Wenn Sie Albert suchen, sind Sie zu früh dran. Er kommt samstags immer sehr spät nach Hause, der arme Kerl."

Theobald Wagner räusperte sich. „Äh, ach ja?" „Ein fleißiger junger Mann. So freundlich und sooo hübsch! Wenn ich nicht so alt wäre…!" Die Frau lachte kurz auf. Wagners Hirn arbeitete jetzt auf Hochtouren. Informationen aus einer arglosen Person herauszukitzeln, ohne die eigene Identität zu verraten, konnte mitunter recht heikel sein.

In diesem Fall schien es vorläufig recht gut zu laufen. Diese Frau brauchte keine große Ermutigung, um drauflos zu plaudern. Hauptkommissar Wagner setzte ein dümmliches Gesicht auf. „Hier scheinen sich die Nachbarn wenigstens noch gut zu kennen."

Die Frau mit der Schürze strahlte. „Ja, da haben Sie recht, junger Mann. Bei uns ist die Welt eben noch in Ordnung." Wagner nickte zustimmend, und schon plapperte sie weiter. „Der Albert zum Beispiel,..." Die Frau zeigte mit ihrem wedelnden Handschuh, der eine nicht unerhebliche Menge Erde auf Wagners Beifahrersitz hinterlassen hatte, auf das Grundstück am Waldrand gegenüber. „... der ist ein wirklich guter Nachbar. Er ist in diesem Haus aufgewachsen, müssen Sie wissen. Hat es nicht immer leicht gehabt, der Junge. Jedenfalls sorgt er sich um seine Mitmenschen. Der gute Albert erledigt zum Beispiel samstags den ganzen Wocheneinkauf für uns. Dafür müssen wir ihm nur unser Auto borgen." Sie fasste sich demonstrativ an den leicht gebeugten Rücken und fuhr fort: „Mein Mann und ich können nicht mehr schwer tragen, müssen Sie wissen. Außerdem schneidet der Albert immer unsere Obstbäume und..." Sie lehnte sich wieder tiefer ins Auto herein. Erneut rieselte Erde in den Wageninnenraum. „ ...er arbeitet doch bei diesem Nobel-Laden Westhofen. Er bringt uns manchmal gaaanz exklusive Sachen mit. Ich habe da zum Beispiel ein Halstuch von Dior! Das könnte ich mir nie leisten. Der Albert hat es mir geschenkt. Einfach so. Dafür koche ich ihm Marmelade oder er benutzt unser Auto, wenn er es braucht. Er hat kein eigenes, müssen Sie wissen!" Wagner versuchte sein Grinsen durch ein verbindliches Lächeln zu tarnen.

‚Mutti, der Drecksack hat nicht mal einen Führerschein... müssen Sie wissen', dachte er bitter. „Sind Sie ein Freund von Albert? Er scheint ja nicht viele zu haben! Ich habe zumindest noch keine hier gesehen. Aber mit dem Haus ist er auch sehr empfindlich. Seine Großeltern haben hier früher gelebt. Er hat nichts verändert im Haus. Gaaarnichts! Das nenn ich mal Respekt vor Tradition! Ach, ich rede und rede... Jedenfalls ist er vor zehn Uhr bestimmt nicht zurück. Falls Sie... " Das reichte jetzt an Informationen.

„Entschuldigen Sie, ich möchte nicht unhöflich sein indem ich Sie unterbreche, aber ich kenne diesen Albert gar nicht. Seit über einer halben Stunde fahre ich in dieser Siedlung schon umher. Ich will mir ein Haus im Speckweg ansehen, und verfahre mich ständig."

Die Frau zog sich abrupt aus seinem Auto zurück und machte ein betretenes Gesicht.

Mit versöhnlicher Stimme fügte Hauptkommissar Wagner schnell noch hinzu:

„Um ehrlich zu sein, war ich kurz vorm Aufgeben. Bis ich Sie hier traf. Denn wenn ich nur halb so liebenswürdige Nachbarn bekäme, wie Sie es sind, dann wäre es der Mühe letztendlich doch wert gewesen." Seine honigsüße Ansprache unterstrich er zu guter Letzt mit dem charmantesten Lächeln, das er auf Lager hatte. Die Frau in der Blumenschürze lehnte sich freudig wieder ins Beifahrerfenster und erwiderte sein Lächeln mit überschwänglicher Begeisterung. „Der Speckweg liegt auf der anderen Seite der zweispurigen Straße Richtung Waldhof. An der Ampel nach der Feuerwache links, im Kreisverkehr die erste rechts ab. Schon sind sie im Speckweg. Wenn Sie eingezogen sind, kommen sie doch auf einen Selbstgebrannten vorbei. Und Sie müssen unbedingt Albert kennen lernen.“

„Das hoffe ich doch.“ Wagner nickte und legte den Rückwärtsgang ein, um in der sorgfältig gefliesten Einfahrt von Frau Blumenschürze zu wenden. Sie sah ihm winkend nach. Bevor er um die Ecke bog, winkte Wagner zurück.

Er musste nun einen kleinen Umweg zum Wanderparkplatz wählen. Hoffentlich warteten Rosalie und Menzel noch nicht allzu lange. Die Informationen der Alten waren jedoch hochinteressant gewesen - und hoffentlich auch verlässlich. Albert Müller kam nicht vor zweiundzwanzig Uhr nach Hause. Das war die Gelegenheit. In der anbrechenden Dämmerung war es am sichersten, sich ebenso unauffällig wie rechtswidrig Zugang zum Haus zu verschaffen. Der Kloß im Hals schwoll wieder an, und der scheinbare Druck auf Wagners Herz nahm proportional zu. Wo blieb der Schweiß, der ihm üblicherweise in jenen Situationen den Rücken hinunterlief? Ach ja, es dämmerte bereits. Die Hitze hatte nachgelassen, der Fahrtwind kühlte Wagners Körper und Seele. Kein Angstschweiß!

25

‚ER ist im Haus! ER ist hier! Wie kann das möglich sein? Albert Müller kauerte im Dunkel seines Verstecks, direkt neben dem Zugang. Er wird dich nicht finden, Loge! Er ist dir ohne Zweifel unterlegen! Er ist ein dummer Mensch! Niemals hätte er deine Spur ohne fremde Hilfe gefunden. ER ist hilflos ohne Erda! Sie hat ihn zu dir geführt, Loge! Sie hat dich verraten!‘ Um nicht schreien zu müssen, biss Albert Müller sich in den Unterarm, und ließ erst wieder locker, als er Blut schmeckte.

‚Nein! Du musst ihr vergeben, Loge! Sie weiß nichts von deinem Tun! Sie weiß nicht, wie groß deine Macht ist, wie nobel deine Motive sind.‘ Der Mann richtete sich auf und umschloss mit seiner Hand den Griff des Schwertes fester. Die Vorstellung, dass diese niedere Kreatur in seinem Haus umherschlich und womöglich in seinen Sachen wühlte, ekelte ihn zutiefst an. Der Mann lauschte angestrengt den Schritten über ihm. In Gedanken lief er Raum für Raum mit diesem Eindringling ab. Plötzlich zuckte Albert Müller heftig zusammen. Die Spitze des Schwertes berührte klirrend den Boden. Schnell zog er die Klinge wieder an sich heran. Eben hatte ER die Kellertür geöffnet. Das alte Holz der Stufen knarrte unter jedem Schritt. Neunzehn Mal. Neunzehn Stufen. Wie oft hatte er diese groben Planken in seinem Leben wohl schon gezählt? Immer und immer wieder!

Angestrengt lauschte er jedem Geräusch jenseits seines schützenden Verstecks. Ob man auf der anderen Seite die Musik wohl hörte? Sie war schließlich relativ laut. Schritte auf dem kahlen Estrich, ganz nah.

Holz knarrte. Das war die Schranktür. Albert Müller sog scharf die Luft ein und hielt sie an.

Die Tür schloss sich wieder. Die Schritte wurden leiser. Dann, plötzlich, war es wieder still.

Eine Weile stand Albert Müller noch regungslos da und lauschte angestrengt. Dann straffte er abrupt seinen Rücken und löste die Umklammerung um das Schwert. Diesen tumben Bullen würde er zu gegebener Zeit vernichten. Dieser Wagner hatte keinen besonders hohen Stellenwert. Der war sicher kein Grund, die Reihenfolge seines Plans durcheinander zu bringen. Zunächst würde er Erda auf seine Seite bringen. Heute Nacht noch, gleich nachdem er den Nachbarn ihre Einkäufe gebracht hatte. Die dachten ja schließlich, er würde immer noch tagtäglich brav in seine Firma stolpern. Perfekte Tarnung erforderte eben Disziplin. Und eben diese Tarnung brachte ihm verschiedene Vorteile ein. Zum Beispiel die Zweitschlüssel ihres Wagens. Dieses Auto brauchte er heute Nacht dringender denn je.

Der Mann ließ die Ouvertüre zu Rheingold erklingen, während er sich anzog.

Weint nicht mehr, ihr Rheintöchter, das Gold wird euch zurückgegeben.

‚Fürchte dich nicht Erda, ich hole dich und stelle den Urzustand wieder her.

Loge bringt alles wieder in Ordnung.

Spätestens, wenn Wotan besiegt ist, und Wallhall endlich brennt, wirst du verstehen.'

26

Als Hauptkommissar Theobald Wagner zu Fuß an den Herrschaftswald zurückkehrte, stellte er erleichtert fest, dass das Haus der Nachbarin mit heruntergelassenen Rollläden vollends verbarrikadiert dalag. Es war jetzt beinahe halb zehn. Rosalie und Sebbi warteten sprungbereit auf dem Wanderparkplatz unweit der Siedlung. Sollte Wagner tatsächlich Hilfe brauchen, könnte er die beiden mittels Handysignal unauffällig verständigen und sie könnten theoretisch in weniger als drei Minuten über den schmalen Waldweg vor Ort sein.

Rein theoretisch! Offenbar beruhigte diese Tatsache sein Unterbewusstsein nicht im Mindesten. Herzklopfen, Kurzatmigkeit und ein erneut am Rücken klebendes Hemd verrieten seinen Gemütszustand, als er die Tür zum Haus leise und dennoch rechtswidrig mit dem kleinen Werkzeug aus seiner Hosentasche öffnete. Rechtswidrig! Sein unkorrektes Verhalten war derzeit seine geringste Sorge.

Schließlich betrat er in diesem Moment das Reich eines mutmaßlichen Serienmörders!

Da war wohl Schlimmeres zu erwarten, als eine Suspendierung. Die Eingangstür knarrte eine Idee zu laut. Von drinnen strömte ihm eine Mischung von scharfem Putzmittel und Eau de Toilette entgegen. War der Kerl etwa doch zu Hause? Hauptkommissar Wagner schob den Gedanken an ein derart schauriges Worst-Case-Szenario rasch zur Seite. Er musste jetzt unbedingt einen klaren Kopf bewahren. So leise wie möglich schloss Wagner die widerspenstige Tür hinter sich. Nach den ersten Schritten wurde ihm schmerzlich bewusst, dass ein geräuschloses Fortbewegen in diesem Haus unmöglich war. Er schaltete die Taschenlampe ein. Fabelhaft! Ein polierter, uralt anmutender Parkettboden knarrte unter jedem seiner Schritte. Trittschalldämmung kannte man in den Fünfzigern sicher noch nicht, weshalb jede seiner Bewegungen sicherlich im ganzen Haus zu hören sein würde.

‚Er ist nicht hier, er arbeitet lang und kommt nie vor zehn Uhr nach Hause!', versuchte Wagner sich selbst zu beruhigen. Und wenn die Alte von gegenüber nun falsch lag? In diesem Fall dürfte das aufregende Leben des höchst unvorsichtigen Herrn Hauptkommissars von irgendeiner antiken Waffe durchbohrt und mit einem minderwertigen Ring im Enddarm hier und heute ein jähes Ende finden. ‚Quatsch! Geh weiter, Blödmann. Konzentrier dich', befahl er sich schroff. Im Licht der Taschenlampe vermittelte das Haus den Anschein, als wäre es zur Gänze direkt aus den fünfziger Jahren in die Jetzt-Zeit katapultiert worden. Die Möbel in der Diele waren alt, aber perfekt gepflegt. Eine Garderobe aus dunklem Holz hing vereinsamt, ohne Kleidungsstück, Hut oder Schirm daran, an der Wand neben der Tür. Nichts deutete auf eine etwaige Benutzung dieses Möbelstücks oder dessen Eigentümer hin. Die kleine Kommode unterhalb dieses leeren Gerippes war mit einem gehäkelten weißen Deckchen verziert. Wagner richtete den Lichtkegel nach rechts. Die Küche. Alter Linoleumbelag auf dem Boden, weiße Hängeschränke und Unterbauschränke, ein Gasherd, eine alte Keramikspüle. Der Kühlschrank war offensichtlich das einzige Möbelstück jüngeren Datums. Wagner öffnete die Tür. Obst, Salat, Gemüse, Naturjogurt in großen Bechern. Frischhaltedosen mit nicht näher definierbarem Inhalt. Er verzichtete darauf, die Schüsseln zu öffnen. So genau wollte Hauptkommissar Wagner dann doch nicht wissen, was Albert Müller zu Abend aß. Die Alte von gegenüber kochte bestimmt ab und an für den perfekten Herrn Nachbarn. Er schloss den Kühlschrank wieder und verließ die Küche. Rechter Hand lag das Wohnzimmer. Theobald Wagners Augen folgten dem schmalen Lichtschein der Taschenlampe. Auch dieser Raum war ausschließlich mit älteren, sehr gepflegten Möbeln bestückt. An den Wänden hingen diverse Ölgemälde. Plötzlich blieb der Lichtkegel an einem bestimmten Bild hängen. Da war er! Theobald Wagners persönlicher Albtraum. Der allseits gefürchtete röhrende Hirsch auf einer Waldlichtung! Obgleich Albert Müller damals, während ihrer einzigen kurzen Begegnung, kühle und moderne Eleganz ausgestrahlt hatte, schien er sich inmitten all dieser alten Gegenstände sehr wohl zu fühlen. Oder nicht? Alles wirkte auf eine befremdliche Art sehr unpersönlich. Jedenfalls hätte ein Antiquariat bei der Auflösung dieses Domizils gewiss seine helle Freude. Ein so gut erhaltenes Einrichtungsgemisch der fünfziger und sechziger Jahre war selten zu finden. Wagner trat beinahe ehrfürchtig vor einen hölzernen Musikschrank, auf dem eine Vielzahl von Schallplatten stand. Er beugte sich vor. Ausschließlich klassische Musik. Opern, Sinfoniekonzerte, Ballettmusik. Auch von Richard Wagner fanden sich einige

Opern. Parsifal, Tristan und Isolde und die Meistersinger von Nürnberg - aber nicht eine Platte vom Ring des Nibelungen. Was hatte das zu bedeuten? Wagner hielt kurz inne.

Ein plötzliches blechernes Poltern aus nächster Nähe ließ ihn zusammenzucken. Instinktiv drückte Wagner sich mit dem Rücken an die Wand neben der Musiktruhe und versuchte, mit zitternden Fingern das Licht der Taschenlampe zu löschen. Viel zu lange dauerte dieser Versuch. Endlich war das Licht aus. Angestrengt lauschte Wagner jedem Geräusch, solange seine Augen sich langsam an die Dunkelheit gewöhnten. Erneut zuckte er zusammen. Wieder ein Poltern, diesmal nur noch dumpf, ohne den blechernen Nebenton. Die Quelle war schwer auszumachen, denn Wagners Herzschlag war nicht nur an Geschwindigkeit kaum noch zu überbieten, sondern tönte aus tiefstem Inneren lästig an sein Ohr. ‚Ausblenden', befahl er sich selbst und versuchte, leise zu schlucken. Unmöglich! Wagners Mund war trocken wie die Wüste Gobi. Angestrengt versuchte er, sämtliche Sinne zu mobilisieren. Es polterte wieder. Wagner zuckte erneut zusammen. Langsam wurde es lächerlich. In einem Punkt war Hauptkommissar Wagner sich jetzt wenigstens sicher: Das Geräusch kam von draußen. Jetzt, da sein Sehvermögen sich an die Dunkelheit gewöhnt hatte, starrte Wagner angespannt in den Garten hinaus. Dort wogten die dunklen Kiefern am Waldrand sanft im Wind. Vor der großen Glasschiebetür machte er einen Teil der Terrasse aus. Die Sicht auf ihre rechte Seite war jedoch durch einen schmalen Samtvorhang verdeckt. Er musste sich wohl aus seiner Deckung hervorwagen, wenn er den Ursprung des Geräusches orten wollte.

War es Albert Müller, der auf dem Grundstück herumschlich? Hatte er den Eindringling in seinem Haus bereits entdeckt? Wohl kaum. Ein cleverer Kerl wie der würde sicher nicht polternd durch den Garten stolpern, sondern sich viel mehr heimlich anschleichen und... Wieder verbot Theobald Wagner sich diese destruktiven Gedanken. Langsam löste er sich von der Wand und trat möglichst leise auf die Glastür zu. Ein vorbeihuschender Schatten und ein weiteres dumpfes Poltern ließen ihn erneut abrupt inne halten. Im nächsten Moment warf Theobald Wagner sich flach auf den Boden. Sein Herz raste wie ein Hundert-Meter-Sprinter. Er hörte das Blut in seinen Adern rauschen. War es Einbildung? War es das Ende? ‚Reiß dich zusammen! Konzentriere dich auf das Wesentliche!', ermahnte er sich erneut.

Irgendjemand versuchte sich über die Terrasse Zutritt zum Haus zu verschaffen, deshalb musste er schleunigst aufstehen und nach seiner Waffe greifen. Kampflos wollte er sein Leben gewiss nicht lassen. Langsam hob Wagner den Kopf und zuckte im nächsten Moment erneut zusammen. Der Schatten war so schnell wieder verschwunden, wie er gekommen war. Was, zum Teufel, war da draußen los? Als er die Waffe endlich fest im Griff hatte, wurde ihm bewusst, wie peinlich seine Situation war. Hauptkommissar Wagner rollt sich schweißgebadet und beinahe mit voller Hose im Haus eines Serienmörders auf dem Boden herum. Wie einfach wollte er es diesem Scheißkerl eigentlich noch machen? Im nächsten Moment war er auf den Füßen und richtete die Waffe auf die Tür. Der Schatten kam zurück, dann das Poltern. Beinahe hätte er eine Katze durch die geschlossene Scheibe erschossen. Was für ein Held! Völlig ermattet ließ er die Waffe sinken. „Drecksvieh", zischte Wagner. Das Tier sprang vor der Tür offenbar immer wieder an der rechten Wand, die der Terrasse Windschutz bot, empor und landete dann auf dem Boden. Dabei verursachte die Katze ein unfassbar lautes Poltern. Bei der ersten Akrobatiknummer hatte sie offenbar eine Gieskanne umgestoßen, was das blecherne Geräusch verursacht haben musste.

Hauptkommissar Wagner atmete noch einmal tief durch und beerdigte diese Geschichte bei all den anderen Peinlichkeiten, die ihm beim bloßen Gedanken daran die Schamesröte ins Gesicht trieben. Nun konnte er dort wieder eine mehr finden! Bravo! Die schweißnassen Haare aus dem Gesicht streichend, schaltete Wagner seine Taschenlampe wieder ein und schlich in den Flur zurück. Dort war ihm vorhin noch eine weitere Tür aufgefallen.

Sie lag direkt neben einer alten Treppe, deren längeres Ende ins Obergeschoss führte und deren weitaus kürzeres Ende im Untergeschoss endete. Mit immer noch zitternder Hand öffnete er die Tür. Dahinter befand sich ein Jugendzimmer, dass offensichtlich seit Langem unverändert geblieben war. Der Kerl hat tatsächlich seit damals nichts verändert. Nicht einmal sein Kinderzimmer. Ungläubig starrte Theobald Wagner auf das Bett. Die weiße Wäsche darauf machte einen beklemmend sterilen Eindruck. Irgendwie wirkte der Raum wie eine unbenutzte Kulisse. Oder schlief hier tatsächlich ein Serienmörder Nacht für Nacht in seinem Kinderbett? Hauptkommissar Wagner wandte sich dem niedrigen Schrank an der rechten Wand zu und drehte den Schlüssel im Schloss. Die Tür schwang auf und offenbarte etwa ein Dutzend dunkler Anzüge und ebenso viele weiße Hemden. Die zahllosen modernen Krawatten hingen über einem eigens dafür angebrachten Bügel an der Tür.

Wagner stand vor einem Rätsel. Albert Müller lebte in dieser sonderbar altmodisch eingerichteten Behausung und kleidete sich dagegen nach der neuesten Mode. Er erinnerte sich an seine Begegnung mit dem blonden Hünen im Modetempel Westhofen, der Brad Pitt an Attraktivität durchaus in den Schatten stellte. Albert Müller hatte eher wie ein trendbewusster Lebemann mit entsprechend gestyltem Verführer-Loft auf ihn gewirkt. Hatte er in dieses Museum je eine Frau gebracht? Vermutlich nicht. Der Unterschied zwischen Albert Müllers Auftreten und seinem Wohnstil konnte kaum krasser sein. Verwirrt schloss Theobald Wagner Schrank- und Zimmertür und stieg eilig die Treppe empor, um sich auch im ersten Stock genauer umzusehen.

Die Zeit drängte. Wenn die Information der Nachbarin zuverlässig war, kam Albert Müller samstags gegen zweiundzwanzig Uhr nach Hause. Im Obergeschoss des Hauses fand Wagner einen Raum, in dem einzig ein schmaler, leerer Bettrahmen aus Holz stand. Das dürfte das Schlafzimmer der Großeltern gewesen sein. Wohin waren die restlichen Möbel, und vor allem das zweite Bett, verschwunden? Schulterzuckend verließ Wagner das Zimmer und wandte sich der verbleibenden zweiten Tür zu. Hier befand sich, wie erwartet, das Badezimmer. Eine Melange aus Desinfektionsmitteln und Parfum schlug ihm entgegen. Die Taschenlampe tauchte den spartanischen Raum in ein fahles Licht. Wagners Blick folgte dem Lichtkegel der Taschenlampe und blieb plötzlich, wie vom Donner gerührt, am Spiegel gegenüber hängen.

Dieser Spiegel hatte enorme Ausmaße und war von einem üppigen goldenen Rahmen umgeben. In jedem der vier Ecken saß ein kleiner dicker Engel in merkwürdiger Position. Diese rundlichen Putten streckten die Händchen in Richtung Spiegelmitte, als wollten sie dem sich darin Spiegelnden huldigen. In der Mitte des oberen Randes war ein Lorbeerkranz eingearbeitet. Schlichte weiße Fliesen aus den Fünfzigern, unterstützt von Durchlauferhitzer und Heizstrahler desselben Jahrgangs, rangen förmlich mit diesem Imitat aus den Zeiten Louis‘ XIV um die visuelle Vorherrschaft in diesem Raum. Der Betrachter musste zwingend zu dem Resultat gelangen, dass hier einer zuviel war. „Es kann nur einen geben!“ Ein Duell, genau das war es! In dem schlichten Bad wirkte dieses überladene Monstrum beinahe pervers.

„Wenn der morgens in den Spiegel schaut, hat er ernsthaft einen Lorbeerkranz auf dem Kopf! Der Typ ist größenwahnsinnig!“ Wagners Stimme hallte in dem gefliesten Raum lauter als geplant. Die Keramikablagefläche direkt unter dieser Monstrosität war gerammelt voll mit den verschiedensten Düften. Hier drängten sich unter anderem dicht an dicht Flakons von Hugo Boss, Hermes, Dior, Chanel, Lacroix. Die Douglas-Filialen auf den Planken dürften angesichts dieser Vielfalt vor Neid erblassen. Wagner lachte leise, als er einen Flakon von Baldessarini ausleuchtete. „Separates the boys from the Psycho-Killers“ wäre doch ein weitaus interessanterer Slogan als “Separates the boys from the men”.

Leise schloss er die Tür zum Reich der Düfte hinter sich. Wieder nichts! Wagner war frustriert. Sollte dieser Ausflug völlig ohne Ergebnis verlaufen?

Sollte er seine Karriere und sein lausiges Leben für nichts und wieder nichts riskiert haben?

Ein kurzer Blick auf die Uhr verriet, dass er sich beeilen musste, wenn er sich noch im Keller umsehen wollte. Ungeduldig stieß er die Tür am Fuß der Treppe auf. Längst hatte er jede Vorsicht aufgegeben. Dahinter führten raue, unbehandelte Holzstufen ins Untergeschoß. Wagner tadelte sich, weil er den Keller nicht zuerst untersucht hatte. Wenn Albert Müller nun nach Hause kam und ihn dort unten überraschte, saß er in der Falle. Hektisch überprüfte er die Funktionsfähigkeit seines Handys, als er schließlich mitten in dem muffigen Geviert stand.

„Kein Empfang, verdammt!“ Verärgert schaltete er das Deckenlicht ein. Der Keller sah aus wie viele anderen auch. Waschmaschine, Wäscheleinen, ein Regal mit Wein und Konserven und ein maroder Wäscheschrank, in dem alte Mäntel und andere Absonderlichkeiten hingen. Zum Beispiel gestärkte, mit Spitze verzierte Baumwollnachthemden. An der angrenzenden Wand waren alte Spielsachen auf Regalen aufgereiht. Ein Schwert aus Holz, eine Kiste voller Bauklötze, mottenzerfressene Stofftiere. Daneben stand ein Schaukelpferd. Nichts Außergewöhnliches also. Hauptkommissar Wagner beschloss zu gehen. Noch einmal sah er sich auf dem Absatz der Treppe um. Einen Moment lang glaubte er, leise Musik zu hören. Ungläubig schüttelte er den Kopf und ließ dennoch zu, dass die Melodie ihn sanft die Kellertreppe hinaufspülte. Im Erdgeschoss angekommen, fand Wagner sich auch in der Realität wieder. ‚Du hörst in letzter Zeit zuviel Opernmusik. Wird mal wieder Zeit für ein Treffen mit AC/DC.' Ein anderer bohrender Gedanke gewann die jedoch Oberhand. Wenn Albert Müller der Kerl war, den er suchte, wo bewahrte er dann seine Waffen und Requisiten auf, die er an seinen Tatorten hinterließ? Außerdem bedurfte seine Vorgehensweise jedes Mal aufs Neue einer sorgfältigen Vorbereitung.

Das Haus konnte so kurios eingerichtet sein wie es wollte, eine Bestätigung des Verdachts gegen seinen Eigentümer hatte es heute Abend allerdings nicht geliefert. Wagner fragte sich, ob er angesichts seiner Nervosität und der schlechten Lichtverhältnisse vielleicht etwas übersehen hatte? Jedenfalls hatte ihm diese Aktion außer verschwitzter Kleidung und Panikattacken rein gar nichts eingebracht.

Leise zog Wagner die Haustür hinter sich zu. Schnellen Schrittes entfernte er sich vom Grundstück und verschwand schließlich in der Dunkelheit des Waldes, bis er leicht außer Atem auf dem Wanderparkplatz ankam. Rosalie und Menzel standen möglichst zwanglos am Auto angelehnt und unterhielten sich über was auch immer.

Ihre Anspannung flaute spürbar ab, als Wagner auf sie zukam. Erwartungsvoll blickten sie ihn an, doch er schüttelte den Kopf. „Ein merkwürdiges Haus, aber nichts Verdächtiges. So auf die Schnelle. Trotzdem danke für eure Unterstützung. Wir sehen uns Montag, okay?"

„Das war´s jetzt, Boss? Das ist doch nicht dein Ernst! Du warst doch sicher, dass…"

„Bin ich immer noch, Sebbi. Aber ich weiß nach diesem Einbruch nicht mehr, als dass dieser Typ ein Rad ab hat.

Ihr müsstet euch das Haus mal ansehen. Ein Schrein aus den Fünfzigern ist das Ding. Er lebt dort wie damals als Kind. Schläft offenbar sogar in seinem alten Kinderbett. Aber deshalb kann ich ihn wohl kaum belangen." Wagner machte eine Pause und lachte bitter. „Albert Müller, Sie sind verhaftet wegen Ihres merkwürdigen Einrichtungsstils!" Rosalie grinste. „Wir müssen da noch mal offiziell rein. Der Kerl ist unser Mann. Keine Frage! Aber so auf die Schnelle habe ich nichts gefunden. Hätte ich mir eigentlich gleich denken können! Der Typ ist viel zu clever, als dass er irgendwelche Indizien im Wohnzimmer bunkern würde! Geht jetzt nach Hause. Wir kommen wieder mit Durchsuchungsbefehl und dann stellen wir die Bude auf den Kopf! Auf jeden Fall habt ihr was gut bei mir!"

Die drei nahmen Abschied voneinander, ohne sich auch nur zu bemühen, ihre Enttäuschung zu verbergen. Auf seinem Weg nach Hause rief Hauptkommissar Wagner bei Elle an, obgleich es schon sehr spät war. Erwartungsgemäß ging sie nicht ans Telefon.

Zu gerne hätte er mit ihr gesprochen! Das musste jetzt leider bis Sonntagmittag warten. Sie waren ohnehin zum Mittagessen verabredet. Wagner hatte Elle tatsächlich dazu überreden können, sich zum Essen einladen zu lassen. Er fand einen Parkplatz direkt vor seiner Haustür.

Das war selten genug, kam heute aber gerade richtig. Nach einer ausgiebigen Dusche und einem Schluck Scotch on the rocks fiel er mit wild durcheinander wirbelnden Gedanken ins Bett. Es waren eben diese Gedanken, die ihn dann schnell in den Schlaf trugen.

Er träumte von Albert Müller, Elle und einem Hirsch auf einer Waldeslichtung. Elle lief in ein weißes Baumwollnachthemd gehüllt in merkwürdigen Kreisen und mit wild fuchtelnden Armen um das Tier herum, das einfach nur still dastand. Sie schrie angestrengt ohne dabei tatsächlich ein Geräusch von sich zu geben. An ihren Schläfen platzten Adern, und Blut strömte über ihre Wangen. Dann trat Albert Müller aus der Dunkelheit des Waldes auf die Lichtung und ging mit festem Schritt auf den Hirsch zu. Elle verblasste zusehends in dieser Szenerie, bis sie nur noch eine geisterhafte Gestalt war und hilflos zusah, wie Albert Müller den Hirsch zu Boden drückte und in seinen kraftvollen Armen erwürgte.

27

‚Komm Erda, schlaf noch ein wenig! Du musst deine Kräfte schonen, damit du später bereit bist, Wotans Ende beizuwohnen, und um die vernichtenden Flammen, die ich Wallhall schicken werde, bewundern zu können. Ja, es ist wahr! Du allein darfst dabei sein, bevor du den ewigen Schlaf empfängst. So erfüllt jeder von uns sein Schicksal. Ich erfülle das meine und du das deine, Erda! Das sind wir der Welt schuldig!' Albert Müller wandte sich rasch von der schlafenden Frau ab und nahm am Klavier Platz. Leise, beinahe ehrfürchtig, begann er die für Erda symbolischen Melodien zu spielen. Der Meister hatte, so schien es ihm, besonders viel Feingefühl in diesen wichtigen Teil seiner Komposition gelegt.

Unter der Schönheit dieser Melancholie krümmte sich der Körper des Mannes.

Mit schmerzverzerrter Miene sah er zur Decke hinauf. Er konnte sich nicht gegen die in ihm aufsteigenden Bilder wehren. Er musste sie zulassen. Die Polizei war in seinem Haus gewesen und er selbst hatte es tatenlos geschehen lassen! Er war darauf nicht vorbereitet gewesen! Dieser dumme Bulle! Welche Dinge oder Möbelstücke hatte er im Haus berührt? War er im Kinderzimmer gestanden? Hatte er sich vielleicht sogar auf das Bett gesetzt? Neben blanker Wut stieg Übelkeit in Albert Müller empor. Wie sehr er diesen nutzlosen Bullen verabscheute. Wusste dieser Narr überhaupt, welche Ehre im zuteil wurde, jenen großen Namen tragen zu dürfen?

Wagner! War diesem Narren klar, wer Erda war? Wohl kaum! Dem Bullen fehlte es dafür schlicht an der nötigen Tiefgründigkeit!‚Du kennst sie besser, Loge! Besser als irgendein Anderer! Erda!‘ Albert Müller unterbrach sein Klavierspiel, lachte laut auf und blickte zu der bewusstlosen Frau auf der Recamière hinüber. Elsbeth Winklers Gesichtszüge waren entspannt. Sie schlief einen tiefen Schlaf, so wie er es für sie vorgesehen hatte. Nachdenklich saß Albert Müller mit hängenden Schultern und leerem Blick auf dem Klavierhocker. Ihm war schon bei der ersten Begegnung mit dieser Frau bewusst gewesen, dass sie eine ganz Besondere war. Niemals zuvor war ihm jemand dieses Formats begegnet. Zunächst war Albert Müller zutiefst eingeschüchtert gewesen. Sie hatte Erdas Reinheit und Weisheit. Er selbst befand sich zu diesem Zeitpunkt erst am Anfang seiner Metamorphose. Daran hatte es gelegen. Heute konnte Loge Erda auf Augenhöhe begegnen.

Unwillkürlich musste er grinsen. Natürlich wusste dieser Barbar von Bulle nichts von ihrer Bedeutung. Woher auch? Dazu war schon ein besonderes Feingefühl vonnöten.

Selbst die klügsten Köpfe in Erdas Umkreis hatten diese spezielle Aura nie wahrgenommen.

Er, der Bastard Albert, schien tatsächlich der Einzige zu sein, dem ihr Rang bekannt war. Diese besondere Auffassungsgabe muss mit seiner besonderen Bestimmung zusammenhängen. Seit Loge in ihm immer stärker geworden war, sah er die komplexesten Zusammenhänge klarer.

Erda war sich ihrer großen Macht offenbar selbst nicht bewusst, denn niemals hätte sie ihre Kräfte absichtlich für fehlgeleitete Interessen missbraucht. Dies war absolut gegen ihre Natur. Erda hatte Loge hinter seiner Maske nicht erkannt. Zu gut hatte er seine Motive getarnt. So gut, dass nicht einmal die Erdenmutter Erda diese durchschauen konnte. Die Metamorphose war somit abgeschlossen. Nun war er ganz Loge, das würde Erda in Kürze auch begreifen. Jetzt, da sie in seinen Plänen eine feste Größe eingenommen hatte. Da Erda jetzt auf seiner Seite stand, würde sie seine Motive gut heißen und ihn nicht mehr derart in Gefahr bringen. Sie hatte diesem Theobald Wagner den Weg zu ihm verraten. Nicht einmal geleugnet hatte sie diesen Verrat.

Albert Müller hatte sie unverzüglich zu sich geholt, nachdem dieser Mistkerl sein Haus endlich wieder verlassen hatte. Er lachte kurz auf. Ratlos musste der Bulle durch dieses ihm so verhasste Haus geschlichen sein, rein gar nichts findend und noch weniger begreifend!

Das Versteck hatte dieses Spatzenhirn natürlich nicht finden können. Der Zugang im Keller war zu perfekt getarnt. Der Bulle hätte die ollen Klamotten der Großmutter zur Seite schieben müssen, um den Mechanismus zum Bewegen der Rückwand des Wäscheschrankes finden zu können. Das allerdings überstieg eindeutig den Horizont dieses Tölpels, seine beschränkte Vorstellungskraft. Albert Müller stoppte sein Klavierspiel und strich mit der rechten Hand über die abgegriffenen Tasten.

Nur einige wenige Möbelstücke hatten den Weg aus dem Haus in seinen Unterschlupf gefunden. Beispielsweise das

Klavier des alten Hurenbocks, wie er den Großvater immer noch zu nennen pflegte. Mit diesem schweren Holzdeckel hatte der Alte die Finger des Kindes stets malträtiert. Immer, wenn Albert es wieder einmal an der nötigen Disziplin gefehlt hatte. Der Mann rieb sich unwillkürlich die Knöchel seiner Hände, als würden sie beim Gedanken an diese Marter schmerzen. Tränen waren damals verboten gewesen. Heute verbot er sie sich selbst. Albert Müller hob den Kopf und sah sich in seinem Reich um. Da waren das Bett und auch die Recamière der Großmutter, auf der Elsbeth Winkler nun betäubt und gefesselt lag. Erda durfte darauf liegen.

Es schien beinahe, als sei dieses filigrane Möbelstück mit hölzernen Löwentatzen einzig für die Erdenmutter gemacht worden. Albert Müller schloss vorsichtig den Klavierdeckel und betätigte seine Stereoanlage. Es verging kein Tag, an dem nicht die alten Schallplatten des Großvaters hier unten gespielt wurden. Heute war es Zeit für des Meisters Götterdämmerung. Wotan musste früher sterben als geplant. Der Bulle war ihm schon zu nahe gekommen. Dennoch kein Grund zur Sorge. Es war bereits seit Wochen alles vorbereitet. Es bedurfte nur einer kleinen Änderung des Plans. Er musste heute Nacht das Auto der Nachbarn benutzen, weil er Erda unbedingt mit sich nehmen wollte. Sie sollte seinen Triumph über Wotan miterleben. Sie sollte erleben, wie Loge mit Vertragsbrechern verfuhr. Das Auto parkte heute Nacht auf dem Wanderparkplatz.

Albert Müller hatte seinen eigenen Schlüssel für den alten Kombi. Das Vertrauen der naiven Nachbarn von gegenüber hatte er sich dank seiner großartigen Maske Stück für

Stück erschlichen. Einkäufe aller Art erledigte er damit für sie. Ha! Der perfekte Nachbar! Die perfekte Tarnung! Nie hatte er es allerdings in Erwägung gezogen, einen Führerschein zu machen. Wozu sollte das auch gut sein? Er fuhr auch ohne dieses Stück Papier exzellent.

Der Führerschein war nur ein weiteres Organ zur Überwachung der menschlichen Individuen. Loge stand jenseits dieses Systems, das würde bald auch dem letzten Beamten klar werden. In nur wenigen Stunden würde er Erda durch den geheimen Gang führen und mit ihr unweit des Parkplatzes aus dem Dickicht des Waldes emporsteigen, um seiner Bestimmung wieder ein Stück näher zu kommen. Dieser schmale Durchlass, der vom Keller des Hauses unter dem Waldboden entlang führte, war ein verdammt hartes Stück Arbeit gewesen.

Hart aber notwendig! Die Nachbarn in der Siedlung registrierten jeden einzelnen Schritt des anderen. Es war für ihn stets ein großer Spaß gewesen, seine Umgebung zum Narren zu halten. Dieser Gang ermöglichte ihm ein unbeobachtetes Verlassen des Hauses und ein ebenso unauffälliges Heimkehren. Die jahrelange harte Arbeit an dem Gang hatte ihm zudem gut getan. In der frischen Erde des Waldes schuftend, Wurzeln ausgrabend und Erdreich abtragend hatte er den Sandboden des Käfertaler Waldes nach und nach hinter Brettern und Balken verschwinden lassen und damit die Statik der Decken und Wände sukzessive sicher gestellt. An all dem war er mit der Zeit gewachsen, getrieben vom Gedanken, niemand dürfe je sein Leben kontrollieren.

Es war Zeit, sich auf das Ende der Götterherrschaft vorzubereiten. Erda musste halb wachend, halb schlafend dabei sein. So war es für sie vorgesehen. Die Betäubung war ohnedies zu ihrem eigenen Schutz. Tagträume waren ihr vertraut, schließlich gewann sie aus ihnen all ihre Weisheit. Die unverzerrte Realität würde Erda nur erschrecken.

Dafür war ausschließlich er selbst zuständig! Loge, Gott des Feuers! Mit Erdas Zustimmung hatte er nun nichts mehr zu befürchten. Alles war perfekt! Doch bevor er sich Wotan zuwenden konnte, musste diesem tumben Bullen noch eine Lektion erteilt werden.

Nein, das konnte jetzt nicht warten! ‚Komm Erda, lass uns gehen.

Unser gemeinsames Ziel ist nah!‘

28

Mit einem Schlag war Hauptkommissar Wagner hellwach. Hektisch sah er sich um.

Offenbar war er halb sitzend, halb liegend an die Polsterlehne seines Bettes angelehnt eingeschlafen. Hatte er sich die ganze Nacht nicht bewegt? Die letzten Tropfen Scotch waren in die Bettdecke gesickert, das Glas kullerte bei jeder Bewegung Wagners sanft hin und her. Na prima! Hauptkommissar Wagner blickte auf den Wecker. Es war bereits kurz nach halb zehn, keine Zeit um die Betten neu zu überziehen. Das bizarre Traumbild der stetig verblassenden Elle neben dem starken Hirsch, der unter der Gewalt Albert Müllers langsam und qualvoll gestorben war, war für alle Zeit in sein Unterbewusstsein eingebrannt.

Was sollte dieser Traum bedeuten? Und warum, zum Teufel, beunruhigte dieser ihn so sehr, da doch merkwürdige Traumbilder zu seinem Leben gehörten, seit er beim Morddezernat arbeitete? War es wegen Elle? War sie in Gefahr? Absurd! Noch im Bett sitzend griff er nach dem Handy und wählte ihre Nummer. Sie ging auch heute Morgen nicht ans Telefon. Eine neue Welle der Unruhe stieg in ihm empor. Körper und Unterbewusstsein waren in höchster Alarmbereitschaft. Dieser Zustand trieb ihn unter die Dusche, in seine Kleider und ohne Kaffee aus der Wohnung. Er war für halb eins mit Elle verabredet, wenn er jetzt beinahe zwei Stunden zu früh bei ihr auftauchte, was machte das schon?

Die nun folgenden Ereignisse erlebte er wie in Trance. Unerklärlicherweise führte ihn der Weg heute Morgen direkt zum Briefkasten. Wagner wühlte in dem üblichen Durcheinander der Werbeprospekte verschiedener Supermärkte. Was war nur mit ihm los? Er leerte den Briefkasten normalerweise frühestens beim Heimkehren! Plötzlich spürte er im Papierwust einen festen Gegenstand zwischen den Fingern - eine Kassette. Wagner entzifferte die Blockschrift auf dem Tape:

ERDA- DIE WELTSEELE.

Erda! Dieser Name sagte ihm etwas! Oder bildete er sich das bloß ein? War diese Erda nicht eine Figur aus dem Ring des Nibelungen? War dieses Tonband etwa eine Nachricht des Serienkillers an ihn persönlich? Und wenn ja, woher kannte dieser Drecksack seine Adresse? Es durchfuhr ihn eiskalt, als er sich jene Nacht in Erinnerung rief, in der er sich auf dem Heimweg von Elle so unbehaglich gefühlt hatte. Mühsam versuchte er die Eindrücke von damals wiederzubeleben. Ständig hatte er sich, in dem festen Glauben jemand würde ihn verfolgen, umgedreht. War dieses Unbehagen damals tatsächlich begründet und all die Geräusche und Schatten keine Einbildung gewesen? Hatte Albert Müller vor Elles Wohnung gewartet, um ihm dann bis nach Hause zu folgen? Zweimal insgesamt hatte Wagner beim Verlassen des Hauses in der Sophienstraße dieses beklemmende Gefühl gehabt!

Der Scheißkerl hatte ihn beobachtet! Woher wusste er von seinem Kontakt zu Elsbeth Winkler? Wieso wusste Albert Müller überhaupt, wo Elle wohnte? Scheiße! Elle war in Gefahr! Oder drehte er jetzt endgültig durch?

Elle musste ihm schnellstens erklären, wer diese Erda war! Oder war am Ende sie selbst diese Erda in dem kranken Spiel, das der Mörder spielte? Wenn Albert Müller sie als einen Teil des Rings betrachtete, war Elle in höchster Gefahr! Theobald Wagner schoss auf sein Auto zu, und nestelte in seiner Jackentasche nach dem Handy. Wahlwiederholung! Elsbeth Winkler ging immer noch nicht ans Telefon! Scheiße! Hektisch startete er den Motor, feuerte die Kassette aus dem Recorder auf die Rückbank und rammte das mysteriöse Tape ungeduldig in die dafür vorgesehene Öffnung. Was Wagner nun zu hören bekam, verwirrte ihn noch mehr. Die amateurhafte Aufnahme eines Klavierkonzertes, das trotz der miesen Qualität des Bandes sanft und melodisch klang. Mit pochenden Schläfen und rasendem Herz fuhr Wagner durch die Straßen zu Elles Wohnung. Alle Zeichen standen auf Sturm. Der Klang dieser Musik verstärkte das ohnehin schon drängende Gefühl, dass Elle etwas zugestoßen war. In der Sophienstraße angekommen, klingelte Hauptkommissar Wagner ohne zu zögern Sturm, wie er es in seiner Kindheit gern getan hatte. Elle öffnete nicht. Gerade wollte er systematisch alle Knöpfe durchprobieren, als eine Frau aus der Tür trat. „Wo wollen Sie denn so eilig hin, junger Mann?“ Die Dame war etwa in Elles Alter. „Ich muss unbedingt mit Elle, ähm… ich meine mit Frau Winkler sprechen. Wissen Sie vielleicht, wo sie sein könnte?“ Die Frau schüttelte den Kopf. „Sind Sie Theo?“ Verdutzt sah Wagner sie an. „Ja, aber wie…?“ Die Dame lächelte wissend. „Elle und ich sind seit Ewigkeiten befreundet, junger Mann! Sie wurden mir in allen Einzelheiten beschrieben. Und wenn ich das sagen darf… Sie hat nicht übertrieben!“ Anerkennend musterte sie ihn von Kopf bis Fuß. „Wir erzählen uns eben alles. Elle kann sie gut leiden, junger Mann. Wir treffen uns regelmäßig zum Kaffeetrinken. Heute hat sie mich aber versetzt. Ist eigentlich eher untypisch für sie! Den Grund erzählt sie mir sicher noch. Wagner fuhr sich mit beiden Händen durchs Haar.

‚Er hat sie! Oh, meine Gott! Er hat Elle! Denk nach, Theo!‘

Überrascht von dem immensen Schmerz der Vorstellung, Elle könnte etwas zugestoßen sein, war er kaum zu einem vernünftigen Gedanken fähig.

Die Augen der kleinen Dame durchbohrten ihn. „Ich habe einen Schlüssel zu ihrer Wohnung. Für alle Fälle. Langsam mache ich mir wirklich Sorgen, junger Mann. „Sollen wir nachsehen?“ Ist Elle etwas zugestoßen? ‚Vielleicht liegt sie tot in ihrer Wohnung‘, dachte Wagner unwillkürlich. „Nein, nein. Es ist wohl meine Schuld, dass Elle Sie versetzt hat. Wir haben letzte Nacht sehr lange über Richard Wagner diskutiert. Sie hat sicher nur verschlafen. Ich wollte heute ihre Meinung zu diesem Schriftstück hier hören, das ich gestern Abend bedauerlicherweise nicht dabei hatte.“ Wagner zog blitzschnell einen Umschlag der Stadtwerke aus seiner Jackeninnentasche und wedelte kurz damit herum.

Vermutlich enthielt der Umschlag die neueste Stromerhöhung, die, wie immer pünktlich zum Wochenende, zusammen mit der mysteriösen Kassette in seinem Briefkasten gelegen hatte. Schnell verbarg er den Umschlag wieder vor den neugierigen Augen in seiner Tasche. „Ja dann…

Viel Glück, junger Mann! Und richten Sie Elle aus, dass sie sich eine hübsche Wiedergutmachung einfallen lassen soll!“ Mit diesen Worten nahm sie ihren unterbrochenen Weg in Richtung Stadtzentrum wieder auf. „Das wird sie“, faselte Wagner leise vor sich hin. Als die Tür ins Schloss gefallen war, stürmte er wie besessen die Treppen hinauf. Einen Moment lang hatte er darüber nachgedacht, die alte Dame um den Schlüssel zu bitten, war dann aber schnell wieder davon abgekommen. Er wusste selbstverständlich wie man verschlossene Türen öffnete, und die Nachbarin im Schlepptau konnte er jetzt wahrlich nicht gebrauchen. Klack! Das Schloss war offen.

„Lieber Gott, lass sie am Leben sein.“ Wagner schickte ein Stoßgebet gen Himmel, als er bereits im Flur der Wohnung stand. „Elle? Sind Sie da?“ Stille. Er lief durch die Küche, öffnete das Badezimmer. Keine Spur von Elle. Auch im Wohnzimmer mit der angeschlossenen Bibliothek und im Esszimmer war keine Spur von ihr. Sein Herz klopfte schon wieder bis zum Hals, als er ungeniert die Schlafzimmertür aufriss. Leise spielte der Radiowecker das Sonntagsprogramm ab. Das Bett war unberührt.

Panik machte sich in Theobald Wagner breit. Er musste die genaue Bedeutung von Erda im Ring des Nibelungen erfahren. Nur so konnte er herausfinden, welche Bedeutung der Killer Elle beimaß. Wenn sie mit Erda gleichzusetzen war, musste Albert Müller etwas Besonderes mit ihr vorhaben, andernfalls hätte er sie in ihrer Wohnung töten können, so wie alle anderen Opfer auch. Die Antwort lag im Ring.

In Elsbeth Winklers Bibliothek hoffte er fündig zu werden. Aus dem Augenwinkel sah Wagner die Lichter der

Stereoanlage hinter den Milchglastüren leuchten. Vor dem Sofa lag ein Kopfhörer auf dem Boden. Elle hörte ihre geliebte Musik mit Rücksicht auf die Nachbarschaft oft über Kopfhörer. Das hatte sie ihm erzählt. Auf dem Tisch stand ein halbvolles Glas Rotwein.

„Dieser Scheißkerl hatte leichtes Spiel! Sie hat ihn nicht einmal kommen hören!“ Tränen des Zorns stiegen Theobald Wagner in die Augen. Sofort ermahnte er sich selbst. ‚Konzentration! Es war noch nicht zu spät! Die Literatur!‘ Wer war Erda und welche Rolle spielte sie im Ring des Nibelungen?

Mit dieser Frage im Kopf versuchte Wagner, in Elles reichgefüllter Bibliothek das richtige Buch zu finden. Er hatte keine Zeit, wahllos in allen Büchern zu blättern. Elle hatte keine Zeit! Wagner griff nach einem Buch, dessen Titel *Who´s who in der Oper* lautete. Die Charaktere verschiedenster Opern waren hier alphabetisch sortiert. Er blätterte sich über Don Giovanni und Elektra hin zu Erda… Eine Figur aus dem Ring des Nibelungen! „Wenn sie im Rheingold auf die Bühne tritt, atmet die Musik mit einem Male ruhiger.“ Theobald Wagner murmelte die Worte sich hin, während er die Zeilen überflog. Dann stutzte er kurz. Im nächsten Absatz fand sich die Erklärung für alles. „Schlafend und träumend nimmt Erda den Weltenlauf wahr. Doch klinkt sie sich ein, wenn alles auf dem Spiel steht. Eine solche Zeitenwende droht, als Wotan auf Alberichs verfluchten Ring nicht verzichten will. Die Weltordnung würde unter die korrumpierende Macht des Ringes fallen, und so mahnt Erda, den Göttern ihr Ende vorhersagend, Wotan zum Verzicht.“[2]

Hauptkommissar Wagner ließ das Buch sinken. „Ach du Scheiße. Der Typ holt sich Erda zu Hilfe!“ Elle hatte gesagt, dass Albert Müller sich vermutlich für Loge halten dürfte, der die Weltordnung wiederherstellen will. Wagners Schläfen begannen zu pochen. „Er hat Elle entführt, weil er sie für seine Verbündete hält. Er muss ja stocksauer sein, dass sie der Polizei bei der Ermittlungsarbeit geholfen hat!“ Seine Hand zitterte, als er das Buch wieder aufnahm, um weiter zu lesen. Er musste unbedingt herausfinden, welches Schicksal Erda im Ring des Nibelungen erwartete. Angespannt flog er über den nächsten Absatz. „Aber nur das dritte und letzte Treffen von Erda und Wotan erlebt der Zuschauer mit: in Siegfried. Wieder eine Zeitenwende - Wotan erweckt Erda und kündigt ihr das Ende seiner Herrschaft an, die er auf Brünhilde und Siegfried übergehen sieht. … Zeigt sich Erda über die jüngst zurückliegenden Ereignisse verstört, so hüllt sie sich mit Blick auf die Zukunft in vielsagendes Schweigen - für immer.“[3]

Theoblad Wagner schloss die Augen. Erda stirbt! Was ist mit Elle? Hat dieser übergeschnappte Psychopath sie in sein Haus gebracht? Wenn Elle schon gestern Abend dort versteckt gewesen war, dann musste er irgendetwas übersehen haben. Eine versteckte Tür oder etwas Ähnliches vielleicht. Gerade wollte Theobald Wagner nach seinem Han-

---

[2] aus Who´s who in der Oper, Marix-Verlag, Wiesbaden 2007.

[3] ebd.

dy greifen, da ertönte „Freude schöner Götterfunken". Lutz Hartmann rief an. Endlich! „Lutz, verdammt noch mal, warum meldest du dich jetzt erst? Ich brauche dringend diesen beschissenen Durchsuchungsbefehl. Es ist was passiert. Hast du es hingekriegt?" „Es ist in der Tat was passiert, unser Psychopath hat wieder zugeschlagen. Du weißt schon Bescheid?" Wagner setzte sich augenblicklich hin. Elle! Er war zu spät gekommen. Tränen füllten seine Augen. Mühevoll kontrollierte er seine Stimme beim Sprechen: „Wer hat sie gefunden, Lutz. Und wo?" „Bist du erkältet? Du klingst so verschnupft, Theo." Ohne eine Antwort abzuwarten, sprach Lutz Hartmann weiter. „Was war das jetzt eigentlich für eine blöde Frage? Wo werden wir sie wohl gefunden haben? In der eigenen Wohnung natürlich, wie immer. Gefunden hat die Leiche diesmal die Ehefrau. Das war sicherlich kein Spaß. Der Mann war ziemlich übel zugerichtet. Dein Killer hat ihm ein Auge ausgestochen. Das ist übrigens unauf-find-bar." Lutz Hartmann betonte jede Silbe einzeln. „Die Spurensicherung sucht zwar fleißig danach, aber das kann dauern. Ach ja, dieses Mal hat er sein Opfer mit einer Art Wanderstock erstochen. Offenbar ein ziemlich unappetitlicher Anblick. Jedenfalls musst du sofort hinfahren. Hast du die Adresse?" Wagner lachte kurz auf. „Scheiße, Lutz. Ich dachte, er hätte sich über jemand anderen hergemacht." Hauptkommissar Wagner hätte schreien können, vor lauter Erleichterung. Es war nicht Elles toter Körper, der gefunden worden war.

„Bist du jetzt völlig durchgedreht? Mensch, Theo, wir müssen dieses Monster kriegen. Der entwickelt sich langsam zum Massenmörder. Die Presse lässt ohnehin kein gutes Haar mehr an uns. Wenn die Schmierfinken das mit Konrad Scheffer hören, zerreißen sie uns in der Luft." Lutz Hartmann atmete tief durch. „Deinem Psychokiller scheint die Fantasie von alleine wohl nicht auszugehen. Du musst ihn stoppen, oder ich nehme dir den Fall weg - und dann bist du erledigt!" „Konrad Scheffer? Ist das nicht dieser Politiker, der in verschiedene Korruptionsverfahren verwickelt war, und sich immer wieder auf wundersame Weise herausgewunden hat?" „Schön langsam. Ihm konnte nie etwas nachgewiesen werden, und..."

„Sag ich doch. Jetzt hör mir doch einmal zu." Jetzt war es an Hauptkommissar Wagner, tief durchzuatmen. „Der Scheffer ist der Wotan unseres Mörders und er ist der höchste unter den Göttern. Danach gibt es keine Steigerung mehr. Hättest du mir gestern diesen beschissenen Haftbefehl besorgt, wäre Scheffer vermutlich heute noch am Leben. Aber du warst ja nicht zu erreichen!" Wagner rang um Luft. „Ich war bis gestern Nacht auf diesem Kongress. Dann hättest du halt selbst mal..." Theobald Wagner unterbrach seinen Chef ungeduldig: „Das ging nicht. Ich habe zu wenig in der Hand, und bin leider nicht mit soviel... Feingefühl ausgestattet wie du. Aber ich weiß, wer er ist. Und es brennt jetzt. Er hat Elle."

„Wer ist es? Und wer verdammt noch mal ist Elle?" Argwohn schwang in Hartmanns Stimme mit. „Wir haben wenig Zeit. Elle ist in Gefahr. Das ist die Dame, die uns auf die Nibelungentheorie gebracht hat. Der Mann, den wir suchen, heißt Albert Müller. Er arbeitet in Westhofens Modetempel. Du erinnerst dich an das erste Opfer?" Verschnaufpause.

„Kurz nach dessen Tod ist Müller verschwunden. In Urlaub! Interessant was? Und... Elsbeth Winkler kennt den Mann aus dem Wagnerfreundeskreis und aus dem Nationaltheater. Aus irgendeinem Grund spielt sie eine wichtige Rolle in seinem größenwahnsinnigen Spiel. Er hat wohl herausgefunden, dass sie sich mit uns in Verbindung gesetzt hat, und hat sie gestern entführt. Sie schwebt in Lebensgefahr, Lutz. Wotan ist tot. Was soll da noch kommen?" Wagner schnappte nach Luft. Er hatte so schnell gesprochen, dass er kaum Zeit zum Atmen hatte. Hartmann schwieg. „Schick Rosalie oder Menzel zum Tatort, oder noch besser alle beide. Die kennen den Fall ebenso gut wie ich. Besorg mir diesen beschissenen Durchsuchungsbefehl, damit ich wenigstens Elle retten kann." „Ich habe zwar kein Wort von deinem irren Gefasel verstanden, aber gut. Du kriegst deinen Durchsuchungsbefehl. Sorge dafür, dass es nicht dein letzter ist!" Lutz Hartmann machte eine seiner theatralischen Denkpausen. „Du weißt ja, das kann jetzt ein bisschen dauern. Ich habe allerdings das Gefühl, dass dieser Größenwahnsinnige nicht einfach aufhört, nur weil sein - wie hieß der Kerl gleich - ach ja, Wotan nun hinüber ist. Solche Durchgeknallten hören nie auf, wenn man ihnen nicht das Handwerk legt. Also, erzähl mal, wie endet diese Opern-Nummer eigentlich?" Wagner presste seine Zähne aufeinander. Es kostete ihn einige Beherrschung, nicht ausfallend zu werden. „Elle hat keine Zeit, um auf irgendwelchen Papierkrieg zu warten. In fünf Minuten rufe ich dich noch mal an. Dann kann ich dir sagen, wie die Götterdämmerung endet. Ich bin mir diesbezüglich nicht ganz sicher, habe aber ausreichend Fachliteratur da." Wagner legte auf, ohne eine Antwort abzuwarten, und stürmte wieder auf die Regale zu. Irgendetwas war am Ende des Opernzyklus mit Walhall, dem Sitz der Götter, geschehen.

Und bekamen nicht die Rheintöchter den Ring zurück, oder so ähnlich? Es waren einfach zu viele Bücher. Wahllos griff er eines heraus, ohne auf den Titel zu achten. Volltreffer! Das Buch war nach den vier Opern innerhalb des Zyklus aufgegliedert.

„Selig sind die geistig Armen“, murmelte Wagner leise, während er die Seiten durch seine Finger fliegen ließ. Im letzten Teil des Buches wurde er fündig. Der Feuergott Loge, der während des ganzen Opernzyklus die Wiederherstellung des Urzustandes im Sinn hat, lässt Walhall in Flammen aufgehen und vernichtet somit den Sitz der Götter.

Die Rheintöchter haben ihr Gold wieder. Das Ende der Weltherrschaft der Götter ist herbeigeführt. Die Vertragsbrecher entmachtet. Ein neues Zeitalter kann beginnen.

Theobald Wagner ließ das Buch langsam sinken. ‚Wenn er tatsächlich etwas dieser Dimension vorhat, ist der Typ noch größenwahnsinniger als ich dachte.‘

Er lehnte sich mit dem Rücken an das Bücherregal und versuchte, einen klaren Gedanken zu fassen. ‚Was hast du jetzt vor, Albert Müller? Was machst du als Nächstes, vielleicht etwas Großes, Finales, Endgültiges? Was hat Erda damit zu tun?‘ Theobald Wagner riss die Augen auf. Na, klar! Er will Wallhall zerstören und somit Erdas Prophezeiung erfüllen und dann - erst dann tötet er sie!

Unter dem aufkommenden Zorn bebte sein Körper. ‚Komm schon! Was ist dein Wallhall, Loge? Sprich mit mir!‘ Theobald Wagners Hände krampften in seinen Locken. Es schmerzte, und das war genau richtig in diesem Moment. Das Rathaus etwa? Eines der großen Firmengelände im Rhein-Neckar-Gebiet? Absurd, die waren zu gut bewacht! Andererseits war vielleicht gerade dies eine würdige Herausforderung. Der Typ hielt sich immerhin für einen Feuergott! Die Gedanken rasten unaufhaltsam und wirr durch Wagners Kopf. Was für Ziele gab es da noch? Irgendeine der bekannteren Kirchen im Stadtgebiet? Eine der größeren Bankfilialen? Großer Gott. Die Möglichkeiten waren unbegrenzt. Wagner stellte sich die Frage, wie er an Müllers Stelle vorgehen würde.

Bomben per Fernzünder? Selbstmordattentat? Feuerinferno? Und…war diese finale Aktion bereits im Gange? Hatte er Elle bei sich?

Wagner rief seinen Chef nochmals an. „Lass hören“, war Lutz Hartmanns knappe Botschaft.

Hauptkommissar Wagner räusperte sich. „Was soll ich sagen? Am Ende dieses Opernzyklus herrscht im wahrsten Sinne des Wortes Weltuntergangsstimmung. Bevor die Welt sich sozusagen gesundet und erneuert, wird das Ende der Götterherrschaft und die Zerstörung ihres Machtzentrums Wallhall initiiert. Wenn sich unser Opernfreund eng ans Libretto hält, dürfte ein bestimmtes Gebäude, das für ihn eine große Rolle spielt, sein finales Ziel sein. Dabei wird er aus dramaturgischen Gründen als Feuergott auf die Mitwirkung von reichlich Flammen und Rauch vermutlich großen Wert legen.“

Wie unangebracht der offene Zynismus in diesem letzten Satz war, fiel Theobald Wagner erst auf, als alles bereits gesagt war. Offenbar war Hartmann ohnehin mit anderen Schwerpunkten des knappen Berichts beschäftigt, denn er fuhr Wagner zornig an: „Hättest du eventuell die Güte, mir mitzuteilen, welches Gebäude das Ziel deines Irren sein soll? In dieser Stadt gibt es mehr als zwei in Frage kommende Bauten.“ Wagner kniff die Augen zusammen, um sich zu beherrschen, während sein Chef fortfuhr:„Und was ist, wenn du mit deinem Verdächtigen und dieser Operndrehbuchtheorie vollkommen falsch liegst?“ Jetzt war es soweit, Wagner platze der Kragen. Diese ständige Taktiererei seines Chefs kostete ihn nicht nur den letzten Nerven sondern vor allem Zeit. Zeit, die Elle nicht mehr hatte!

„Ich bin mir absolut sicher, dass ich bei Albert Müller richtig liege. Allerdings weiß ich nicht, welches immens wichtige Gebäude sich dieser beschissene Psychopath ausgesucht hat! Vielleicht will er auch die ganze Stadt anzünden! Wäre ja nicht der erste Wahnsinnige mit so einer Idee!“ Theobald Wagner schwieg einen Moment. „Wir können in dieser Richtung nicht viel tun. Wenn du willst, lass verstärkt Streife fahren. Die sollen sich auf historische und moderne Symbole der Macht konzentrieren und dabei die bedeutenderen Kirchen nicht vergessen. Gib den großen Konzernen Bescheid, sie sollen ihre Wachmannschaften verstärken und schärfere Einlasskontrollen durchführen.“ Wagner sprach hastig weiter, damit Hartmann gar nicht erst die Gelegenheit bekam, ihm ins Wort zu fallen. „Wir können das alles nur verhindern, wenn wir diesen Typen endlich stellen. Eine andere Chance sehe ich nicht! Also, was ist mit meinem Durchsuchungsbefehl? Die Zeit wird knapp!“ „Läuft! Fahr los, ich lass mir was einfallen und trickse ein bisschen. Es ist garantiert das allerletzte Mal, wenn du diese Nummer hier versaust. Ich schicke dir Leute zur Verstärkung. Wo war das gleich wieder?“ Hauptkommissar Wagner schloss erleichtert die Augen. „Am Herrschaftswald, Gartenstadt. Du wirst es nicht bereuen. Ich bringe dir dieses Monster, bevor er seinen wie auch immer gearteten Plan ausführen kann. Da wäre noch etwas. Die Kollegen sollten nicht mit dem vollen akustischen Programm im Herrschaftswald vorfahren. Der Typ könnte in Panik geraten. Er hat vermutlich nichts mehr zu verlieren. Bis dann.“

Wagner legte auf und stürzte aus Elles Wohnung. Mit heulendem Motor jagte er seinen alten Golf quer durch die Stadt. Sonntags war die City wie leer gefegt und durch den Streifendienst kannte Wagner jede Menge Abkürzungen. Die Nachmittagssonne stach vom Himmel.

Sie war allerdings nicht schuld daran, dass Wagners Hemd wieder einmal an seinem Rücken klebte. Er war nervös und wenn er ehrlich war, hatte er Angst, aber vor allem war Theobald Wagner entsetzlich wütend.

29

Der Mann saß auf dem Schemel vor seinem Klavier und betrachtete die Frau auf der Recamière. Sie hatte die Augen geschlossen und atmete gleichmäßig. Erda schlief fest, seit sie beide von der Hinrichtung Wotans zurückgekommen waren. Auf dem Rückweg hatte die Morgendämmerung die passende Stimmung wie ein opulentes Bühnenbild an den Himmel projiziert. Zwischen dunklen Wolkentürmen leuchtete bereits der blaue Himmel hindurch, während die aufgehende Sonne mit kräftigen Orange- und Rottönen eine goldene Illusion schuf. Götterdämmerung! Loge und Erda kehrten siegreich heim, in den Schutz ihres Verstecks. Ihre Bestimmung stand nun kurz vor der Vollendung. Albert Müller schloss zufrieden die Augen. Alles war wieder einmal nach Plan verlaufen. Erda hatte die Droge gut verkraftet, die zwar ihren Körper, aber nicht ihre Wahrnehmung lähmte. Es war nur eine sehr geringe Dosierung nötig gewesen, denn sie war leicht wie eine Feder. Er hatte vor ihrem Ausflug nicht einmal nachspritzen müssen. Nun wartete er ungeduldig darauf, dass sie aus ihrem Dämmerschlaf erwachte, ein letztes Mal. Er musste ihr Urteil vernehmen, jetzt, da sie die Bedeutung ihres Schicksals kannte. Einzig Erdas Eindruck war ihm wichtig, dann sollte sie auf ewig schlafen. Anschließend würde er dann sein eigenes Schicksal empfangen. In Kürze wird Walhall zerstört sein und mit dieser Festung werden auch alle übrigen Vertragsbrecher vernichtet sein. Die Flammen werden auf ewig Reinheit in die Welt tragen und die Wiederherstellung des Urzustands einleiten. Die Götterdämmerung wird dann nicht mehr aufzuhalten sein. Albert Müller wippte ungeduldig auf seinem Stuhl hin und her.

Er saß auf seinen Händen. Das hatte er als Kind auch schon getan. Diese Angewohnheit ließ sich einfach nicht abstellen. Allmählich breitete sich ein zufriedenes Grinsen in seinem Gesicht aus. Wie immer hatte er an alles gedacht. Dieser tumbe Bulle war nun am Tatort bei Wotan ausreichend beschäftigt, und obendrein hatte er ihm ja noch eine kleine Denksportaufgabe in Form der Musikkassette verpasst. Wagner würde alle Zusammenhänge erst dann begreifen, wenn es zu spät war. Wenn dieser Nichtsnutz überhaupt jemals etwas begriff. Die eigene offensichtliche Überlegenheit gegenüber seinem Gegners befriedigte Albert Müller heute jedoch nicht so sehr wie üblich. So kurz vor seinem Ziel fühlte sich der Mann merkwürdig leer. Nach all der langen Zeit, der akribischen Planung, der Enthaltsamkeit, der Selbstdisziplinierung, hatte er seinen Plan bisher bis ins kleinste Detail perfekt umgesetzt. Erda hatte ihm obendrein eine unerwartete Prüfung auferlegt, die er ebenfalls mit Bravur gemeistert hatte. Er sollte sich zu diesem Zeitpunkt nicht derart leer fühlen, sonder stolz, euphorisch, überlegen - glücklich. Er, der Bastard, hatte es allen gezeigt. Seiner Mutter, dieser schwachen Person, die ihn ständig mitleidig angesehen hatte und immer nur dann fest an sich gedrückt hatte, wenn sie weinte. Wie ein Stofftier hatte er sich gefühlt.

Es würgte ihn beim bloßen Gedanken daran. Dann war sie feige davongelaufen, vor der Realität, vor ihm, einfach vor allem. Etwas anderes war auch nicht zu erwarten gewesen.

Das lag wohl in den Genen. Die Großmutter war genauso schwach gewesen.

Auch sie hatte ihn einfach zurückgelassen. Die aufkommenden Tränen verbot sich Albert Müller, wie jedes Mal. Das hatte er schnell gelernt. Ein Mann weint nicht! Der Großvater, dieser Hurenbock. Ihm hätte er damals gerne eine aufs Maul gegeben. Diese Chance hatte sich nie ergeben. Es wäre allerdings aus heutiger Sicht nicht lohnenswert gewesen, sich auf das entsprechende Niveau herabzulassen. Der alte Sack hatte nie begriffen, welche Fähigkeiten in seinem Enkel schlummerten. Heute war das allerdings auch nicht mehr von Belang. Albert Müller war aus eigener Kraft zu Loge herangereift. Es war eine langwierige und harte Entwicklung gewesen. Vom Bastard zum Feuergott.

Vielleicht war es gerade richtig, sich zu diesem Zeitpunkt leer zu fühlen - gereinigt von jeglichem Gefühl! Der Gedanke gefiel Albert Müller immer besser, je länger er darüber nachdachte. Bald würde alles enden. Wieder ruhte sein Blick auf der schlafenden Frau.

‚Komm Erda, wach auf. Schenk mir ein letztes Mal deine Weisheit, bevor ich dir den ewigen Schlaf schenke.‘

30

Das Haus am Herrschaftswald lag friedlich in der sonntäglichen Stille am Waldrand. Irgendwo bellte ein Hund. Gedämpft klang Kinderlachen von einem Spielplatz herüber.

In der Luft schwebte der herbe Geruch von gegrilltem Fleisch. Der perfekte Sommer-Sonntagnachmittag. Und mitten in dieser Idylle hielt ein übergeschnappter Größenwahnsinniger eine Frau gefangen. Dieser Kontrast erschien Wagner noch unwirklicher, als bei seinem ersten Besuch in der Gartenstadt. Wo blieben bloß die Kollegen? Hauptkommissar Wagner sah auf seine Uhr. Er hatte keine Wahl, es ging schließlich um Elles Leben. Obgleich er diese Frau erst vor Kurzem kennen gelernt hatte, nahm sie bereits einen festen Platz in seinem Herzen ein. Auf der Fahrt hierher hatte Wagner sich ausgemalt, was sie alles gemeinsam unternehmen würden, wenn dieser Albtraum erst einmal vorbei war. In diesem Moment wurde ihm zum ersten Mal wirklich bewusst, wie sehr er Elsbeth Winkler mochte.

Niemals zuvor hatte eine „Arbeitsbeziehung“ die Dauer ihres Nutzens überschritten.

Mit dem abgeschlossenen Fall erlosch bisher auch immer der Kontakt. „Schwing deinen Hintern aus dem Wagen, du Feigling, “ fauchte er sich selbst an. Theobald Wagner schloss kurz die Augen. Er kämpfte gegen alle Symptome seiner Angst und Nervosität an. Eine Atemtherapie wäre jetzt gut. ‚Scheiß drauf', dachte er zugleich und entsicherte vorsichtshalber seine Schusswaffe - für den Fall, dass es schnell gehen musste.

Albert Müller war kein Idiot und körperlich ziemlich gut beieinander. Zudem hatte dieser Mann den berühmten Point of no Return bereits überschritten, was ihn noch viel gefährlicher machte, als er ohnehin schon war. Der Kerl hatte nichts zu verlieren. Da kam es auf eine tote Frau und einen toten Bullen nicht wirklich an. Hauptkommissar Wagner lief behutsam über den Kiesweg auf die Haustür zu. Sie setzte seinem Versuch, sie zu öffnen, keinen Widerstand entgegen und schwang mit leisem Knarzen auf. Wagner spürte seinen Herzschlag bis in die Ohrenspitzen, die vor Nervosität glühten. Auf seinem Rücken bildeten sich jene lästigen Schweißtröpfchen, die sich in Kürze zu einem Sturzbach Rücken abwärts zusammenfinden würden. Für einen kurzen Moment glaubte er, das Blut durch seine Adern rauschen zu hören. Er drückte die Tür leise hinter sich ins Schloss, wischte sich den Schweiß von den Händen und griff nach seiner Waffe. Albert Müller schien nicht im Haus zu sein, oder wartete er in einem Hinterhalt geduldig auf seine Chance? Und wenn ja, wo war dieses verdammte Versteck?

Bei Tageslicht sahen die Wohnräume immerhin nicht mehr ganz so bizarr aus wie bei Wagners erstem, nächtlichem Besuch. Es war das Haus einer älteren Generation, mehr nicht. Im Wohnzimmer, in einer Nische rechts vom Fenster, entdeckte Wagner eine flache Kommode aus dunklem Holz, auf dem die scheinbar wenigen persönlichen Fotos versammelt waren. Dank der akrobatischen Katze hatte er diesen Zeitzeugen damals keine Beachtung geschenkt. Das größte Bild zeigte das Porträt zweier Frauen - beide blickten mit demselben melancholischen Ausdruck in die Kamera. Ob dem Fotograf klar war, welch trauriges Motiv er in diesem Moment eingefangen hatte?

Wagners Blick fiel auf einen weiteren Rahmen, in dessen Passepartout ein vergleichsweise kleines Foto steckte. Es zeigte einen Mann in Wehrmachtsuniform. Strenger kalter Blick, militärische Körperhaltung. Der Großvater Albert Müllers hatte in jungen Jahren seinem Enkelsohn verdammt ähnlich gesehen. Daneben das Foto eines Jungen in Matrosenuniform vor einem Klavier. Das Kind hatte einen nichtssagenden Gesichtsausdruck. Auf seiner Schulter ruhte die starke Hand des Großvaters. Ein elektrisierender Blitz durchfuhr Theobald Wagner. Das Klavier! Die Kassette aus seinem Briefkasten! Der Scheißkerl hatte sein eigenes Klavierspiel aufgezeichnet. Bislang konnte Wagner sich die schlechte Qualität dieser Aufnahme nicht erklären. Das war es! Der Typ hatte echt Nerven, sich gemütlich hinzusetzen und ein Liedchen zu spielen, nur um ein weiteres Mal seine Überlegenheit zu demonstrieren.

Wagners Blick suchte hektisch den Raum ab. Wo war dieses beschissene Klavier? Wo sonst sollte es stehen, außer im Wohnzimmer? Wagner stellte sich in den Türrahmen des Wohnzimmers, um sich einen Gesamtüberblick über den Raum zu verschaffen. Seine Augen glitten an den Wänden entlang. Hier war kein Klavier. Das Sonnenlicht fiel durch das große Fenster und die Terrassentür in den Raum. Ein weiterer Blitz durchzuckte Wagners Körper, als seine

Aufmerksamkeit wieder auf die kleine Kommode fiel, auf der die Fotos standen. Die graue, ehemals wohl cremefarbene Motivtapete, enthüllte bereitwillig das Rätsel um den Standort des Musikinstruments. Auf der ergrauten Tapete waren kaum merklich die Umrisse eines Möbelstücks zu erkennen. Diese Kommode hatte nicht schon immer an jenem Platz gestanden. Das gestickte Blumenstillleben an der Wand darüber hing ehemals wohl etwas höher. „ Ha, du Schlauberger. So clever wie du bin ich schon lange!" Wagner triumphierte innerlich, bis er erkannte, dass diese Entdeckung nicht einmal die halbe Miete bedeutete. Viel wichtiger war die Frage, wo das verdammte Ding sich jetzt befand. Albert Müller musste innerhalb dieses Hauses ein Versteck haben. Dort musste das Klavier sein, genauso wie Elle und… dieser Mann, der sich für einen Feuergott hielt. Hauptkommissar Wagner erstarrte bis ins Mark: Der Typ war hier. Beobachtete er ihn schon die ganze Zeit über, wie er es schon wiederholt getan hatte? Ein eindeutiger Beweis dafür war ja die Kassette aus Wagners Briefkasten. Unwillkürlich überprüfte Wagner den Griff um seine Waffe. Er fühlte sich wie Freiwild, das ängstlich und ziellos durch das Unterholz stolperte, bis es schließlich zur leichten Beute wurde. ‚Denk nach! Wo kann dieser Kerl sein?' Ein verborgener Raum? Der Dachboden konnte es nicht sein. Der Zugang war wie üblich eine Klappe, an deren Oberseite vermutlich eine dieser wackeligen, ausziehbaren Holztreppen zusammengefaltet war. Kein Mensch könnte dort ein Klavier hinaufbringen. Wagner entschied sich für den Keller. Die Treppe war breit genug und die Stufen nicht zu steil. Trotzdem erschien es ihm beim Herabsteigen schier unmöglich, ein derart schweres Möbelstück alleine dort hinunterzutransportieren. Der Kellerraum bot keine neuen Ansichten. Wagner betrachtete nachdenklich das Schaukelpferd. „Ich weiß, dass du hier bist, Elle!“, flüsterte er leise. Zunächst erschien es ihm sinnlos, weiterhin mit entsicherter Waffe stocksteif und flach atmend hier herumzustehen, doch irgendetwas verbot ihm jedwede Bewegung. Musik! ‚Jetzt ist es ganz vorbei, Wagner! Du hörst in letzter Zeit ständig Stimmen!‘ Angestrengt horchte er auf alle Geräusche seiner Umgebung. Da waren eindeutig Stimmen und Musik! Je länger er lauschte, desto sicherer war er sich.

Die Musik war Theobald Wagner bereits bei seiner ersten Visite aufgefallen. Damals hatte er sie jedoch eindeutig als Hirngespinst und Folge seiner Nervosität abgetan. Die Musik war zwar gedämpft, schien aber dennoch von hier unten zu kommen. Was war das nur für ein beschissenes Spiel! Lauschend und zitternd bewegte Wagner sich an den Kellerwänden entlang. Endlich, Ohren und Puls waren sich einig. Von hier kam die Musik. Wie angewurzelt blieb er vor dem Wäscheschrank stehen. Das konnte nicht sein. War ihm beim letzten Besuch in diesem Keller diese Möglichkeit tatsächlich entgangen? Er versuchte den Schrank zur Seite zu schieben, ohne Erfolg. Als er am Schrank empor blickte, hätte er beinahe laut aufgelacht. Der Psychopath hat das Ding mit Winkeln in der Wand verschraubt. Wozu das denn?

Langsam verlor er die Geduld. Während Elle möglicherweise ihren letzten Atemzug tat, stellte er selbst sich so dämlich an, als sei dies sein erster Tag bei der Polizei. Zornig riss Wagner die Türen des Schrankes auf, schob die ollen Klamotten zur Seite und augenblicklich war die Musik noch ein wenig deutlicher zu vernehmen. Opernmusik! ‚Götterdämmerung! Ich wette zehn zu eins!', dachte Wagner grimmig, als er das Schrankinnere durchsuchte, ‚Mc Gyver hat garantiert einen hoch komplizierten Verriegelungsmechanismus gebastelt.' Vorsichtig tastete er mit der linken Hand im Dunkel des Wäscheschranks. Der penetrante Geruch von Mottenpulver verursachte ihm Übelkeit. Beinahe erschrocken hielt er schließlich in der linken Ecke des Schrankes eine Klinke in der Hand. Voller Anspannung drückte er sie langsam nach unten. Die schwere Rückwand des Kleiderschranks klappte langsam auf und legte ein dunkles Loch in der Wand dahinter frei, aus dem nun ohrenbetäubende Musik und modriger Geruch strömten. ‚Zu spät für einen Rückzieher', dachte Hauptkommissar Wagner und verschwand in der Dunkelheit der Wandaussparung.

31

Wagner stand einen Moment lang still im Dunkel des Raums, darauf wartend, dass seine Augen sich an die neuen Sichtverhältnisse gewöhnen würden. Vom Kellerraum her fiel Licht durch die zur Tür umfunktionierte Rückwand. Um sich einen schnellen Rückzug zu ermöglichen und um den nachfolgenden Kollegen den Weg zu weisen, hatte er die Kellertür und sämtliche Schranktüren offen stehen lassen. Die dröhnende Opernmusik störte Wagners Wahrnehmung zwar ein wenig, trotzdem dämmerte ihm allmählich, dass er an einer Art Gabelung zweier unterirdischer Gänge stand. Der linke führte in ein schwarzes, kaltes Nirgendwo. Am Ende des rechten Ganges war ein fahler Lichtschein auszumachen. Von dort aus flutete auch die ohrenbetäubende Opernmusik auf ihn zu. Es roch nach feuchtem Waldboden, die Wände waren mit Schalbrettern notdürftig verkleidet.

Woher hatte Albert Müller das viele Material bekommen? ‚Wahrscheinlich hat er eine Baustelle geplündert‘, dachte Wagner. Der Boden aus unebenem, rissigem Gussbeton war eiskalt.

Zum x-ten Mal an diesem Tag schluckte Wagner seine Angst hinunter und bewegte sich langsam, den Rücken an die Wand gedrückt, auf die unheilverheißende Götterdämmerung zu. Die Waffe im Anschlag und mit immer noch rasendem Puls erreichte er das Ende des provisorischen

Durchlasses. Vorsichtig versuchte er sich einen Überblick über das sich vor ihm öffnende Zimmer zu verschaffen. Eigentlich war es eher ein relativ großzügiger Verschlag aus Brettern, dessen Decke von Baustützen und groben Holzpfählen getragen wurde. In der Mitte baumelte eine schmucklose Glühbirne, die den Raum in ein schummriges Licht tauchte. ‚Der Typ hat das hier alles selbst gebaut', schoss es Wagner durch den Kopf. Er verbannte den Gedanken samt erstaunter Anerkennung aus seinem Gehirn, denn viel wichtiger war die Frage, ob Albert Müller bereits wusste, dass der Feind sein Versteck gefunden hatte. Dieser Mann war zwar bisher weitaus cleverer gewesen als er selbst, dennoch hoffte Wagner, wenigstens den Überraschungseffekt auf seiner Seite zu haben. Wenn er sich vorsichtig aus der schmalen Nische neben der Tür hervorlehnte, konnte Wagner einen großen Spiegel an der Wand gegenüber ausmachen. Erschrocken erkannte er seinen eigenen Schatten darin und wich ruckartig zurück. Vor dem Spiegel stand eine Hantelbank mit diversen Lang- und Kurzhanteln. Überall lagen Scheibengewichte herum. Weiter links hatte Wagner auf die Schnelle außerdem den äußeren Rand eines abgewetzten Teppichs im Perserstil erkennen können. Es ging nicht anders, er musste sich weiter in den Raum hereinlehnen, um etwas sehen zu können. Vorsichtig reckte er den Hals und blickte um die Ecke. Was er da sah, jagte seinen Puls zusätzlich in die Höhe. Auf einer Recamière lag Elle, schlaff und bleich. Mit einem Mal brachen sich Trauer und Wut vehement Bahn. ‚Sie ist tot', schrie Wagner innerlich und stürzte, ohne weiter nachzudenken, auf den leblosen Körper zu. „Wo bist du, Scheißkerl, ich mach dich kalt!“ Blind vor Zorn brüllte er die Worte gegen den Sturm der Musik an. Fassungslos blickte er auf Elles Körper, der kurz zuckte. Die Waffe hielt er fest umklammert in seiner Hand. Sie lebte! Wo war dieser Psychopath? War dies etwa eine Falle, in die er wie ein beschissener Anfänger getappt war? Er hatte den Gedanken noch nicht ganz vollendet, als er schon einen kalten Gegenstand am Hals spürte und eine ruckartige Bewegung, die seinen Arm auf dem Rücken verdrehte. Dieser Griff war wie ein Schraubstock! Das Messer am Hals hatte ihn bereits verletzt, denn ein warmes Rinnsal bahnte sich seinen Weg Brust abwärts. Albert Müller presste seinen muskulösen Körper gegen Wagners Rücken und zischte ihm wütend ins Ohr: „Du suchst den Scheißkerl? Hier hast du ihn, Bulle! Und was jetzt? Willst du ihn verhaften?“ Der Schmerz und die Angst nahmen Wagner den Atem, an Sprechen war gar nicht zu denken. „Lass´ die Waffe fallen, Bulle!“ Mit einem dumpfen Laut landete die Pistole auf dem abgewetzten Teppich vor der Recamière.

„Na, wie sieht’s aus, Versager? Keinen coolen Spruch mehr auf Lager?“ Albert Müller spukte beim Sprechen. Wagner spürte den Körper seines Peinigers vor Zorn beben. Was würde er als nächstes tun? Das Messer viel scheppernd zu Boden, im nächsten Moment hatte Müller Wagner im Schwitzkasten und schlug ihm mit der rechten Faust in die Niere. Stöhnend krümmte sich Wagner zusammen. „Bist du nun bereit zuzuhören, Bulle? Sieh nur wie sie schläft. Uneinsichtig ist sie, und dennoch unerreicht weise. Du darfst quasi aus der ersten Reihe miterleben, wie Erda den ewigen Schlaf empfängt. Dann werde ich mich auch von dir verabschieden.“ Albert Müller stockte, bevor er mit merkwürdig gefärbter Stimme fortfuhr: „Dann endlich werde ich meine Bestimmung zur Gänze erfüllen. Eines Tages wird die Welt begreifen, welch großen Dienst ich ihr erwiesen habe. Zerstört sind die machtgeilen Lügner und Betrüger mitsamt ihrer Tempel. Dann ist endlich der Urzustand der Welt wiederhergestellt. Dank Loge, dem Feuergott! Noch heute Nacht wird diese Stadt brennen, und so wie es einst Wallhall erging, werden die Symbole der menschlichen Gier und Machtgeilheit vernichtet sein!"

In seiner ausweglosen Situation schwankte Wagner zwischen Ohnmacht, Angst und Überlebenswillen. Sein Gehirn arbeitete auf Hochtouren. Urplötzlich entschied er sich für die Flucht nach vorne. „Vom Bastard zum Feuergott! Was für eine Karriere! Respekt, Albert! Ich fürchte nur, dass du dein einziger Bewunderer bleiben wirst. Die Welt hat wenig übrig für Psychopathen!" Im nächsten Moment wurde Wagners Kopf ruckartig nach hinten gerissen. Albert Müller hatte ihn an den Locken gepackt und brüllte vor Zorn. Er versetzte Wagner einen heftigen Schlag und trat ihm brutal in die Kniekehlen. Wagner stürzte zu Boden, mit voller Wucht knallte seine Stirn auf die Holzplanken. Irgendwie schaffte er es, sich auf den Rücken zu drehen, bevor der stechende Schmerz dafür sorgte, dass ihm schwarz vor Augen wurde. ‚Wenn du das Bewusstsein verlierst, bist du tot! Und Elle auch!' Der Gedanke riss ihn aus seiner Ohnmacht. Ein langer Schatten fiel auf seinen Körper. Aus der Froschperspektive wirkte dieser Mann noch bedrohlicher. Die dröhnende Opernmusik vervollständigte die furchteinflößende Kulisse. Albert Müller stand nun breitbeinig über ihm und schrie in heller Wut: „Der Bastard macht dich jetzt kalt! Mit bloßen Händen zeige ich dir, was ich bin. Loge, der Feuergott! Ich habe die Macht über Leben und Tod! Auch über dein erbärmliches Dasein, du kleiner Pisser! Du bist nicht einmal ein Symbol wert, geschweige denn, diesen Namen zu tragen!" Albert Müller packte Wagner am Hals und zog ihn mit einem Ruck zu sich heran. Das blonde Haar klebte strähnig an seinem Hals und im Gesicht. In seinen kalten Augen standen vernichtende Verachtung und die Bereitschaft zu töten. Kräftige Hände erhöhten unnachgiebig den Druck um Wagners Hals. Ein zweites Mal wurde ihm schwarz vor Augen. Jede Empfindung und jede Bewegung war fern und gedämpft. Ein kräftiger Stoß. Ein leises Winseln. Ein Schuss. Ein Stöhnen. Die Dunkelheit hatte Theobald Wagner endgültig umfangen. Er befand sich jenseits des Schmerzes. Fühlte sich so der Tod an?

32

Mit einem Mal war die laute Musik verstummt. Wagner fühlte sich leicht und unbeschwert, bis er plötzlich zu frösteln begann. Eiskaltes Wasser lief seinen Nacken hinab. Jemand rief seinen Namen. Das Licht kehrte abrupt zurück. „Theo, hören Sie mich? Theo, wachen Sie auf." Elles Gesichtszüge wurden zunehmend deutlicher. „Gott sei Dank! Da sind Sie ja! Können Sie aufstehen? Nein, das ist noch zu früh! Ich hole Ihnen noch mehr Wasser. Bleiben Sie liegen." Elles Gesicht verschwand wieder. Wagners Kopf ruhte auf etwas Weichem und sein Körper war in eine Decke gewickelt, außerdem lag ein klatschnasser Lappen auf seiner Stirn. Er stützte sich langsam auf seine Ellbogen und sah sich um. Dröhnende Kopfschmerzen und plötzlich aufsteigende Übelkeit hinderten ihn jedoch am Aufstehen. ‚Jetzt bloß nicht kotzen', dachte er, als er neben sich den leblosen, gekrümmten Körper von Albert Müller liegen sah. „Elle, was ist passiert? Wie…?" Sie kniete neben ihm und flößte ihm einen Schluck Wasser ein. „Ich habe ihn ermordet. Ich habe diesen Jungen getötet. Was hätte ich tun sollen? Er wollte Sie töten, Theo!" Hauptkommissar Wagner wandte sich ab, in der Annahme sich übergeben zu müssen. Er kämpfte Übelkeit und Schwindel nieder und richtete sich nach und nach auf. Elles Gesicht war von Tränen überströmt. Ihre Haut wirkte aschfahl. Behutsam manövrierte

Wagner sie zur Recamière. „Es tut mir leid, dass ich so spät gekommen bin. Ich hätte Sie vor all dem hier bewahren müssen!" Mit geschlossenen Augen atmete er tief durch. „Wollen Sie mir erzählen, was passiert ist?" „Er... Er war über Ihnen und würgte Sie, Theo. Ich habe mich schon die ganze Zeit schlafend gestellt. Ich wollte nicht, dass er mir wieder dieses... dieses Zeug spritzt, deshalb habe ich ihn nicht merken lassen, dass die Wirkung nachließ. Zeit schinden nennt man das, glaube ich." Elle schluckte und blickte aus unendlich müden Augen zu Albert Müllers Leiche hinüber, bevor sie fortfuhr. „Jedenfalls habe ich nach Ihrer Waffe gegriffen. Als Sie so regungslos dalagen, habe ich ihm, ohne groß nachzudenken, in den Rücken geschossen." Elles Stimme stockte kurz. „Im selben Moment haben Sie das rechte Bein angezogen, und... naja, Sie haben ihn da erwischt, wo es wehtut." Hauptkommissar Wagner sah Elle bestürzt in ihre traurigen Augen. Er hatte versagt! „Er wollte Sie töten, Elle! Sie sind ihm nur zuvorgekommen." Ein kläglicher Versuch, die alte Dame zu beruhigen. Ihr erschöpftes Lächeln erschreckte ihn zutiefst. „Ich bin müde, Theo. So müde wie schon lange nicht mehr!" Wagner umfasste ihre Schultern und bettete sie auf die Recamière. Was hatte dieser Bastard ihr nur verabreicht? Wagner richtete sich auf und starrte auf den toten Körper auf dem Fußboden. Der Schuss hatte gesessen. Dr. Kremer wird die Kugel schon finden. ‚Steckt vielleicht in der Innenseite von deinem Sixpack.' Diesen hämischen Gedanken konnte er sich einfach nicht verkneifen.

33

Wagner trat an den großen Spiegel und besah sich seine Verletzung an der Stirn. Elle musste die offene Platzwunde wohl schon notdürftig gereinigt haben, dennoch wurde ihm beim Anblick seines Spiegelbildes wieder ein wenig flau. Das Hemd war blutverschmiert und die Verletzung am Hals deutlich zu sehen. Gerade wollte er den Schnitt genauer untersuchen, als er wie vom Donner gerührt inne hielt. Im Gang waren leise Schritte zu hören, die stetig näher kamen. Der Typ hatte keine Komplizen, oder etwa doch? Panisch stürzte Wagner auf die Recamière zu und griff mit zitternder Hand nach seiner Waffe. Er duckte sich mit klopfendem Herzen hinter das Möbelstück und legte den Lauf der Waffe auf der Lehne ab. Im Fall der Fälle brauchte er eine möglichst ruhige Hand. Die Schritte kamen eindeutig näher. Es mussten mehrere Leute sein.

Mit einem Schlag waren sechs Mann im Raum verteilt. Die Kollegen waren bis an die Zähne bewaffnet und steckten in den gewohnten Kampfanzügen. „Alles klar!“ Die donnernde Stimme ließ ihn erleichtert aufatmen. Wagner ließ seinen Kopf auf die ausgestreckten Arme sinken und lachte leise vor sich hin. Die angeforderte Verstärkung hatte er völlig vergessen. Mit einem Mal war er unendlich erschöpft.

Kurz darauf bahnte sich die Spurensicherung ihren Weg durch das Chaos und machte sich in gewohnt akribischer Weise über den Raum her. Sie dürften Tage brauchen, um das ganze Haus auf den Kopf zu stellen. Lutz Hartmann war persönlich erschienen, um sich ein Bild von der Lage zu machen. „Theo, du siehst Scheiße aus, aber immerhin lebst du noch!"

Wagner ignorierte die Bemerkung. Dr. Kremers Schulterklopfen nahm er nur schemenhaft war. Diese ganze Szenerie wirkte seltsam unwirklich. Die Sanitäter versorgten seine Kopfverletzung provisorisch und der Notarzt verfügte, dass Wagner zu weiteren Behandlungen in die Klinik gebracht werden musste. Ein anderes Team kümmerte sich um Elle, die immer noch schlief.

Es erschien ihm merkwürdig, dieses Haus lebend zu verlassen, den Garten zu durchqueren und die warme Abendluft einzuatmen. In der Tiefe seines Unterbewusstseins hatte er damit offenbar nicht mehr gerechnet. Würde er jemals wieder durch solch eine idyllische Siedlung gehen können, ohne an Albert Müller denken zu müssen? Im Herrschaftswald blockierten Krankenwagen und Einsatzwagen der Polizei die ganze Straße. Uniformierte Kollegen versuchten, die Anwohner zu beruhigen. Scheinbar war das ganze Viertel auf den Beinen.

Elle wurde auf einer Bahre in einen der wartenden Krankenwagen geschoben. Der Notarzt murmelte irgendetwas von lebensgefährlicher Dehydrierung in hohem Alter. Wagner schüttelte mechanisch den Kopf. Was wusste der schon! Elle schwebte doch nicht in Lebensgefahr! Das war absurd, sie war schließlich eine starke Frau!

Dann wurde er selbst auf eine Bahre gelegt. Wagner hatte keine Kraft mehr, zu protestieren. Auch gegen die verabreichten Spritzen wehrte er sich nicht. Langsam fiel er in einen Dämmerzustand, dennoch entgingen ihm gewisse Gesprächsfetzen nicht. Irgendwer faselte was von einem traumatischen Erlebnis, eine andere Stimme warf Burnout-Syndrom in die Waagschale. Wer bietet mehr?

Irgendwann versank Wagner im Tiefschlaf. Er sah Elle im Traum in einem weißen fließenden Kleid über eben die Lichtung schreiten, die Wagner vor Tagen schon einmal in seinem Hirsch-Traum gesehen hatte. Der Wald ringsherum brannte diesmal lichterloh. Er selbst schwebte über dieser Szenerie und rief Elle, die den brennenden Wald offenbar nicht bemerkt hatte, panisch Warnungen zu. Seine Hand bemühte sich, nach ihrer Gestalt zu greifen, bekam sie jedoch nicht zu fassen. Plötzlich schaute Elle zu ihm auf und nickte kurz. Auf ihrem Gesicht lag ein Lächeln, während Tränen über ihre rosigen Wangen liefen.

34

Als Hauptkommissar Wagner an diesem kalten Winterabend die Planken hinunter kam, fiel sein Blick zum ersten Mal in diesem Jahr bewusst auf den festlich beleuchteten Weihnachtsmarkt rund um den Wasserturm. Dieser Anblick und das typische Duftgemisch aus gegrilltem Fleisch, gebrannten Mandeln und Glühwein ließ sein Herz höher schlagen. Es war eine Schande! Nur noch eine Woche bis Heilig Abend und er hatte es bislang nicht ein einziges Mal geschafft, zwischen den Buden eine Runde zudrehen. Für Sonntag nahm er sich vor, zusammen mit Lara gleich beide Weihnachtsmärkte auf einen Streich besuchen. Heute Abend hatte er keine Zeit dafür. Er war mit Elle verabredet. Die Nachuntersuchungen des Falles „Götterdämmerung“ waren erst in dieser Woche abgeschlossen worden. Elle hatte darauf bestanden, jede Einzelheit zu erfahren, und so bahnte Wagner sich seinen Weg durch das Getümmel auf dem Weihnachtsmarkt Richtung Sophienstraße.

Auf sein Klingeln öffnete Elle die Tür und sie umarmten sich zur Begrüßung wie alte Freunde. Tatsächlich standen sie seit jenen schrecklichen Ereignissen im Herrschaftswald in regem Kontakt. „Wie hat Lara die Aufführung von La Traviata gefallen?“ „Sie war begeistert und freut sich schon auf unseren nächsten Besuch im Nationaltheater. Das soll ich dir unbedingt ausrichten!“

Einen Moment lang sahen sie sich schweigend an, dann platzte Elle heraus: „Nun komm schon rein! Lass uns anfangen! Ich muss einfach wissen, was die Polizei über Albert Müller herausgefunden hat!“

Im Wohnzimmer bot sich das gewohnt behagliche Bild. Ein Meer aus Kerzen, leise Opernmusik, Tapas und ein guter Rotwein. Wenn jetzt noch das Gesprächsthema ein angenehmes wäre! Hauptkommissar Wagner seufzte und schlug die Akte auf. „Wo soll ich anfangen? Vielleicht mit dem Ursprung dieser monströsen Geschichte?“ Elle nickte langsam. „Wir haben in diesem Verschlag unter dem Haus jede Menge interessante Aufzeichnungen gefunden. Albert Müller hat eine Art Autobiografie mit Querverweisen auf einen Großteil seiner Morde verfasst …“, Wagner stockte kurz und versuchte ohne Erfolg Elles Gemütszustand zu ergründen. „Offenbar hat er, bevor er sich an die uns bekannten Opfer herangewagte, …geübt. Es gibt eine detaillierte Liste, auf der zwar keine Namen der Opfer zu finden sind, aber dafür beschreibt er ihre Lebensumstände ohne Umschweife. Daraus schließen wir, dass es sich um Drogensüchtige, Obdachlose und Menschen in ähnlichen Situationen handelte. Offenbar hat er sie ausgewählt, weil er vermutete, dass kaum jemand ernsthafte Nachforschungen anstellen würde.“ Elle hatte ihre Hände vor den Mund gepresst. Ihr Gesicht war schmerzverzerrt. „Wie viele Menschen sind auf dieser Liste?“ „Zu viele! Lassen wir es darauf beruhen!“ Wagners Ton war unmissverständlich, auch wenn er Elle besänftigend anlächelte. „Diesen Aufzeichnungen konnten wir auch zweifelsfrei entnehmen, dass er schon in früher Jugend einen Faible für, die ‚reinigende Wirkung‘ des Feuers hatte.“ Wagner zeichnete mit beiden Händen Gänsefüßchen in die Luft und fuhr fort: „Der Brand des Kinderheims ging, wie wir bereits vermutet haben, vollends auf sein Konto. In diesem Fall wollte Müller wohl sein Leben von seiner Vergangenheit reinigen, so wie er am Ende die Stadt von einem oder mehreren „Machtsymbolen“ reinigen wollte! Allerdings war Feuer dieses Mal offensichtlich nicht genug, vielmehr sollte es bei seinem Vernichtungsfeldzug ordentlich krachen. Die Kollegen haben in seinem unterirdischen Verschlag unglaubliche Mengen an Material zur Herstellung von Bomben gefunden und obendrein einsatzbereite Sprengkörper von gewaltiger Zerstörungskraft. In einem Stadtplan hatte er verschiedene Ziele eingezeichnet…“ „Was genau waren seine Ziele?“ Elles Stimme überschlug sich beinahe. „Das ist so genau nicht zusagen. Es waren verschiedene Gebäude gekennzeichnet, die seiner Empfindung nach Macht ausstrahlen. Jesuitenkirche und Christuskirche könnten ebenso mögliche Ziele wie das Rathaus und die großen Bankhäuser an den Planken gewesen sein. Außerdem gab es auch eine lange Liste weltweit operierender Firmen, die hier im Rhein-Neckar-Raum ihre Standorte haben. Welches Ziel am Ende Albert Müllers persönlichem Wallhall entsprochen hätte, ist sein Geheimnis geblieben!“ Wagner schaute prüfend zu Elle hinüber und fügte mit sanfter Stimme hinzu: „Das Leben geht weiter, Elle!“

„Ja. Ich fürchte du hast recht. Die Welt ist wie sie ist!“

Zu End´ ewiges Wissen!
Der Welt melden Weise nichts mehr.
Hinab! Zur Mutter! Hinab!

Die Drei Nornen,
aus Götterdämmerung, Vorspiel

Appendix

"Charaktere im Ring des Todes"	"Charaktere im Ring des Nibelungen"	Bedeutung in Richard Wagners Ring des Nibelungen
Olaf Westhofen	Fafner	"Die Riesen Fafner und Fasolt geraten über den verfluchten Ring des Nibelungen in Streit. Fafner erschlägt seinen Bruder, weil er den Nibelungenhort samt Ring für sich allein behalten möchte. Unfähig mit dem Gold und der erlangten Macht etwas anzufangen, verwandelt Fafner sich in einen Drachen, der häufig als Lindwurm dargestellt wird, und hütet fortan seinen Schatz, bis der junge Siegfried in tötet, um seinerseits an den Hort und den Ring zugelangen. Beide Brüder werden somit Opfer des verfluchten Rings."
Wilhelm Gornheim	Mime	"Der Bruder Alberichs leidet unter dessen Machtgier und Boshaftigkeit. Bald schon schmiedet Mime Rachepläne und missbraucht seinen Ziehsohn Siegfried um selbst in Besitz des verfluchten Rings zu gelangen. Hierfür muss der Drache Fafner getötet werden. Da Mime sich selbst dazu nicht fähig sieht, bringt er Siegfried dazu, mit Hilfe des Schwertes Notung den Drachen zu töten und sich des Rings zu ermächtigen. Anschließend plant Mime den Ziehsohn zu vergiften und so an den machtverheißenden Ring zu gelangen. Siegfried kommt ihm zuvor und erschlägt angewidert seinen Ziehvater."

"Charaktere im Ring des Todes"	"Charaktere im Ring des Nibelungen"	Bedeutung in Richard Wagners Ring des Nibelungen
Ronny Pfingst	Siegfried	"Der junge, unbedarfte Held ist sich seiner eigentlichen Bestimmung nicht bewußt und gerät so ebenfalls in den unheilvollen Bann des verfluchten Rings. Machthungrig und leichtfertig leugnet er später seine Verbindung zu Brünhild. Hagens intrigantes Spiel hat somit Erfolg. Am Ende wird Siegfried seine Sorglosigkeit und sein Verrat zum Verhängnis. Hagen kennt seine einzige wunde Stelle und tötet den Helden bei einem Jagdausflug, um so an den Ring des Nibelungen zukommen."
Oliver Weigand	Hagen	"Hagen operiert geschickt und intrigant aus dem Hintergrund. Seinem Ziel, der Ermächtigung des verfluchten Rings, nahe durchschaut Brünhild allerdings das Lügengeflecht und gibt den Rheintöchtern, den von Alberich gestohlenen Ring zurück. Beim letzten verzweifelten Versuch in Besitz der Macht zu gelangen, wird Hagen von den Rheintöchtern in die Tiefen des Rheins gezogen."

"Charaktere im Ring des Todes"	"Charaktere im Ring des Nibelungen"	Bedeutung in Richard Wagners Ring des Nibelungen
Mathias von Triburg	Alberich	"Der Nibelung schwört nach der Demütigung durch die Rheintöchter auf ewig der Liebe ab, und gelangt so in den Besitz des Rheingolds. Mit seinen Fähigkeiten verwandelt er das Gold in den machtverleihenden Ring. Unter seinem Besitz zwingt er das Nibelungenvolk zur Frohnarbeit. Sie müssen den Nibelungenhort ausbauen, um Alberich die Weltherrschaft zu ermöglichen. Hierbei hilft auch der geschmiedete Tarnhelm. Er ermöglicht es Alberich eine beliebige Gestalt anzunehmen. Am Ende wird ihm seine Überheblichkeit zum Verhängnis, und er fällt auf Loges List herein. Der fordert Alberich heraus, sich mittels Tarnhelm in eine Kröte zu verwandeln. Kaum tritt Alberich hochmütig den Beweis an, entreißen Wotan und Loge ihm den Ring und den Tarnhelm. Zuletzt verflucht der entmachtete Alberich den Ring. Er soll künftigen seinen Eignern nichts als Neid, Zwietracht, Angst und Tod bringen."

"Charaktere im Ring des Todes"	"Charaktere im Ring des Nibelungen"	Bedeutung in Richard Wagners Ring des Nibelungen
Konrad Scheffer	Wotan	"Wotan, der oberste Gott der Lichtalben, lädt schon in den Ursprüngen Schuld auf sich. Er trinkt aus dem aus der Weltesche entspringenden Weisheitsquell und gibt dafür eines seiner Augen. Aus dem Holz des Baumes schnitzt Wotan sich obendrein sein Machtsymbol, den Speer. Als Folge daraus erlangt er seinen Status, während die Quelle versiegt und der Baum verdörrt. Auch er möchte in den Besitz des machtverheißenden Rings gelangen, wobei er seine Motive für selbstlos und verantwortungsvoll hält. In der Endzeitstimmung der Götterdämmerung ist Wotan entmachtet. Während Wallhall in Flammen aufgeht, ist es am Ende seine geliebte Tochter Brünhild, die ihren Teil zur Wiederherstellung des Urzustandes beiträgt. Der Ring gelangt wieder in den Besitz der Rheintöchter."

"Charaktere im Ring des Todes"	"Charaktere im Ring des Nibelungen"	Bedeutung in Richard Wagners Ring des Nibelungen
Elsbeth Winkler	Erda	"Sie ist die zeitlose Weltseele und Urmutter, die schlafend und träumend den Lauf der Dinge wahrnimmt und sich immer dann in das Geschehen einklingt, wenn eine relevante Wende ansteht. Sie ermahnt Wotan und die Götter in Rheingold erstmals den Ring an die Rheintöchter zurück zugeben, da sonst die Weltherrschaft unter den Bann des verfluchten Rings fallen würde. Ihre Töchter, die Nornen bewerten die Vergangenheit, beobachten die Gegenwart und sagen die Zukunft voraus. Zu Beginn der Götterdämmerung eilen sie angesichts der bevorstehenden, katastrophalen Ereignisse zu ihrer Mutter hinab, die am Ende der Götterdämmerung in einen endgültigen Schlaf sinkt."
Albert Müller	Loge	"Der Feuergott steht jenseits von Gut und Böse. Während Wotan glaubt ihn für seine Zwecke einsetzen zu können verfolgt der Halbgott seine eigenen Ziele. Er ist allein an der Wiederherstellung des Urzustandes interessiert. Am Ende siegt das heimliche Bündnis von Feuer und Wasser als verbundenes Symbol für die Natur. Die Rheintöchter erlangen ihr Rheingold und Loge vernichtet den Göttersitz Wallhall. Die Vertragsbrecher sind entmachtet, Natur hat gesiegt und der Urzustand ist wiederhergestellt."

Anmerkung der Autorin zu diesem Appendix:

Diese knappe Übersicht ist keine wissenschaftliche Abhandlung und genügt selbstverständlich nicht Richard Wagners großem Werk.

Stattdessen soll dieser Anhang lediglich gewisse Zusammenhänge für „Nicht-Wagnerianer" erklären. Jene Menschen möchte ich einladen und ermuntern, Richard Wagners Musik und den Ring des Nibelungen kennenzulernen.

Sollte ich mit diesen kurzen Charakterisierungen Unmut auf mich gezogen haben, entschuldige ich mich an dieser Stelle dafür.

Ein Ziel dieses Buches ist es, Menschen für Richard Wagners Werk zu begeistern.

Ohne die Überzeugungskraft meiner Mutter und dem wunderbaren Humor von Herrn Vicco von Bülow, hätte ich diese besondere Form der Oper nicht näher kennengelernt!

Danke!

Im Laufe der Entstehung dieser Geschichte bekam ich soviel Unterstützung aus den verschiedensten Richtungen. Hier ist nun meine Möglichkeit „Danke!“ zu sagen.

Beginnen möchte ich quasi am Ende dieser Entwicklung: der Veröffentlichung.

Barbara und Ralf Waldkirch mitsamt Team
Ich danke von Herzen für das in mich gesetzte Vertrauen und diese unglaubliche Chance.
Dies ist ein Wagnis, dem Sie mit großem Enthusiasmus entgegengehen. Ich freue mich auf die kommende Zeit.
Danke! Danke! Danke!

Meine Familie
Ohne Euch bin ich nicht dieselbe!
Mein Mann, ohne dessen Verständnis, Langmut und Unterstützung nichts geht!
Mum und Papa, ich kann gar nicht genug danken, für… einfach alles!
Mum, dies ist vor allem Deiner Liebe zur Oper und zu Richard Wagner im Speziellen zu verdanken! Ich habe soviel gelernt! Wir feiern gebührend anlässlich der Premiere der Walküre im NTM.
Schnatti, für Deinen überschäumenden Enthusiasmus und Deine moralische und tatkräftige Unterstützung trotz eigener Projekte! Das bist eben Du - Lil´ Big Sista!
Pete, my brother in law and the best coach I could ever have. Cheers!

Dadea, für Deine Kreativität im Netz! Flo, für die Fotos dazu!

Meine Mädels
Danke für Eure Geduld und dafür, dass Ihr versteht, ich muss das hier tun!
Speziell Ati- Gut Dich und Deine Kreativität an meiner Seite zu wissen!

Noah, mein Herzblatt
Für Dein bedingungsloses Mitfiebern!

Dr. Monika Weber
Ihr Anteil an diesem Buch ist von unschätzbarem Wert, nicht nur deshalb, weil Sie meinen Mörder mitgestaltet haben!

Kriminalhauptkommissar Gerd Münzer
Für den einen oder anderen Einblick in den Alltag der Kripo!

Mein letzter Dank gilt fünf Herren, die meine Arbeit zu jeder Zeit moralisch und musikalisch unterstützt haben, obgleich sie allesamt mittlerweile ins Jenseits entschwunden sind:

Richard Wagner, insbesondere für meine geliebte Walküre
Giuseppe Verdi, insbesondere für La Traviata
Erik Satie, für seine wunderbare Melancholie

Luciano Pavarotti, für seine unbändige Leidenschaft
Vicco von Bülow, insbesondere für seine Version des Rings
Mögen Sie im Jenseits so viel Freude empfangen, wie Sie im Diesseits geschenkt haben.

Die Autorin

Amy Lendsor ist Mannheimerin mit Haut und Haar.
1973 am Neckar geboren, lebt sie heute im Herzen der Quadratestadt. Aus Stadt und Menschen schöpft Amy Lendsor den Stoff für ihre Geschichten. Der „Ring des Todes“, ihr Debütroman, ist eine Hommage an einen Herausragenden unter den deutschen Komponisten: Richard Wagner.

Das Nationaltheater Mannheim zählt zu den ältesten und größten kommunalen Fünfspartentheatern weltweit und steht seit 2005 unter der Leitung von Generalintendantin Regula Gerber.
Als Ort traditionsreicher Theatergeschichte, die sich in der Verbindung zu Schiller und Mozart spiegelt, prägen heute ebenso das reichhaltige Repertoire wie die innovative Weiterentwicklung künstlerischer Ausdrucksformen den Spielplan.
Hervorragende künstlerische Leistungen, Ur- und Erstaufführungen sowie eine beispielhafte Kinder- und Jugendarbeit machen es überregional zu einer der bedeutendsten Bühnen Deutschlands, mit ca. 45 Premiere und 55 Wiederaufnahmen in den vier Sparten Oper, Schauspiel, Ballett sowie Kinder- und Jugendtheater Schnawwl und Junge Oper.

O **Operndirektor:** Klaus-Peter Kehr
Generalmusikdirektor: Dan Ettinger

J/O **Direktion Junge Oper:** Andrea Gronemeyer und Klaus-Peter Kehr

S **Schauspieldirektor:** Burkhard C. Kosminski

B **Ballettdirekor:** Kevin O'Day

SCH **Schnawwldirektorin:** Andrea Gronemeyer

Musikalische Leitung Dan Ettinger
Inszenierung, Bühne, Kostüme Achim Freyer

DAS RHEINGOLD — Premiere am 28. Oktober 2011
DIE WALKÜRE — Premiere am 25. März 2012
SIEGFRIED — Premiere am 1. Dezember 2012
GÖTTERDÄMMERUNG — Premiere am 22. März 2012

DIE ZYKLEN
22. Mai 2013 / 25. Mai 2013 / 31. Mai 2013 / 2. Juni 2013
7. Juni 2013 / 8. Juni 2013 / 14. Juni 2013 / 16. Juni 2013
28. Juni 2013 / 30. Juni 2013 / 4. Juli 2013 / 7. Juli 2013
Weitere Vorstellungen in der Spielzeit 2012/2013

freunde und förderer des nationaltheaters mannheim e.v.

Lieben Sie Krimis?

Dann sollten Sie ins Theater gehen. Die schönsten Morde ereignen sich auf der Bühne. Kein großer Dramatiker, kein zeitgenössischer Autor, der ohne sie auskäme! Ob Oper, Schauspiel oder Ballett – überall wird sozusagen nach Herzenslust geschossen und gestochen, gemeuchelt und ertränkt. Schon der junge Friedrich Schiller ließ in seinem frühen, Mannheim besonders verbundenen Geniewerk den alten Moor, Franz und Amalien sterben – weitere Todesfälle folgten. Bei Shakespeare rätseln nicht nur Romeo und Julia, wer nun überlebt und wer vergiftet ist – und auch in Goethes Faust stirbt nicht nur Gretchen. Noch großzügiger geht die Oper mit Mord und Totschlag um. Im „Ring des Nibelungen“ ist die Zahl der Opfer größer als die der Überlebenden. Kein Wunder also, dass der „Ring“ auch späteren Krimi-Autoren wie hier in unserem Mannheimer Taschenbuch-Krimi eine großartige Folie bot. Doch eines hat das Theater dem Buch voraus: Auf der Bühne stehen die Opfer am Ende wieder auf, verneigen sich und danken für Ihren Beifall.

Ein Kreis, der Sie näher an diese Genüsslichkeiten heranführt, sind die „Freunde und Förderer des Nationaltheaters Mannheim e.V.“. Eine Mitgliedschaft in diesem größten kulturellen Förderverein Mannheims erlaubt Ihnen beispielsweise, allmonatlich bei einer der legendären „Begegnungen ...“ des Vereins mit den Künstlern der Mannheimer Bühne in Tuchfühlung zu kommen. Sie erfahren mehr über das 1779 gegründete traditionsreiche Mannheimer Theater, Sie erhalten aktuelle Informationen aus erster Hand und unterstützen gleichzeitig das Theater materiell und ideell.

Die Freunde und Förderer des Nationaltheaters Mannheim

Jetzt Mitglied werden!

Direktlink zum Anmeldeformular

Freunde und Förderer des Nationaltheaters Mannheim e.V.

c/o Sparkasse Rhein Neckar Nord
Dezernat III
Postfach
68151 Mannheim

Ruf: 0621-298-1016 · Fax: 0621-298-1017
E-Mail: freunde@spkrnn.de

www.freunde.nationaltheater.de

Spargelmord

Ein Rhein-Neckar-Krimi

Solo und Tarzan jetzt auch als E-Book!

ISBN Taschenbuch	978-3-927455-83-2
ISBN E-Book EPUB	978-3-86476-502-5
ISBN E-Book PDF	978-3-86476-503-2

Beschmierte Wände, Brandstiftung und ein versuchter Mord! Wer will mit allen Mitteln verhindern, dass die Lampertheimer Landwirte die romantischen alten Spargelhäuschen abreißen?

Solo und Tarzan, Krämers kultige Ermittler, geraten wieder einmal unfreiwillig zwischen die Fronten.

Birgt eine der maroden Hütten ein grausiges Geheimnis? Tarzan steht kurz davor, dieses Rätsel zu lösen, da wird er plötzlich selbst zur Zielscheibe eines kaltblütigen Mörders.

Ein rasantes Abenteuer rund um die Spargelstadt Lampertheim. - Solo und Tarzan in absoluter Topform!

Mit Bonus für treue Fans:

- Das kleine Lampertheimer Wörterbuch: Loambaddarisch fa Främme.
- Leckere Spargelrezepte

Der neue Krämer-Krimi

Kohlemord

Ein Mannheimer
Rhein-Neckar-Krimi

Solo & Tarzan

ISBN Taschenbuch	978-3-927455-86-3
ISBN E-Book EPUB	978-3-86476-500-1
ISBN E-Book PDF	978-3-86476-501-8

- Ein toter Stadtstreicher in Mannheims feinster Hotelsuite,
- ein verschwundener Koffer, den seine Eigentümer mit allen Mitteln, Mord nicht ausgeschlossen, wieder in ihren Besitz bringen wollen,
- ein knorriges Urgestein von Schiffmann auf Kriegspfad gegen die Kohlemafia,
- Tarzan als Leichtmatrose auf dessen museumsreifem Frachter,
- Mannheims meistabgemahnter Kommissar Bluhmepeter aus der „Tschäänau" als Fahnder,
- das typische Lokalkolorit Mannheims und seiner Häfen als Bühnenbild sowie
- ein grandioser Showdown im geheimnisumwitterten Bunkerkraftwerk unter den Kohlehalden des GKM:

Das sind die Zutaten für einen Krämer-Krimi der Superlative, das Ergebnis aufwendiger und intensiver Recherche und sprachlicher Eloquenz. Manfred H. Krämer vom Feinsten.

Der Kult-Thriller von Manfred H. Krämer.
Jetzt auch als E-Book erhältlich!

ISBN Taschenbuch	978-3-927455-84-9
ISBN E-Book EPUB	978-3-86476-504-9
ISBN E-Book PDF	978-3-86476-505-6

Die Thriller-Reihe von Manfred H. Krämer dreht sich um einen bekannten Mannheimer Strafverteidiger. Folgen Sie dem Autor in die glitzernde Welt der internationalen Model-Szene. Das naiv-optimistische junge Mädchen, das in einem Essener Hinterhof ein demütigendes Casting durchleidet, entwickelt sich zu einer Frau, gegen die Skorpione harmlose Kuscheltiere sind.
Die Handlung führt die Leserinnen und Leser von Mailand nach Nordafrika, von Mannheim über ein einsames Schloss im Odenwald bis ins kalifornische Napa Valley. Anna-Sophia Barlow, die „Skorpionin“, hat in ihrem Leben immer alles bekommen, was sie sich gewünscht hat.
Bis ihr eines Tages das Wertvollste genommen wurde, dass sie jemals besaß.
Ihre Rache war fürchterlich. Sie werden sie hassen und Sie werden sie lieben. Lesen Sie. Erschrecken Sie.